Date: 4/25/16

SP FIC QUICK
Quick, Amanda,
Una mujer misteriosa /

UNA MUJER MISTERIOSA

UNA MUJER MISTERIOSA

Amanda Quick

Traducción de Francesc Reyes Camps

Barcelona • Bogotá • Buenos Aires • Caracas • Madrid • México D.F. • Miami • Montevideo • Santiago de Chile

Título original: *The Mystery Woman*
Traducción: Francesc Reyes Camps
1.ª edición: marzo 2015

© 2012 by Jayne Ann Krentz
© Ediciones B, S. A., 2015
para el sello Vergara
Consell de Cent 425-427 - 08009 Barcelona (España)
www.edicionesb.com

Printed in Spain
ISBN: 978-84-15420-83-5
DL B 1459-2015

Impreso por LIBERDÚPLEX, S.L.
Ctra. BV 2249, km 7,4
Polígono Torrentfondo
08791 Sant Llorenç d'Hortons

Todos los derechos reservados. Bajo las sanciones establecidas
en el ordenamiento jurídico, queda rigurosamente prohibida,
sin autorización escrita de los titulares del *copyright*, la reproducción
total o parcial de esta obra por cualquier medio o procedimiento,
comprendidos la reprografía y el tratamiento informático, así como
la distribución de ejemplares mediante alquiler o préstamo públicos.

Para Frank, con amor,
siempre y para siempre

1

El tacón de una de sus botas altas y abotonadas resbaló al entrar en contacto con el reguero de sangre que manaba desde debajo de la puerta. Beatrice Lockwood estuvo a punto de perder el equilibrio. Contuvo la respiración y consiguió agarrar el pomo de la puerta a tiempo de mantenerse en pie.

No necesitaba recurrir a sus poderes. Sabía que lo que iba a encontrar al otro lado de la puerta dejaría en su conciencia una huella indeleble. Sin embargo, el horror que se iba acumulando en ella encendió su visión interna. Bajó la vista y vio en el suelo la violenta energía de esas pisadas. En el pomo también había huellas oscuramente iridiscentes. Las corrientes paranormales borbotaban con una luz malsana que le heló la sangre.

Quería echar a correr, gritando, en la noche, pero no podía volver la espalda al hombre que le había ofrecido su amistad y que le había proporcionado una carrera lucrativa y respetable.

Temblorosa, abrió la puerta del despacho del doctor Roland Fleming. Alguien había casi apagado la luz de la lámpara de gas del interior, pero aun así podía distinguirse al hombre que yacía tendido y sangrando en el suelo.

A Roland siempre le había gustado ir a la moda con trajes

a medida, corbatas y pañuelos anudados con elegancia. Llevaba el pelo gris y rizado moldeado según las últimas tendencias, con las patillas y el bigote perfectamente recortados. El título de doctor se lo había otorgado él mismo, pero le había explicado a Beatrice que en realidad era un hombre del mundo del espectáculo. Con esa personalidad carismática y esa presencia imponente se aseguraba siempre una buena asistencia a sus conferencias sobre los fenómenos paranormales.

Pero esa noche, tanto los finos pliegues de su blanca camisa de lino como la chaqueta azul oscuro de lana estaban empapados de sangre. Beatrice corrió hacia él y le abrió la camisa con manos temblorosas.

No le llevó demasiado tiempo encontrar la profunda herida en el pecho. La sangre surgía a borbotones. Por el color supo que se trataba de una herida mortal. Aun así, apretó las manos con fuerza sobre la carne desgarrada.

—Roland —susurró—. ¡Dios mío! ¿Qué ha pasado?

Roland gimió y abrió los ojos, unos ojos grises, apagados, enturbiados por el *shock*. Pero cuando la reconoció, algo que bien podría ser pánico se sobrepuso brevemente a la oleada de muerte que se abatía sobre él. Apresó la muñeca de Beatrice con una mano ensangrentada.

—Beatrice —dijo con una voz enronquecida por el esfuerzo. Se oyó un terrible estertor procedente del pecho—. Venía a por ti. Le he dicho que no estabas. Pero él no me ha creído.

—¿Quién venía a por mí?

—No sé cómo se llama. Es algún loco que se habrá fijado en ti por alguna razón. Sigue en este edificio, y busca alguna pista que lo lleve hasta ti. Por Dios, corre, ¡corre, por tu vida!

—No puedo dejarte —susurró ella.

—Pues tienes que hacerlo. Es demasiado tarde para mí. Te busca a ti. ¡A ti!

—¿Por qué?

—No lo sé, pero sea cual sea la razón, no hay duda de que se trata de algo terrible. No me dejes morir con esa carga en la conciencia. Ya tengo bastante de lo que arrepentirme. Vete. Vete, ahora. Te lo suplico.

No había nada que ella pudiera hacer por él, y ambos lo sabían. Pero de todos modos, dudaba.

—Sabes muy bien que sé cuidar de mí misma —dijo ella. Con una mano se levantó las faldas para tocar la pistola femenina que llevaba en la liga ceñida al muslo—. Después de todo, fuiste tú quien me enseñó cómo usar esto.

—Me temo que no será de mucha ayuda contra el hombre que me ha dejado así. Se mueve a gran velocidad y es completamente despiadado. ¡Huye!

Sí, seguramente tenía razón en cuanto a la utilidad de su pequeña pistola. Cuando le había enseñado cómo utilizarla, había dejado muy claro que esas armas tan pequeñas no tenían precisión de largo alcance. Estaban diseñadas para distancias cortas. De un lado a otro de una mesa de juego, o en el interior de un coche, allí era donde podían resultar mortales. Pero más allá de eso se las podía considerar poco más que juguetes.

—Roland...

Él le apretó más fuerte la muñeca.

—Has sido como una hija para mí, Beatrice. Mi último deseo es intentar salvarte la vida. Hónrame cumpliéndolo. Sal de aquí, ahora. Utiliza el refugio. Llévate tu bolsa y la linterna. Cuando estés lejos no tendrás que volver nunca. Él te buscará. A partir de hoy, para sobrevivir tendrás que acordarte de todo lo que te he enseñado sobre salir al escenario. La regla número uno es la más importante.

—«Conviértete en alguien diferente.» Sí, lo entiendo.

—No lo olvides —dijo Roland—. Es tu única esperanza.

¡Vete, vete, por lo que más quieras! Piérdete y, hagas lo que hagas, permanece perdida. Ese monstruo no va a rendirse fácilmente.

—Te voy a echar de menos, Roland. Te quiero.

—Tú has traído luz a mi solitaria y malgastada vida, querida. Yo también te quiero. Y ahora, vete.

Roland volvió a toser. Pero esta vez la sangre le llenó la boca. Beatrice advirtió que ya no respiraba. El corazón de Fleming había dejado de latir. El imparable fluido rojo de la herida se hizo más lento, hasta convertirse en un hilillo.

Oyó pasos en la escalera que había al final de la sala.

Pistola en mano, se levantó y corrió hacia el guardarropa del otro extremo de la habitación.

Durante el tiempo que había trabajado para él, independientemente de dónde establecieran la Academia, Roland siempre había dispuesto de un refugio. Le había explicado que había dos razones para tomar precauciones. El primero era que cuando el negocio pasaba por épocas boyantes, acumulaban una cantidad de dinero que podía atraer a los villanos, siempre deseosos de apropiarse de lo que no era suyo.

Pero la otra razón, según él más importante, era que por la naturaleza de sus actividades a veces se enteraban de secretos que los ponían en peligro. La gente solía confiar en los practicantes de lo paranormal, especialmente en las lucrativas consultas privadas en las que los clientes buscaban algún consejo. Los secretos siempre eran peligrosos.

Se preparó para el chirrido del metal cuando abrió la puerta interior del gran armario ropero, pero respiró con alivio cuando comprobó que no hacía sonido alguno. Roland había mantenido engrasadas las bisagras.

Recogiéndose las faldas manchadas de sangre, penetró en el ropero. Una vez dentro, cerró la puerta y buscó en la oscuridad la palanca que accionaba la apertura del panel oculto.

La puerta interior se deslizó a un lado con un sonido apagado. Un aire nocturno húmedo y viciado se introdujo desde el viejo pasaje de piedra. La luz proveniente de las puertas exteriores era apenas suficiente para revelar la pequeña linterna oculta, así como el paquete de cerillas y los dos fardos de lona que había sobre el suelo. Volvió a colocarse la pistola en la liga de las medias y tomó la linterna y las cerillas.

Se colocó su bolsa sobre el hombro y miró el oscuro bulto de la bolsa de Roland. Era demasiado pesada para transportarla junto con la suya, pero en el interior había guardado dinero. Beatrice iba a necesitarlo para sobrevivir hasta que encontrara una manera de reinventarse.

A toda prisa desató la segunda bolsa y rebuscó en ella. En aquella oscuridad tenía que hacerlo a tientas. Los dedos tropezaron con mudas de ropa y con un cuaderno grueso antes de encontrar un sobre. Supuso que el dinero para las emergencias estaba dentro y lo abrió, pero resultó que estaba lleno de fotografías. Las volvió a meter y continuó buscando. Esta vez dio con un paquete de cartas atadas con un cordel.

En un estado de frenesí, volvió a inclinarse sobre el bulto. Encontró una cartera de cuero llena de dinero. La tomó y la lanzó en el interior de su propia bolsa.

Estaba a punto de encender la linterna y de internarse en la profunda oscuridad del túnel cuando oyó que el asesino volvía al despacho de Roland. Incapaz de resistirse, quiso echar un vistazo desde la ranura de las puertas del gran armario ropero.

Pudo ver muy poco del hombre que estaba de pie junto al cuerpo de Fleming, solo una parte de unas pesadas botas de cuero y el borde de un abrigo negro y largo.

—Me has mentido. —La voz tenía un marcado acento ruso—. Pero no vas a derrotarme por morirte, viejo miserable. He encontrado las pelucas. He encontrado los vestidos que lleva en el escenario. Voy a encontrarla. Aquí hay algo que va a decirme dónde está. El Hombre Hueso nunca falla.

La figura del abrigo negro cruzó la habitación y salió del campo de visión de Beatrice. Oyó que abría cajones y supo que era solo cuestión de segundos, que aquel hombre tardaría muy poco en abrir el ropero.

—¡Ah, sí, ahora lo veo! —susurró el intruso—. Estás aquí, ¿verdad, putilla? ¡Has pisado su sangre, estúpida! Veo tus huellas. Sal ahora mismo de ahí y no te haré daño. Desafíame, en cambio, y te aseguro que lo pagarás caro.

¡Las huellas! Claro. No había caído en eso.

Apenas podía respirar. Temblaba tanto que le costó esfuerzo cerrar y trabar el pesado panel de madera que formaba la parte posterior del armario ropero. Cuando Roland lo había instalado le había asegurado que tanto el cierre como el panel eran resistentes. Tarde o temprano, el Hombre Hueso lograría pasar por la puerta interior, pero con suerte ella iba a disponer del tiempo suficiente para huir.

Un puño golpeó el panel trasero del armario ropero.

—No puedes esconderte de mí. Nunca fallo.

Encendió la linterna y la luz deslumbrante iluminó el pasaje de piedra con sombras diabólicas.

Se acomodó la bolsa sobre el hombro y se dirigió hacia la oscuridad.

Estaba segura de una cosa: nunca iba a olvidar la terrible energía que desprendían las huellas del Hombre Hueso.

2

Unos meses más tarde...

—Qué calor hace aquí, ¿verdad? —comentó Maud Ashton. Se abanicó vigorosamente con una mano enguantada mientras con la otra se llevaba un vaso de limonada a los labios—. Es un milagro que esas señoras no caigan muertas sobre la pista de baile.

—Sí que hace calor —dijo Beatrice—. Pero la pista de baile tiene esas puertas cristaleras que se abren sobre el jardín. Los que bailan disponen de la ventaja del aire fresco de la noche. Supongo que será por eso que no se desmayan a causa del calor.

Ella y Maud, ambas damas de compañía, se hallaban sentadas sobre una banqueta en un rincón apacible, justo al lado de la sala de baile. Maud no podía ocultar la amargura en su voz, y Beatrice se mostraba comprensiva. Solamente había pasado un rato corto en compañía de esa mujer, pero eso ya había sido suficiente para oír una gran parte de la triste historia de Maud. Sí, realmente era una historia triste, pero no excepcional entre las que no tenían más remedio que ejercer como damas de compañía.

Maud le había dejado muy claro que lo que ella había sufrido era una vicisitud mucho peor que la misma muerte: una catastrófica pérdida de estatus social debida a la bancarrota de su marido. Después de su crisis financiera, el señor Ashton había viajado a América para hacer fortuna en el salvaje Oeste. Desde entonces no sabía nada de él. Maud, una mujer sola y ya de mediana edad, se había encontrado encadenada a las deudas de su marido. No había tenido otra elección que convertirse en una acompañante profesional.

El mundo de Maud había sido muy diferente. La boda con un rico caballero perteneciente a la clase alta le había otorgado la entrada a un ambiente llevado por las modas, que ahora se veía obligada a contemplar desde la distancia. Ella también había lucido elegantes vestidos y había bebido el champán a sorbitos, había bailado valses hasta el amanecer a la luz de las arañas... Ahora se veía forzada a contentarse con una posición en la periferia de la sociedad. Las damas de compañía eran trabajadoras que custodiaban a sus empleadoras —a menudo viudas, o solteras— por todas partes: en las *soirées*, en las fiestas campestres, en conferencias, en el teatro... Sin embargo, al igual que ocurría con las amas de llaves, resultaban completamente invisibles para quienes pululaban a su alrededor.

El mundo podía ser un lugar muy duro para una mujer empobrecida que se enfrentaba a él a solas. Cuando se trataba de encontrar un trabajo respetable, las opciones eran muy escasas. Maud tenía todo el derecho a mostrarse resentida por su suerte, pensó Beatrice. Pero, por otro lado, también resultaba evidente que nadie había puesto empeño en acabar con ella por razones desconocidas. Y nadie había asesinado a un hombre inocente en el inicio de esa cacería.

—Este baile se me está haciendo eterno —refunfuñó Maud. Comprobó la hora en un reloj que colgaba junto a una pequeña botella de sales aromáticas de su señora—. ¡Oh, Dios mío, y solo es medianoche! Lo más probable es que estemos aquí hasta las tres. Y luego iremos todavía a otro baile, hasta las cinco. La verdad es que le dan a una ganas de tirarse por un puente. Me parece que voy a echarle otra pizca de ginebra a esta horrible limonada.

Buscó en el interior de su bolso y extrajo un frasco. Empezaba a verter la ginebra en su vaso de limonada cuando este se le escurrió de entre los dedos. El contenido salpicó las faldas de un gris apagado del vestido de Beatrice.

—¡Lo siento, cariño! —dijo Maud—. ¡Lo siento mucho!

Beatrice se levantó rápidamente y empezó a sacudir los pesados pliegues de las faldas de su vestido.

—No pasa nada. Es un vestido muy viejo.

Disponía de vestidos más nuevos, más caros y mucho más a la moda, pero reservaba los más viejos de su guardarropa para los compromisos que surgían con la Agencia Flint y Marsh.

—¡Qué torpe soy! —se lamentó Maud, que se había hecho con un pañuelo e intentaba secar con él el vestido mojado.

El desastre se desencadenó en un abrir y cerrar de ojos. El turbador hormigueo en la nuca de Beatrice fue el único aviso de que algo iba a salir mal.

Se volvió rápidamente para echar un vistazo a la pista de baile. Daphne Pennington había desaparecido.

En circunstancias normales, la situación no habría sido tan alarmante. Ciertamente, si la joven temeraria se hubiese escabullido hasta los jardines para librarse a unos cuantos besos furtivos, este hecho no habría constituido ninguna novedad. Pero esa noche las circunstancias parecían distanciarse progresivamente de lo habitual. Lo que hacía la situación mucho más ominosa era que el hombre con el bastón y la cicatriz en la cara también había desaparecido.

Había tomado conciencia de él unos minutos antes, cuando se había sentido observada. Inmediatamente había buscado en la sala atestada para comprobar quién podía estar mirándola. Nadie nunca miraba dos veces a una dama de compañía.

Había cruzado la mirada con el hombre de la cicatriz que se apoyaba en un bastón de ébano y acero. El contacto había resultado crispante, porque había sentido en lo más hondo una extraña e intensa sensación de reconocimiento. Pero, por otra parte, estaba segura de no haber coincidido con él en la vida.

No era el tipo de hombre que una mujer pudiera olvidar. Lo que llamaba la atención en él no era el tajo violento que había hollado el lado izquierdo de aquel rostro orgulloso y bien dibujado, ni el hecho de que utilizara un bastón. Se trataba más bien de la sensación de fuerza que emanaba de él. Tenía la certeza de que en aquel extraño había un núcleo férreo, de que en esos ojos se escondían promesas implacables. Muy fácilmente podía imaginarlo con una orgullosa espada en lugar de ese bastón.

Por el espacio de un par de segundos, durante los cuales fue incapaz de respirar, él la había mirado con ojos fijos y atentos. Luego, como si lo que había visto ya le hubiera bastado, pareció perder el interés. El extraño había dado media vuelta y había desaparecido por un pasillo desierto. Estaba claro, por el andar y la rigidez de la pierna izquierda, que el bastón no era ninguna afectación indumentaria. Le resultaba imprescindible.

Beatrice había recuperado el aliento, pero seguía sintiéndose trastornada. Sabía por intuición que no iba a ser la última vez que viera al hombre del bastón. Comprender esto era de lo más turbador, pero no tanto como la certeza de que alguna parte de ella deseaba con todas las fuerzas volver a encontrarlo. Se dijo, para tranquilizarse, que era porque necesitaba saber qué elemento de su disfraz de dama de compañía le había llamado la atención al extraño. El objetivo de Beatrice, después de todo, era seguir siendo invisible.

Sin embargo, en ese momento tenía que permanecer concentrada en su misión. Daphne y el hombre de la cicatriz en la cara no eran los únicos que ahora estaban ausentes de la sala de baile. La pareja de baile de Daphne, Richard Euston, un guapo joven que le había sido presentado por un amigo de la familia Pennington, tampoco estaba en la sala.

La situación se deterioraba rápidamente.

—Perdona —dijo Beatrice—, pero me parece que miss Pennington se ha retirado a alguna habitación. Tal vez se ha hecho un desgarrón en el vestido, o tal vez tenga un agujero en las zapatillas de baile, no sé... Tengo que ir a comprobar si necesita mi ayuda.

—Pero tu vestido... —subrayó Maud con ansiedad—. ¡Tendrás que tirarlo!

Beatrice hizo caso omiso. Tomó su bolso y cruzó deprisa la sala.

Un vestido estropeado sería un desastre para la mayoría de las damas de compañía con un guardarropa limitado, pero para Beatrice esa noche representaba el menor de los problemas. Había llegado el momento de ganarse el excelente salario que la Agencia Flint y Marsh le pagaba. Rogó al cielo que no fuera ya demasiado tarde.

Daphne y Euston estaban bailando cerca de las puertas cristaleras cuando los había visto por última vez. Era muy probable que se hubiesen ausentado de la sala tomando ese camino.

La abuela de Daphne, lady Pennington, se hallaba en el extremo opuesto de la estancia conversando con otras tres señoras. No podía de ninguna manera ir hasta ella para explicarle lo que había pasado, pues perdería un tiempo precioso abriéndose paso entre la multitud.

Beatrice había estudiado todas las salidas de la sala de baile una hora antes, cuando había llegado acompañando a lady

Pennington y a Daphne. En aquel momento había llegado a la conclusión de que si alguien tenía la intención de comprometer a Daphne, como su abuela temía, el villano optaría con toda probabilidad por arrastrar afuera a su víctima, hacia los jardines que la noche resguardaba.

Al final del pasillo débilmente iluminado, Beatrice abrió la puerta en la que había reparado anteriormente. Salió a la noche de verano e hizo una breve pausa para orientarse.

Un alto muro rodeaba los grandes jardines. Focos de luces de colores alumbraban una zona alrededor de la terraza, pero ella se encontraba en un área oscura, cerca del cobertizo del jardinero. La puerta que se abría sobre el estrecho camino más allá de los jardines, no quedaba muy lejos. Cualquiera que quisiera llevarse a una jovencita, sin duda, dispondría de un coche cerrado esperando. La terraza del salón de baile quedaba a cierta distancia de donde se encontraba. Si se movía deprisa, podía llegar a la puerta antes de que Daphne y su raptor la alcanzaran.

Si se movía deprisa sí, pero también si no se equivocaba en sus conclusiones. Demasiados «síes». Era muy probable que se equivocara. Tal vez Daphne estaba disfrutando en aquel momento de un ligero flirteo con el muy atractivo señor Euston, y las intenciones de este no iban más allá de estos escarceos.

Pero eso no explicaba la desaparición del extraño de la cicatriz. Intuitivamente sabía que no era ninguna casualidad que ese tipo se hubiera ausentado.

Dejó el bolso a un lado, sobre el escalón, se recogió las faldas y se sacó la pequeña pistola sujeta por una liga justo por encima de la rodilla. Se apresuró en dirección a la puerta por un pasillo flanqueado de altos setos. El vestido gris la ayudaba a camuflarse entre las sombras.

Cuando ya estaba cerca de la puerta oyó el sonido ahogado de la pisada de un caballo en el camino del otro lado del muro.

Llegó al final del pasillo marcado por los dos setos y se detuvo. A la luz de la luna podía ver que la puerta estaba parcialmente abierta. Tal como esperaba, un pequeño carruaje aguardaba. En el vehículo habría un segundo hombre.

En ese momento oyó el sonido blando de rápidas pisadas que se dirigían hacia ella a través del jardín. Quien hubiera capturado a Daphne iba a llegar en cuestión de breves segundos. Ella no iba a poder enfrentarse a dos rufianes al mismo tiempo. Se le ocurrió que si llegaba a tiempo de cerrar la puerta el hombre del carruaje no tendría manera de auxiliar a su compinche.

Corrió hacia la puerta y consiguió cerrarla antes de que el cochero se diese cuenta de lo que ocurría. Fijó la aldaba y se volvió justo en el momento en que Richard Euston surgía de entre las sombras.

En un principio, Euston no la vio porque iba concentrado en mantener sujeta a Daphne, que se debatía con fiereza. Llevaba las manos atadas por delante y estaba amordazada.

Beatrice apuntó a Euston con su pequeña pistola.

—Suelte a la señorita Pennington o disparo. Desde esta distancia no fallaré.

—Pero ¿qué demonios...? —exclamó Euston al tiempo que se detenía bruscamente. El asombro se transformó enseguida en furia—. ¡Usted no es más que la dama de compañía! ¿A qué cree que está jugando? ¡Abra inmediatamente esa puerta!

—Suéltela —repitió Beatrice.

—¡De ninguna manera! —respondió Euston—. Vale una fortuna. Baje esa ridícula pistola. Los dos sabemos que no apretará el gatillo. ¡Es usted una dama de compañía, no una escolta!

—Le estoy hablando muy en serio —dijo Beatrice, y amartilló la pistola.

Parecía sorprendido de que de verdad tuviera intención de dispararle, pero pronto se recuperó y empujó a Daphne para ponerla delante de él, a modo de escudo.

Una sombra emergió de la oscuridad detrás de Euston, que no vio venir la mano enguantada de negro que la cogió por el cuello y apretó.

Incapaz de respirar, y mucho menos de hablar, soltó a Daphne y luchó por liberarse. Pero en pocos segundos dejó de resistirse. Inconsciente, se derrumbó y quedó tendido en el suelo.

El restallido de un látigo se oyó en el otro lado del alto muro. Los cascos de los caballos y las ruedas resonaron sobre los adoquines. El vehículo salió a toda prisa, pues el cochero con toda probabilidad había comprendido que algo había salido muy mal en el rapto planificado.

Daphne corrió al lado de Beatrice. Ambas observaron al hombre con el bastón de ébano y acero salir a la luz de la luna. Beatrice mantenía el arma apuntada hacia él.

—¿Es algo habitual que las damas de compañía vayan por ahí armadas? —preguntó.

La voz era oscura y sorprendentemente calmada, como si estuviera muy acostumbrado a que lo apuntaran con una pistola. Y como si considerara a quien la sostenía como una interesante curiosidad.

—¿Quién es usted? —demandó Beatrice—. Si lo que pretende es relevar a Euston en sus intenciones, mejor será que lo piense bien.

—Le aseguro que no tengo ninguna intención de raptar a la señorita Pennington. Con quien quiero hablar es con usted.

—¿Conmigo? —Extrañada, no podía hacer más que mirarlo, mientras una corriente parecida al pánico le invadía el cuerpo.

—Permítame que me presente —continuó él, sin abandonar el tono sereno—. Joshua Gage, para servirla. Tenemos amigos mutuos en Lantern Street.

Casi inmediatamente, Beatrice sintió un gran alivio. No se estaba refiriendo a sus días con la Academia Fleming de lo Oculto, sino a Lantern Street. Se esforzó en concentrarse, intentando recordar si había conocido a alguien llamado Gage en el transcurso de su trabajo para Flint y Marsh. Sin resultado.

—¿A quién conoce usted en Lantern Street? —preguntó, suspicaz.

—A sus patronas, la señora Flint y la señora Marsh, que responderán por mí.

—Por desgracia, no tenemos a ninguna de las dos a mano para que haga las presentaciones —apuntó ella.

—Tal vez esto sirva. —Introdujo la mano en el bolsillo interior del abrigo y sacó una tarjeta—. Comprendo que no puede distinguir qué pone a la luz de la luna, pero cuando vuelva a la sala de baile podrá leerla. Y si por la mañana la lleva a Lantern Street, la señora Flint y la señora Marsh reconocerán el sello. Dígales que el Mensajero del señor Smith les manda saludos.

—¿Quién es el señor Smith?

—Mi antiguo patrón.

Sintió un extraño susurro en su interior, que le despertaba los sentidos. De pronto tuvo la inquietante premonición de que aceptar esa tarjeta iba a cambiar su vida para siempre, y que lo iba a hacer de maneras que no podía ni empezar a imaginar. No habría vuelta atrás. «Pero eso es ridículo», pensó.

Dio unos cuantos pasos cautelosos por la hierba mojada y tomó la tarjeta que le tendía. Por un instante ambos tocaron el cartón blanco. Un escalofrío de conciencia le estalló en la nuca como una chispa eléctrica. Se dijo que lo estaba imaginando, pero no podía evitar tener una certeza intuitiva de que su mundo acababa de volverse del revés. Tendría que haber estado preocupada, tal vez asustada. En lugar de eso se sentía de lo más despierta, casi se podía decir que excitada.

«Una idiota excitada», pensó. Después de todo, no albergaba dudas en su mente de que el Mensajero del señor Smith era un hombre muy peligroso.

Miró la tarjeta. Había un nombre, y presumiblemente tenía que ser el del misterioso señor Smith, pero resultaba imposible descifrarlo a la luz de la luna. Con las manos desprovistas de guantes, de todos modos, podía sentir el relieve de un sello estampado. Dudó, pero al fin introdujo la tarjeta en el bolsillo del vestido.

—La mañana todavía queda muy lejos y según qué decisiones tienen que tomarse esta misma noche —dijo, intentando parecer autoritaria.

Notaba que el equilibrio del poder tan pronto se inclinaba hacia ella como hacia el señor Gage. Y eso no convenía en absoluto. Un paso en falso y ella sabía que él tomaría el control total de la situación, si es que no lo había tomado ya. Pero ella estaba al cargo de ese caso, y Daphne era su responsabilidad. Tenía que permanecer al mando.

—Totalmente cierto, pero con toda seguridad las explicaciones detalladas nos llevarán un tiempo del que no disponemos —dijo Joshua—. Tiene que devolver a la señorita Pennington a la sala de baile antes de que empiecen las murmuraciones.

Estaba en lo cierto. Daphne era su principal prioridad. El misterio del señor Gage debería esperar. Tenía que tomar una decisión, y tenía que hacerlo inmediatamente.

—Supongo que el que conozca a las propietarias de Flint y Marsh puede servir como referencia por esta noche —dijo.

—Gracias. —Joshua parecía divertido.

Desamartilló la pequeña pistola y se volvió para subirse disimuladamente las enaguas. Devolvió el arma a su posición bajo la liga y se acomodó las faldas del vestido.

En cuanto levantó la vista advirtió que Daphne la miraba, fascinada. Joshua también la miraba, con las manos aferradas a la empuñadura del bastón. La expresión de su cara era difícil de interpretar, pero Beatrice sacó la extraña conclusión de que a él le parecía de lo más encantador que fuera por ahí armada.

A la mayoría de los hombres les habría parecido chocante, pensó. De hecho, lo habrían considerado escandaloso.

Se concentró en quitarle la mordaza a Daphne y en desatarle las manos.

—¡Señorita Lockwood! —resolló Daphne en cuanto pudo hablar—. ¡No sé cómo darle las gracias! —Se volvió hacia Joshua Gage—. ¡Y a usted también, señor! ¡Nunca en mi vida me había sentido tan aterrorizada! ¡Y pensar que mi abuela tenía razón en todo lo que me advertía! ¡En que alguien iba a intentar raptarme! Nunca hubiera pensado que ese alguien podía ser el señor Euston. Parecía un caballero tan correcto...

—Bien, pues, asunto concluido —dijo Beatrice con simpatía—. ¿Se siente usted mareada, tal vez?

—¡No, por Dios! ¡No voy a desmayarme ahora! —La sonrisa de Daphne era temblorosa, pero decidida—. No osaría sucumbir a tal debilidad después de verla a usted defenderme con un arma. ¡Su actitud es una inspiración para mí, señorita Lockwood!

—Agradezco sus palabras, pero mucho me temo que el señor Gage tiene razón —repuso Beatrice—. Tenemos que volver inmediatamente al salón de baile si no queremos ser el blanco de las habladurías. ¡La reputación de una joven señorita es tan fácil de mancillar!

—Tengo el vestido en buen estado, pero me temo que mis zapatillas de baile están hechas una pena —dijo Daphne—. Están mojadas y tienen abundantes manchas de hierba. Todo el mundo sabrá que acabo de pasar un buen rato en los jardines.

—Precisamente por eso las damas de compañía que acuden con jóvenes señoritas a los bailes tienen la previsión de llevar unas zapatillas de recambio —dijo Beatrice—. Las tengo aquí, en el bolso. Vamos, debemos darnos prisa.

Daphne echó a andar y pronto se detuvo para mirar hacia el suelo, la figura inconsciente de Richard Euston.

—Y con él, ¿qué van a hacer?

Joshua se movió ligeramente entre las sombras.

—No se preocupe por eso, señorita Pennington. Yo me encargo.

—Sobre todo, tiene que procurar que no lo detengan —dijo Daphne—. De lo contrario se montará un gran escándalo. Mis padres me enviarían al campo y yo me vería obligada a casarme con algún viudo gordo lo bastante viejo para ser mi abuelo. Y eso sí que sería una suerte peor que la muerte.

—Euston no le irá con cuentos a la policía —dijo Joshua—. Desaparecerá.

—Pero ¿cómo va a ser posible semejante cosa? —preguntó Daphne—. Se mueve en sociedad.

Joshua miró a Beatrice.

—¿No cree que tendría que acompañar a la señorita Pennington cuanto antes?

Beatrice pensó que no le importaba que Euston desapareciera para siempre, pero el hecho de que Joshua se mostrara tan confiado en su capacidad para lograrlo le parecía algo más inquietante. Sin embargo, en ese momento tenía otros problemas, y salvar la reputación de Daphne Pennington era lo prioritario.

—Tiene usted toda la razón, señor Gage —dijo—. Vámonos, Daphne.

Y la urgió a caminar hacia la puerta lateral de la mansión.

—Hasta luego, señorita Lockwood —oyó que decía Joshua Gage por detrás, en un tono muy tranquilo.

No supo discernir si esas palabras amagaban una promesa o una amenaza.

Poco después se encontraba en un rincón de la sala con lady Pennington, una mujer menuda y elegante, de pelo gris. Ambas contemplaban la vuelta a la pista de baile de Daphne, acompañada por un joven caballero. Estaba radiante con sus nuevas zapatillas de baile y con los ojos brillantes por el misterio y la emoción.

—Mírela —dijo lady Pennington con orgullo—. Nadie diría que hace menos de veinte minutos sufrió un intento de rapto. Ha faltado muy poco para que su reputación quedara arruinada por completo.

—Su nieta es una mujer muy valiente —dijo Beatrice—. No son muchas las mujeres de buena cuna que tras un contacto tan cercano con la tragedia pueden volver a la pista de baile como si no hubiera ocurrido nada.

—Eso es algo propio de parte de mi familia —comentó lady Pennington con un aire de fría satisfacción.

—Yo también lo creo así, señora —repuso Beatrice sonriendo.

Lady Pennington miraba a través de un monóculo engarzado en un asa de oro.

—Esta noche ha salvado a mi nieta, señorita Lockwood. Siempre estaré en deuda con usted. Sus patronas en Lantern Street me aseguran que se le pagan bien sus servicios, pero quiero que sepa que mañana le enviaré un pequeño regalo personal. Confío en que lo acepte como prueba de mi gratitud.

—Gracias, pero no es necesario.

—De ninguna manera. Insisto. Y no quiero que se hable más del asunto.

—Gran parte del mérito lo tiene usted misma, señora —contestó Beatrice—. Si no hubiera contactado con Flint y Marsh al tener sospechas, todo habría concluido de una manera muy diferente.

—No fue más que un presentimiento que tuve hace unos cuantos días —aseguró lady Pennington—. No era nada que pudiera afirmar categóricamente, ¿sabe usted?

—Creo que a eso se le llama intuición femenina, señora.

—Se llame como se llame, de algún modo sabía que Euston no era lo que parecía, por mucho que lograra ocultar su auténtica naturaleza y también el estado de sus finanzas. Los padres de Daphne, en cambio, cayeron en la trampa. Mi nieta es una gran heredera. Si Euston hubiese logrado comprometerla, el escándalo habría sido mayúsculo.

—Pero usted controla los mecanismos del dinero en la familia —dijo Beatrice—. Por lo poco que he podido comprobar en los últimos días, no creo que usted hubiera insistido en que Daphne se casara con Richard Euston, por mucho que él triunfara en su plan.

—No, claro que no hubiera insistido —respondió lady Pennington—. Estaba claro que lo único que perseguía Euston era el dinero. Yo me casé en circunstancias similares, y le aseguro que nunca someteré a mi nieta a una experiencia tan endiablada. Solamente tengo que estar agradecida a mi marido porque tuvo el detalle de matarse en un accidente en las carreras hace unos años. De cualquier modo, la reputación de Daphne habría quedado arruinada si Euston se hubiera salido con la suya esta noche. Se habría visto obligada a dejar a un lado la sociedad.

—Parecía muy alarmada por la posibilidad de que la enviaran al campo. Estaba preocupada con la perspectiva de tener que casarse con alguien a quien ha descrito como un viudo con exceso de peso y tan mayor que podría ser su abuelo.

—Ese es lord Bradley —dijo lady Pennington conteniendo la risa—. Sí, he hecho todo lo que estaba en mi mano para aterrorizarla con esa amenaza en un esfuerzo para que tuviera cuidado aquí en la ciudad. Es una chiquilla con mucha energía.

—Obviamente, también se parece a usted en ese aspecto, señora.

—Sí. —Lady Pennington había dejado de sonreír, y su boca se torcía en una mueca—. Pero no quiero ver su vida arruinada por ese espíritu tan enérgico. ¿Está usted segura de que Euston va a dejar de ser un problema?

Beatrice se sacó la tarjeta de visita del bolsillo y volvió a examinarla. El único nombre que constaba era solamente el del señor Smith. El sello grabado era una imagen elegante de un león heráldico.

Pensó en la certeza que le había transmitido la voz de Joshua Gage cuando le había asegurado que Euston iba a desaparecer.

—Algo me dice que Richard Euston no va a molestarla a usted ni a su familia nunca más.

3

Joshua apretó los dientes al sentir el estallido de dolor en su pierna izquierda e izó al atontado Euston hasta el cabriolé. Henry, con la cara en la sombra por las alas del sombrero y por el cuello levantado del capote, miraba hacia abajo desde el pescante.

—¿Seguro que no necesita ayuda, señor? —preguntó.

—¿Dónde estabas cuando he tenido que arrastrar a este hijo de perra hasta fuera del jardín y camino abajo hace unos minutos? —interrogó Joshua.

—No tenía ni idea de que íbamos a tener que hacernos cargo de un cuerpo esta noche, señor. Como en los viejos tiempos, ¿verdad?

—No está muerto. De momento, no. Y no, no es como en los viejos tiempos.

—Como usted diga, señor. ¿Dónde lo llevamos?

—A un lugar tranquilo cerca de los muelles, donde él y yo podamos mantener una conversación privada —dijo Joshua.

—Y así ese tipo se dará un baño de madrugada después de hablar con usted, ¿verdad?

—Eso depende de las respuestas que me ofrezca.

Joshua soltó su carga sobre un asiento y se dejó caer con

cuidado sobre el asiento de cuero de enfrente. Otro aguijonazo de dolor se extendió por su pierna cuando intentaba agarrar la manecilla para cerrar la puerta.

—Maldita pierna —se quejó.

Volvía a perder la concentración. Inhaló despacio y tiró de sus años de entrenamiento para tratar de ignorar aquel dolor lacerante. Cuando recuperó el control, agarró el pomo de la puerta y la cerró.

Euston gruñó, pero no abrió los ojos.

Joshua empuñó el bastón y lo utilizó para dar un par de golpes en el techo. El vehículo avanzó.

Se preguntó si necesitaría llevar máscara, y concluyó que no sería necesario. Las lámparas interiores del carro estaban apagadas y las cortinas, corridas. Solamente se percibía el exterior por la pequeña rendija de una ventana. La poca luz que entrara en el coche iluminaría la cara de Euston, no la suya. Hacía ya mucho tiempo que había aprendido a permanecer en las sombras.

Se apoyó en el respaldo trasero y consideró hasta qué punto todos sus planes tan cuidadosamente diseñados se habían visto superados por los acontecimientos, y sobre todo por las acciones imprevisibles de la señorita Beatrice Lockwood.

Esa noche no había salido con la intención de asistir a un intento de rapto. Beatrice había sido su presa desde el principio. Pero los asuntos habían tomado un cariz inesperado.

Ponderó lo que había aprendido sobre ella en el breve encuentro. Solamente había hablado con Beatrice unos momentos en el jardín, pero siempre se había considerado brillante a la hora de evaluar rápidamente el carácter de los demás. En el pasado, su vida había dependido a menudo de esa habilidad. Pero su intuición no era infalible, claro está. La pierna mala y la cicatriz eran pruebas dolorosas de que cuando fallaba lo hacía de manera espectacular. No había términos medios para el Mensajero, ciertamente.

Pero sí estaba seguro de por lo menos una conclusión sobre Beatrice Lockwood: iba a ser un problema mucho más complicado de lo que había previsto.

Se masajeó la pierna con aire ausente mientras pensaba en ella. La impresión inicial que le había producido podía resumirse en un nombre, pensó: Titania. Como el hada reina del mito y la leyenda y del *Sueño de una noche de verano* de Shakespeare, Beatrice era una fuerza a tener muy en cuenta.

Los ojos azules como un lago, los rasgos delicados y el aire de frágil inocencia no lo habían engañado ni por un momento. Tampoco lo había hecho ese vestido pasado de moda. Hacía tiempo que estaba entrenado para mirar por debajo de las capas del disfraz. Beatrice era una excelente actriz, y le reconocía todos los méritos en ese aspecto, pero no había logrado engañarlo.

Lo que sí había logrado era sorprenderlo. No estaba seguro de cómo se sentía por este hecho en concreto. Ciertamente, no era un buen asunto, pero de algún modo sentía en su interior que algo se movía, algo que había permanecido congelado en su interior durante un año. La anticipación. Tenía ganas de encontrarse de nuevo con Beatrice Lockwood.

Pero primero tenía que acabar el asunto que había surgido de una forma tan inexplicable esa noche.

4

Poco después de las dos y media de la madrugada el carruaje de los Pennington se detenía frente a una pequeña residencia en Lantern Street. Una única luz brillaba en lo alto de la escalera, junto a la puerta de entrada. El lacayo ayudó a Beatrice a bajar del carruaje.

—¿Está segura de que quiere que la dejemos aquí? —preguntó lady Pennington, mirando la puerta de la oficina a través del monóculo—. La Agencia Flint y Marsh está cerrada. No hay luz en las ventanas.

—La señora Flint y la señora Marsh viven encima de las oficinas —dijo Beatrice—. Voy a despertarlas.

—¿Tan tarde? —preguntó Daphne.

—Le aseguro que tendrán gran interés en conocer lo que ha ocurrido esta noche —respondió Beatrice.

—Estupendo, entonces —dijo lady Pennington.

—Buenas noches, señorita Lockwood —añadió Daphne—. Y gracias otra vez por salvarme del señor Euston.

Beatrice sonrió.

—A quien se lo tiene que agradecer es a su abuela. Ella fue la que sospechó que ese Euston no era de fiar.

—Sí, ya lo sé —dijo Daphne—. Una cosa más, antes de que se vaya. ¿Cree que tal vez podría enseñarme a disparar una pistola tan pequeña como esa que lleva? ¡Me gustaría tanto disponer de un arma!

—Pero ¿de qué estás hablando? —preguntó lady Pennington con dureza—. ¿Qué es eso de una pistola?

—Es una larga historia —respondió Beatrice—. Voy a dejar que sea la señorita Daphne quien le dé los detalles.

Subió por la escalera hacia la puerta de la Agencia Flint y Marsh y alzó la aldaba. Tuvo que dejarla caer un par de veces antes de que una luz se encendiera en algún lugar de entre las profundidades de la casa. Se oyeron pasos en el recibidor.

La señora Beale, el ama de llaves de mediana edad, abrió la puerta. Iba vestida con una bata de zaraza, zapatillas y gorro de dormir laceado. No parecía demasiado contenta.

—Son las tres de la mañana, señorita Lockwood. ¿Qué hace aquí a estas horas?

—Sabe usted muy bien que no despertaría a la señora Flint y a la señora Marsh a menos que se tratara de algo importante, señora Beale.

—Sí —dijo la señora Beale—, supongo que no lo haría. Entre, entonces. Espero que nadie haya muerto en esta ocasión.

—No he echado a perder a ningún cliente, si eso es lo que quiere decir.

—¡Vaya, lo sabía! Alguien ha muerto.

Beatrice ignoró ese comentario. Se volvió hacia el coche e hizo un pequeño gesto para indicar que todo iba bien antes de entrar en el amplio recibidor. La elegante carroza de los Pennington reemprendió su camino por la tranquila calle.

La señora Beale cerró la puerta con el pasador.

—Voy arriba a despertar a las señoras.

—No es necesario que nos despierte —dijo Abigail Flint desde lo alto de la escalera—. Estoy bajando con Sara. ¿Quién ha muerto?

—No ha muerto nadie —respondió Beatrice—. Vaya, al menos eso creo.

Sara Marsh apareció en el rellano.

—¿Está bien la nieta de nuestra clienta?

—Daphne está bien, pero ha faltado poco para que no lo estuviera —dijo Beatrice.

—¿Qué van a tomar las señoras? —preguntó el ama de llaves con tono de resignación—. ¿Té o brandy?

—Ha sido una noche muy larga, señora Beale —dijo Beatrice.

El ama de llaves volvió a suspirar, esta vez con un tono de condescendencia.

—Entonces iré a por la bandeja del brandy.

Momentos después, Beatrice estaba sentada junto a sus patronas frente a un pequeño fuego. Todas tenían una copa de brandy en la mano. Abigail y Sara iban en camisón y convenientemente abrigadas con bata, gorro de dormir y zapatillas.

—Parece obvio que nuestra clienta tenía razón en confiar en sus instintos cuando el señor Euston empezó a mostrar tanto interés por Daphne —dijo Abigail—. Lady Pennington quizá no disponga de dones metapsíquicos, pero yo siempre digo que en estos asuntos no hay nada como la intuición de una abuela.

Abigail era una mujer alta, delgada y angulosa de una cierta edad. Los rasgos afilados incluían una nariz formidable y un mentón en punta. El pelo negro se le estaba volviendo plateado rápidamente. Los ojos oscuros tenían una calidad curiosa y velada; Beatrice tenía la certeza de que ocultaban viejos misterios y profundos secretos.

El temperamento de Abigail solamente podía describirse como adusto. Se inclinaba por tener una visión pesimista del mundo en general y de la naturaleza humana en particular. Cuando Sara le recriminaba que siempre esperara lo peor, Abigail respondía invariablemente que pocas veces se veía decepcionada.

Su compañera en el negocio, así como también en la vida, era su polo opuesto, tanto en apariencia como en temperamento. Sara Marsh tenía una edad similar, pero se hacía difícil localizar tonos grisáceos en su pelo rubio. Era de formas redondas y suaves, de modo que los hombres, jóvenes y maduros sin excepción, la encontraban atractiva. Era entusiasta, optimista e inquisitiva.

Como amante autodidacta y apasionada de la ciencia, le fascinaban los diferentes tipos de pruebas que quedaban en la escena del crimen. Mantenía un laboratorio bien equipado en el sótano de la mansión donde lo examinaba todo, desde las huellas dactilares hasta las muestras de veneno que los agentes de Flint y Marsh le proporcionaban.

La señora Beale no cesaba de declarar que un día Sara provocaría accidentalmente una explosión o propagaría gases letales que representarían la muerte de todos los presentes en la casa.

Tanto Abigail como Sara poseían lo que ellas llamaban un sexto sentido. En sus días de juventud habían regentado una librería para aficionados a la parapsicología. Pero hacía unos cuantos años que habían cerrado la tienda para lanzarse con éxito a la aventura de las investigaciones privadas. La firma Flint y Marsh atraía a clientes de la clase alta que deseaban encargar investigaciones discretas.

Los volúmenes de los tiempos de la librería ahora llenaban las paredes del salón desde el suelo hasta el techo. Muchos de los libros estaban llenos de energía. Beatrice tenía conciencia de corrientes indefinidas que agitaban la atmósfera de la estancia.

—Un trabajo excelente, querida —dijo Sara—. No tienes por qué culparte de lo que ha ocurrido en el jardín.

—Euston ha estado a punto de raptarla, y ha sido culpa mía —expresó Beatrice—. Me distraje con la limonada que se había caído. Y cuando el hombre con el bastón desapareció de la sala de baile, casi al mismo tiempo que Daphne, me preocupó que también estuviera involucrado en el rapto.

—Sí, el final ha resultado un poco caótico —comentó Sara—, pero bien está lo que bien acaba.

Se oyó una exclamación de Abigail.

—En este caso no me parece que nada haya acabado demasiado bien para el señor Euston. Pero no me preocupa la suerte que vaya a correr. Lo que despierta mi curiosidad es sobre todo ese caballero que apareció para ayudarte, el del bastón y la cicatriz. Esa parte de la historia es de lo más preocupante.

—Sí —dijo Sara—. Háblanos de él.

Beatrice se esforzó en encontrar las palabras precisas para explicar su reacción ante Joshua Gage.

—Primero apareció en la sala de baile. Estuvo allí solamente un momento, pero sé que reparó en mi presencia, que, de hecho, me estaba mirando. —Dudó—. Digamos mejor que me estaba estudiando. Sí, eso es. Estaba estudiándome.

Abigail frunció el ceño.

—En principio no tendría por qué haber reparado en la presencia de una dama de compañía sentada en un rincón de una gran sala.

—Sí, lo sé —dijo Beatrice—. Pero le aseguro que se fijó en mí. Es más: después, cuando se presentó en el jardín y se ofreció a librarse del señor Euston, las utilizó a usted y a la señora Marsh como referencias. Luego anunció que quería hablar conmigo mañana. —Miró el reloj—. De hecho, hoy.

—Bueno, yo creo que eso clarifica las cosas —dijo Sara—.

Si sabe de Flint y Marsh y si es consciente de que eres una de nuestras agentes, tiene que tratarse de alguien involucrado en un caso previo. Esa sería una explicación perfectamente razonable.

Abigail entornó los ojos.

—Pero ninguna de nosotras reconoce su nombre.

—Será porque en realidad no lo conocemos —respondió Sara con paciencia—. Pero obviamente conoce a uno de nuestros clientes.

—Había algo muy... muy inquietante en él —dijo Beatrice.

—¿Y ese señor dice que quiere hablar contigo por la mañana? —inquirió Abigail con el ceño fruncido.

—Sí. También ha dicho que Euston no volvería a ser un problema. En eso ha sido muy claro. Si quieren que les diga la verdad, me preocupa en cierto modo que Euston acabe en el río.

—Euston podría merecer esa suerte, pero la política de Flint y Marsh es evitar cualquier clase de escándalo —dijo Sara con incomodidad.

—¡Qué tontería! En el río siempre hay cuerpos que aparecen. —Abigail hizo un gesto con el dedo índice, como para dejar de lado el asunto—. Euston será uno más, y basta.

Beatrice se estremeció e intercambió una mirada con Sara, que soltó un suspiro. Abigail se inclinaba a menudo a abordar los problemas de manera pragmática.

—Sabes muy bien, querida, que los cuerpos de los caballeros que se mueven en sociedad no suelen aparecer, como dices, en el río —repuso Sara—. Euston tampoco es que tuviera un futuro tan prometedor, pero en ciertos círculos era conocido. Resulta obvio que tenía algunos contactos. Así fue como consiguió que un respetable amigo de la familia Pennington lo presentara a Daphne. Si ahora lo encontraran muerto en circunstancias misteriosas, se produciría una investigación policial. Todos sabemos que la Agencia Flint y Marsh no puede permitirse verse involucrada en un asunto así.

—Sí, tienes razón, claro está. —Abigail tamborileó los dedos sobre el brazo del sillón—. Lo único que podemos esperar es que el señor Gage ponga mucho cuidado en que la desaparición de Euston no vaya a causar ningún problema.

Beatrice se aclaró la garganta.

—La verdad es que me dio la impresión de que realmente tiene mucha experiencia en asuntos como este.

—Razón de más —añadió Abigail, con la expresión iluminada—. Razón de más para no preocuparnos por Euston.

—Me gustaría insistir en que Euston estaba vivo cuando lo vi por última vez —dijo Beatrice—. Es posible que el señor Gage no haya recurrido a medidas extremas esta noche.

—Lo que tiene que preocuparnos en este momento —apuntó Sara— es su interés en ti, Beatrice. ¿Estás segura de que no lo reconoces de tus días en la Academia de lo Oculto de Fleming?

—Estoy convencida. —Beatrice bebió un sorbo de brandy—. Y les aseguro que no es un hombre que pueda olvidarse fácilmente.

—¿Tan fea es la cicatriz? —preguntó Abigail arqueando las cejas.

—Lo que lo hace memorable no es la cicatriz —dijo Beatrice—. Ni tampoco la cojera. ¿Están seguras de que no reconocen ese nombre?

—Yo lo estoy. —Abigail apretó los labios—. Claro que podría tratarse de un cliente de nuestros días de la librería. A lo largo de los años tuvimos a cientos de ellos. Es imposible que recordemos los nombres de todos.

—¡Huy, casi me había olvidado! ¡Me ha dado una tarjeta! —exclamó Beatrice. Dejó a un lado su copa de brandy y buscó en el bolsillo del vestido—. Creo que el nombre que figura en la tarjeta es el de su antiguo patrón. Por lo que me ha parecido, él creía que ustedes lo reconocerían.

Sara tomó las gafas de leer de encima de la mesa y se las puso.

—A ver, a ver...

Beatrice le entregó la tarjeta. Sara la leyó y compuso una expresión de sorpresa. Repasó el relieve del membrete del león con la yema del dedo.

—¡El señor Smith! —susurró—. Pero eso no es posible... ¡Después de tanto tiempo, no!

—¿El señor Smith? —Abigail frunció el ceño—. Tiene que tratarse de un error. Déjame ver esa tarjeta...

Sara le entregó la tarjeta a Abigail y esta la estudió con una creciente incredulidad que pronto se convirtió en asombro.

—¡Por todos los santos! —susurró, acariciando el membrete—. ¿Crees de verdad que está vivo?

—Los rumores sobre su muerte nos hacían dudar —dijo Sara.

Beatrice observó el rostro de Sara, en busca de alguna respuesta, y luego miró a Abigail.

—¿Quién es ese señor Smith?

—¡Nunca lo supimos! —declaró Abigail—. Y nunca lo conocimos, por supuesto. Tratábamos con su Mensajero.

Aquel tono ominoso no preocupó a Beatrice tanto como el hecho de que la tarjeta temblara en los dedos de Abigail. No era alguien que se echara a temblar ante una contingencia cualquiera. Normalmente, Abigail solía hacer honor a su apellido, «pedernal» en inglés.

—Estoy segura de que el León en realidad no se llamaba Smith —dijo Sara—. Pero ese nombre y el sello era todo lo que sabíamos de él. Como ha dicho Abby, cuando tenía asuntos con nosotros, enviaba a su Mensajero.

—Precisamente, el señor Gage me ha pedido que les dijera que el Mensajero les manda saludos —comentó Beatrice.

—Oh, vaya, vaya... —susurró Sara—. Esta situación se hace extraña por momentos.

—¿Pueden describirme a ese Mensajero? —preguntó Beatrice.

—No podemos darte una descripción física —dijo Abigail—. Cuando nos encontrábamos con él siempre lo hacíamos en un lugar que él escogía, y siempre estaba entre las sombras. Nunca le vimos la cara a plena luz. —Hizo una pausa—. Pero de lo que estoy casi segura es de que no caminaba cojeando. ¿Tú qué crees, Sara?

—No, realmente nada hacía suponer que se sirviera de un bastón —repuso Sara—. Lo que recuerdo es que siempre nos asustaba cuando empezaba a hablarnos desde la oscuridad del lugar que hubiera escogido para encontrarse con nosotras. Nunca lo oíamos llegar y nunca lo oímos partir. Era como si él mismo fuera una sombra.

—Ya —dijo Beatrice. Pensó en cómo había detenido su marcha y en cómo se apoyaba en su bastón—. Bueno, siempre habrá accidentes. E imagino que un hombre con semejante profesión tiene que atraer a un gran número de enemigos.

—Eso es muy cierto —asintió Abigail.

—Decían que alguien a quien llamaban el Mensajero trabajaba para el señor Smith —dijo Beatrice—. No entiendo el papel del señor Smith en todo esto. ¿Para qué necesitaba un mensajero?

Sara y Abby intercambiaron miradas. Luego, Sara se volvió hacia Beatrice.

—Abby y yo sacamos la conclusión hace tiempo de que Smith era un jugador en el Gran Juego, que es como la prensa y los novelistas denominan el negocio del espionaje.

—¿Quiere decir eso que era un espía? —preguntó Beatrice.

—Un maestro de espías —dijo Abigail—. El Mensajero nos aseguró que estaba a las órdenes de la Corona, y nosotras no tenemos razón alguna para dudarlo. Por lo que podemos deducir, los dominios de Smith se extendían por toda Inglaterra, a través de Europa y más allá. Pero ya se sabe lo que pasa con las leyendas.

—Y una nunca conoce toda la verdad —apuntó Sara.

—Ya veo —dijo Beatrice—. Supongo que eso convenía tanto al señor Smith como a su Mensajero. La gente siempre teme más lo desconocido que lo conocido.

Sara hizo una mueca.

—En realidad, en el caso del señor Smith lo que las personas sensatas temían era a su Mensajero, el hombre al que el señor Smith enviaba para cazar a los traidores y a los espías que había entre nosotros. El Mensajero frustraba todas las conspiraciones que hubiera, algunas de ellas realmente extrañas.

—Y nosotras a veces lo ayudábamos —intervino Sara con tono de orgullo.

—No lo entiendo —dijo Beatrice—. ¿A qué se refieren con eso de que eran conspiraciones extrañas?

—Cuando el señor Smith enviaba a su Mensajero para investigar una conspiración o un acto de espionaje, una podía estar segura de que la amenaza estaba muy lejos de ser algo corriente, y de que en cualquier caso no iba a ser el tipo de caso que una esperaba que Scotland Yard solucionara. Siempre tenían un cariz paranormal.

Abigail soltó una risa forzada.

—Eso no quiere decir que el Mensajero reconociera nunca ni remotamente la idea de que hubiera una explicación paranormal en los casos que investigaba, ¿lo entiendes? No creía en la energía oculta. Eso siempre me llamó la atención, porque me parecía obvio que él poseía talento en ese sentido.

—Es muy habitual que las personas rechacen el lado paranormal de sus naturalezas —apuntó Sara—. Cuando se ven en la obligación de explicar sus capacidades metapsíquicas siempre encuentran otras explicaciones.

—Y ¿qué tipo de capacidad tenía el Mensajero? —preguntó Beatrice.

—Por lo visto su talento no tenía parangón cuando se trataba de encontrar a personas y cosas. Siempre lo conseguía.

—Están hablando tanto del Mensajero como del señor Smith en pasado —terció Beatrice—. ¿Acaso les ocurrió algo?

—Nadie lo sabe —respondió Abigail—. Hará cosa de un año empezaron a circular rumores sobre la muerte de Smith. Al principio no eran más que eso, rumores, pero luego se fueron haciendo cada vez más insistentes. Al final, Sara y yo sacamos la conclusión de que debía de ser cierto.

—El Mensajero desapareció al mismo tiempo —explicó Sara—. Por eso supusimos que él también debía de estar muerto. Lo que es seguro es que en todos estos meses no se ha puesto en contacto con nosotras. Si quieres que te diga la verdad, lo he echado en falta.

—Tonterías —dijo Abigail, un tanto agresiva—. Era un tipo muy misterioso. Me hacía sentir incómoda en su presencia. —Hizo una pausa—. Eso sí, tengo que admitir que pagaba bien por la información.

—Lo cierto es que, a pesar de la opinión que tenía de todo lo paranormal —explicó Sara con tristeza—, entendía el valor de la visión científica en la investigación criminal. Siempre respetaba mis opiniones, a diferencia de ciertos inspectores de Scotland Yard que podría nombrar y que nunca han prestado atención a mis opiniones, simplemente porque soy una mujer.

—Pero tienes que reconocer que del hecho de que el Mensajero respetase tus conocimientos científicos no puede deducirse que no fuera extremadamente peligroso —dijo Abigail.

—Sí, ya lo sé —contestó Sara—. De todos modos tengo que admitir que realmente me lo pasé muy bien analizando las cosillas que me envió en calidad de pruebas.

Abigail miró a Beatrice.

—Dimos por sentado que el Mensajero había sido asesinado por la misma persona que acabó con el señor Smith. Era la única teoría que permitía explicarnos cómo habían desaparecido al mismo tiempo.

Beatrice reflexionó un momento.

—Y ¿qué ocurriría si el señor Smith y el Mensajero fuesen una única persona? Eso explicaría que hubieran desaparecido al mismo tiempo.

Abigail y Sara se miraron.

—Es una posibilidad —admitió Sara—, pero lo dudo. Siempre tuvimos la impresión de que el señor Smith manipulaba un extenso imperio de espías y de informadores. El Mensajero, en cambio, parecía concentrarse enteramente en investigaciones aquí en Londres.

—Tenía conexiones que iban desde los clubs de caballeros más exclusivos hasta el mundo criminal —añadió Abigail.

—Resulta obvio que el hombre con el que he coincidido esta noche quiere que crean que es el Mensajero que habían conocido —dijo Beatrice.

Abigail se enderezó de pronto.

—Tal vez sea un impostor. Eso explicaría muchas cosas. Quizás alguien haya sacado la conclusión de que con el Mensajero auténtico muerto, resulta seguro asumir su identidad, junto con las conexiones que se le suponen.

—No creo que eso sea tan sencillo, querida —dijo Sara—. ¿Por qué iba nadie a hacer algo semejante?

—El Mensajero del León era muy temido en ciertos medios —prosiguió Abigail—. Seguro que conocía muchos secretos inconfesables, alguno de los cuales, sin duda, habrían destruido a personas muy poderosas. También están los que matarían para adquirir su reputación, pues eso conllevaría la capacidad de intimidar y controlar a los demás.

—¿Cuál era exactamente la naturaleza de su reputación? —preguntó Beatrice—. Aparte de ser más bien peligroso, quiero decir.

—Tal como te ha dicho Abby, siempre encontraba lo que se había propuesto encontrar —dijo Sara—. Su otra característica era ser un hombre de palabra. Todos los que tenían tratos con él sabían que si prometía algo, iba a cumplirlo. Por otra parte, era incansable. Conocerlo era saber que lo único que podía detenerlo era la muerte.

—Y eso fue exactamente lo que, en nuestra opinión, lo detuvo al final —apuntó Abigail.

—Disculpen la pregunta —intervino Beatrice—, pero ¿cómo entraron en contacto con el Mensajero, precisamente ustedes? Han mencionado que lo ayudaban en alguno de sus casos, ¿no es así?

Sara miró hacia los volúmenes encuadernados en piel que llenaban las paredes de la sala.

—En un principio, lo que lo trajo a nosotras fue la tienda. Abastecíamos a una clientela que se interesaba por todo tipo de asuntos relacionados con el ocultismo. A pesar de que personalmente no daba demasiado crédito a los asuntos paranormales, a menudo estaba involucrado en la investigación de crímenes con elementos de ese tipo.

—El Mensajero podía reconocerlo o no, pero ciertamente nosotras reconocíamos las conexiones metapsíquicas en la mayoría de esos casos —dijo Abigail—. Al principio utilizaba nuestra librería para la investigación. Luego descubrió el interés de Sara por las técnicas científicas de investigación.

—Y una cosa llevó a la otra, hasta que al final Abby y yo nos convertimos en sus ayudantes ocasionales —concluyó Sara.

Abigail arqueó las cejas.

—Tuvo una gran influencia en nosotras, ciertamente. El hecho de ayudarlo fue lo que nos impulsó a abrir nuestra propia firma de investigación. Se podría decir que si no fuera por el Mensajero seguiríamos pendientes de los ingresos de una pequeña librería.

—En otras palabras —dijo Beatrice, divertida—, le debo mi puesto actual como agente de Flint y Marsh al Mensajero.

—Sí, ciertamente, es una manera de verlo —coincidió Sara.

Beatrice hizo una mueca.

—Lo que es seguro es que en todo este asunto hay algo de ironía.

Sara puso una expresión pensativa.

—No, no es ironía.

—¿Y coincidencia? —preguntó Abigail, claramente emocionada.

—Ya sabes que yo no creo en la coincidencia —repuso Sara—. No, lo que aquí ocurre parece ser una concatenación de pequeños sucesos con un elemento en común.

—¿Y cuál es? —preguntó Beatrice.

—Pues un elemento paranormal. No tienes más que considerar los ingredientes obvios de esta mezcla: la carrera que hiciste en la Academia Fleming, el trabajo que desempeñas ahora aquí con nosotras, la reaparición del Mensajero después de todos estos meses, su talento tan poco común y el hecho de que a menudo investigara casos que contenían un elemento paranormal... —Sara negó con la cabeza, molesta—. No pretendo poder captar toda la pauta todavía, pero esa pauta existe, y de eso no tengo ninguna duda.

—Pero ¿qué puede querer de mí? —preguntó Beatrice—. Y ¿cómo ha podido encontrarme esta noche en ese baile?

—No hay explicación sobre el interés que lo ha llevado hasta ti —dijo Abigail con incomodidad—. Pero en cuanto a cómo te ha podido descubrir en el baile de esta noche, eso es fácil de explicar. Creo que ya lo he dejado suficientemente claro: el Mensajero siempre encuentra lo que busca.

Los ojos de Sara se ensombrecieron.

—Obviamente te estaba buscando a ti, querida.

5

No había tráfico, apenas se veía de una farola a otra, y el olor del río en el aire de la noche era intenso. Habían llegado a su destino.

Joshua utilizó el bastón para hacer que el bulto tan bien vestido del banco de enfrente se incorporara.

—Despierte, señor Euston. Esta noche me ha supuesto usted un gran inconveniente. No deseo pasar más tiempo en su compañía del que sea estrictamente necesario.

Euston gimió y abrió los ojos. Por la ventanilla parcialmente tapada entraba justo la cantidad de luz necesaria como para revelar la sorpresa que expresaban sus bellos rasgos.

—¿Dónde estoy? —murmuró—. ¿Benson? ¿Eres tú?

—Siéntese bien —ordenó Joshua.

—¿Cómo? —Euston consiguió incorporarse sobre el respaldo del asiento. Intentó concentrarse. La sorpresa se convirtió en alarma.

—Usted no es Benson. ¿Quién demonios es usted?

—No necesita saber mi nombre. Lo único necesario es que entienda las instrucciones que voy a darle.

—Pero ¿qué demonios...? ¿De qué está hablando?

—En cuanto salga el sol será usted persona non grata en los círculos sociales. Su nombre va a desaparecer de las listas de invitados de todas las anfitrionas de la ciudad. Ningún club va a permitirle franquear la puerta. Mi consejo sería que zarpara rumbo a América o bien que partiera hacia el continente cuanto antes, mejor.

—¿Cómo se atreve a amenazarme? —silbó Euston.

—Vamos a dejarlo muy claro: no lo estoy amenazando. Yo nunca amenazo. Le doy mi palabra de que cuando sean las doce, todas las personas que cuentan en su mundo tendrán plena conciencia de que es usted un cazador de fortunas y un fraude.

—Eso no puede probarlo. La familia de la chica nunca permitiría que usted fuese a la policía, pase lo que pase.

—Y no voy a acudir a la policía con este cuento —dijo Joshua—. No hay ninguna necesidad. Los dos sabemos que la sociedad no tiene necesidad de pruebas antes de emitir un juicio. El mundo educado está más que contento relatando rumores y susurros. Le prometo que las noticias a las que se ha expuesto como cazador de fortunas que intenta encontrar a una heredera se extenderán por toda la ciudad, y, sin duda, también en la prensa, en unas horas.

—No me puede hacer esto. No puede hablar en serio.

—Mañana ya descubrirá lo muy en serio que hablo.

El coche se detuvo. Joshua abrió la puerta. La niebla se introdujo en el cabriolé, y con ella otra dosis de olor del río. Una única lámpara de gas brillaba en el extremo de la calle, pero la densidad de la bruma le arrebataba la mayor parte de la luz antes de que pudiera llegar mucho más allá. Los almacenes se levantaban por entre las sombras.

—Ahora es cuando le toca salir, Euston —dijo Joshua—. Váyase rápido, antes de que se me acabe la paciencia. Ha sido una noche muy larga y no estoy del mejor de los humores. Se ha interpuesto en los planes que tenía para la velada. No suelo tomarme demasiado bien estos impedimentos.

Euston miró con aprensión hacia la calle que lo aguardaba.

—No conozco este sitio. Parece obvio que es peligroso. ¿Cómo podré volver a mi habitación amueblada?

—En el lado opuesto de ese almacén hay una taberna. Creo que en la calle habrá esperando uno o dos cabriolés. Pero tal vez sería deseable que agilizara su paso. Tiene razón. En este barrio abundan los rufianes de todo tipo y algunos te rebanan el cuello por menos de nada.

Euston no se movió.

—Salga —dijo Joshua. Hablaba con mucha mucha suavidad—. Ahora.

Euston se contorsionó, como si lo hubiera alcanzado el azote de un látigo. Alcanzó la puerta y medio cayó, medio saltó al pavimento. Luego se volvió y se detuvo para mirar hacia el carruaje.

—¡No sé quién eres, hijo de puta! —dijo—. ¡Pero te haré pagar por esto, aunque sea lo último que haga!

—Pues me temo que tendrá que ponerse a la cola. Una cola muy larga, por cierto.

Joshua cerró la puerta y dio dos golpecitos en el techo del carruaje.

Henry abrió la trampilla.

—¿Hacia dónde, señor?

—Saint James.

—Muy bien.

Henry cerró, hizo restallar las riendas y el carruaje salió para adentrarse en la niebla.

Joshua apartó una de las cortinas y miró hacia la noche. El agudo dolor de su muslo se había convertido en un dolor palpitante y sordo. Se consolaba recordando que cuando volviera a la casa dispondría de unos tragos de un brandy excelente.

Esa noche nada le había salido bien.

Hubiera sido más preciso decir que nada había salido bien desde el inicio de ese asunto, se recordó. Y eso era precisamente lo que lo hacía tan interesante.

No hacía ni un par de semanas estaba en la casa de campo, cada vez más hundido en las arenas movedizas de la rutina tan horriblemente aburrida que se había impuesto. Esos días soporíferos se iniciaban con una meditación matinal seguida de ejercicios limitados de artes marciales que podía seguir practicando a pesar de la pierna mala. A los ejercicios seguían unas cuantas horas dedicadas a repasar algunos negocios. Administraba la fortuna familiar de su hermana, de su sobrino y de sí mismo. A última hora de la tarde hacía un alto en sus tareas y salía a pasear, aunque muchas veces eso fuera algo doloroso, a lo largo de los acantilados que bordeaban el mar, incansablemente agitado.

La mayoría de las noches las pasaba en blanco, pero cuando conseguía dormir sus sueños eran siempre variaciones de una misma pesadilla recurrente. Volvía a vivir la explosión, veía el cuerpo de Emma tendido sobre las losas del suelo y oía que Clement Lancing le gritaba desde el otro lado de la barrera de llamas: «¡Has sido tú, hijo de puta! ¡Ha muerto por tu culpa!»

Todos los sueños acababan del mismo modo, con Victor Hazelton mirándolo desde las sombras, acusándolo en silencio de fracasar a la hora de salvar a Emma.

Era plenamente consciente de que recientemente, en el curso de sus paseos vespertinos, había empezado a pasar demasiado tiempo apostándose junto al borde de los acantilados para contemplar el caos del terrible oleaje allá abajo. ¡Habría sido tan fácil para un hombre con una pierna que le fallaba perder el equilibrio!

Pero tenía responsabilidades que no podía descuidar. La conciencia de que tanto su sobrino, Nelson, como su hermana,

Hannah, dependían de él le hacía dejar de mirar hacia las aguas revueltas todos los días al atardecer.

Aquella vida orquestada con tanto cuidado se había detenido en seco cuando había recibido aquel telegrama de Nelson:

Por favor, ven a Londres. Madre te necesita.

Solo había una fuerza que siguiera siendo lo suficientemente fuerte para sustraerlo de su propio infierno privado, pensaba Joshua, la misma fuerza que le prohibía buscar refugio en el opio o en el mar: la responsabilidad para con su familia. Por primera vez en casi un año tenía una misión que llevar a cabo.

Había planeado pasar una semana o dos en Londres enfrentándose al problema, para luego volver a recluirse. Pero el caso, que le había parecido sencillo y claro, estaba resultando mucho más complicado e infinitamente más intrigante de lo que había previsto. A pesar de lo mucho que le dolía la pierna, se sentía vigorizado y fresco. El hecho de haber encontrado a Beatrice Lockwood esa noche, había actuado como un tónico para su estado de ánimo.

En un principio había tenido la intención de tenderle una trampa a una aventurera de costumbres poco claras que obviamente vivía por sus propios medios, pero había descubierto que no era enteramente lo que parecía. La pistola que había utilizado para detener a Euston había sido solamente una de las diversas sorpresas que aquella noche le había deparado.

Cuando la había adscrito a la Agencia de Lantern Street ya había tenido el convencimiento de que la apariencia inocente con la que se disfrazaba Beatrice era una muestra de su talento como actriz, algo, sin duda, muy útil en su nuevo trabajo como agente de Flint y Marsh. Pero sabía que, por muy inocente que hubiera sido, eso era ya agua pasada. Como mujer sola en el mundo, era la única responsable de su propia seguridad y supervivencia. En esas circunstancias cada quien hacía lo que creía necesario. Eso era algo que él respetaba. Ciertamente, no la culpaba si había resbalado del pedestal de la virtud en tal y cual ocasión. En cualquier caso, la admiraba por mantener un espíritu brillante y orgulloso.

Era evidente que los instintos de supervivencia de esa chica estaban de lo más despiertos, lo que hacía todavía más sorprendente la arriesgada defensa a su cliente de esa noche. Sí, él ya sabía que las damas de compañía que proporcionaba la firma Flint y Marsh tenían características poco habituales. La señora Flint y la señora Marsh eran, después de todo, una pareja poco habitual. Sin embargo, uno no esperaba que una mujer como Beatrice —una mujer que, entre otras cosas, había hecho carrera como practicante ocultista fraudulenta para luego chantajear a alguno de sus clientes— acudiera en auxilio de los demás. Cuando el peligro aparecía, las personas más inteligentes —hombres o mujeres, e independientemente de su procedencia social— se las arreglaban para esfumarse. De hecho, pensaba, Beatrice había hecho precisamente eso en una ocasión anterior: se había esfumado de la Academia de lo Oculto del doctor Fleming después del asesinato de su patrón.

Todo lo cual levantaba nuevas preguntas sobre lo que había pasado realmente la noche en que había muerto Fleming. Morgan, de Scotland Yard, al igual que la prensa sensacionalista, estaba convencido de que Beatrice había matado a su patrón, de que luego había robado la recaudación de la noche y de que se había marchado a un lugar desconocido. Pero a Joshua estas explicaciones no le habían convencido en ningún momento. Ahora comprobaba que sus instintos habían sido los correctos. Fuera lo que fuese lo que había sucedido en la noche de la muerte de Roland Fleming, ese asesinato no había tenido el robo como móvil directo y fácil.

Henry detuvo el carruaje frente a uno de los clubs más prestigiosos de Saint James. Joshua recogió su bastón, el sombrero y los guantes. Apretando la mandíbula contra el dolor que sabía que iba a surgir, abrió la puerta de la cabina, se agarró al pomo y utilizó el estribo metálico para descender al pavimento.

Ya habían pasado los días en los que podía saltar de un vehículo y aterrizar limpia y atléticamente, pensó. Incluso Euston, todavía aturdido tras el corto período de inconsciencia, se las había arreglado para bajar con mayor dignidad cuando le había indicado que saliera del coche.

Joshua envió a Euston y a su propio pasado al diablo y subió los escalones que llevaban al club. Un portero de edad avanzada se materializó en la entrada principal para bloquearle el paso.

—¿Puedo ayudarlo, señor?

Joshua tomó de su bolsillo el sobre que contenía una de sus antiguas tarjetas de visita y se lo entregó al portero.

—Tengo un mensaje para lord Allenby. Por favor, entréguele esto de inmediato y dígale que esperaré en mi coche.

El portero miró el sobre con suspicacia, pero lo aceptó.

—Le daré el recado, señor.

Por el tono de voz, el portero transmitía la sensación de que no esperaba que hubiera respuesta. Volvió a desaparecer en el interior del club y cerró la puerta con firmeza.

Joshua retrocedió hasta el coche y subió los escalones hasta la cabina. Se sentó y se masajeó la pierna mientras esperaba. «Ya no falta mucho tiempo más —se prometió—. Pronto habrá brandy.»

Lo mejor de los clubs de caballeros de Londres era que el tiempo permanecía inmóvil dentro de las paredes de los establecimientos. Los cambios se producían a un ritmo desesperadamente lento, si es que se producían. Joshua siempre había encontrado de lo más prácticas tanto la previsibilidad como la fiabilidad de las costumbres de sus miembros. Allenby, por ejemplo, tenía el prurito de conocer siempre el último de los rumores. Y cuando se trataba de hacer correr ese rumor, era de lo más efectivo.

Allenby, un hombre corpulento de unos setenta años, apareció en el umbral del club. Localizó el coche en el lado más alejado de la calle y caminó hacia él.

—¿Se une usted a mí, señor? —inquirió Joshua desde las sombras de la cabina sin iluminar.

—¡Vaya, en verdad es usted! ¡El Mensajero de Smith! —Allenby subió al vehículo y se sentó—. Reconozco su voz. Por lo que había oído estaba usted muerto. Ya sospechaba que alguien podía estar haciendo trampa.

—Le agradezco que haya encontrado un momento para verme —dijo Joshua.

—Naturalmente, naturalmente. Los viejos tiempos y todo eso. Siempre estaré en deuda con usted, por lo que hizo por mi hijo hace unos cuantos años. Me alegra comprobar que, en efecto, está usted vivo. ¿Qué se le ofrece?

—Bien, de hecho, me gustaría pedirle un pequeño favor.

—¡Por supuesto, por supuesto, adelante! —dijo Allenby.

Joshua se instaló más profundamente en el rincón de la cabina.

—Me he enterado recientemente de algunas noticias alarmantes que conciernen al carácter de un joven caballero llamado Euston.

—¿Euston? ¿Euston? —repitió Allenby entornando los ojos—. ¿Ese joven que dicen que va tras la heredera de los Pennington?

—Sí —dijo Joshua—. Euston no es lo que parece, por desgracia. Sus finanzas son una ruina, y se ha inventado todos sus contactos sociales.

—¡Vaya! Un cazador de fortunas, ¿no es eso?

—Mucho me temo que sí. Usted trata con el padre de la joven. Pensaba que tal vez sería conveniente que se lo notificara discretamente.

—Por supuesto, por supuesto —asintió Allenby—. Conozco a Pennington desde hace una infinidad de años. Estuvimos juntos en Oxford. Lo menos que puedo hacer es informarle de que un cazador de fortunas va tras su hija.

—Gracias.

—¿Eso es todo? —preguntó Allenby.

—Sí. Le agradezco su colaboración en este asunto.

—Por supuesto, por supuesto. —Allenby hizo una pausa y se aclaró la garganta—. No querría inquirir los motivos de su ausencia en este pasado año, pero el portero me ha mencionado algo de un bastón.

—Sí. Utilizo uno para andar en estos días —dijo Joshua.

—Un accidente, ¿verdad?

—Sí, algo así.

—Bien, entonces. Estoy encantado de comprobar que ha sobrevivido —dijo Allenby.

—Gracias, señor.

—Vuelvo al club. Pennington se dejará caer por aquí sin duda más tarde. Me aseguraré de que le llega esta información sobre Euston.

Allenby salió del coche y volvió a cruzar la carretera.

Y eso era todo, pensó Joshua. A la mañana siguiente, Euston se habría convertido en una persona non grata en todos los hogares ricos de Londres. Los chismorreos corrían más rápido que un río desbordado por los clubs londinenses de caballeros.

6

Media hora más tarde Joshua subía por la escalera frontal de su pequeña casa. Había adquirido esa residencia hacía varios años, cuando se había convertido en el Mensajero del León. Sus necesidades en aquel tiempo eran muy sencillas. Básicamente había requerido privacidad. Una vivienda modesta en una calle tranquila donde los vecinos se ocupasen de sus propios asuntos le convenía perfectamente. Ninguna de las respetables personas que lo rodeaban tenía idea de que el ocupante del número 5 se ocupaba de investigaciones clandestinas para la Corona. Todo lo que sabían era que se trataba de un hombre de medios bastante limitados que sobrevivía con el sueldo que recibía como oficinista empleado por una naviera.

La casa de la ciudad había estado cerrada durante el año anterior, pero el siempre fiable Chadwick había hecho un trabajo remarcable ocupándose de la apresurada vuelta a Londres.

Joshua se introdujo en la tenue luz del recibidor. Se quitó el sombrero y lo envió volando a través del pequeño espacio y hacia la pulida consola. Sintió cierta satisfacción cuando el sombrero aterrizó precisamente donde se lo había propuesto. Sí, la pierna mala le impedía desplazarse de otro modo que con un paso vacilante, y además la mayoría de los fluidos movimientos de artes marciales, que una vez habían sido su segunda naturaleza, en la actualidad le resultaban absolutamente imposibles. Pero, maldita sea, en lo que se refería al sombrero la puntería seguía siendo tan buena como siempre.

—Impresionante, Gage —le dijo al hombre del espejo—. La próxima vez que tengas un duelo de sombreros, con seguridad machacarás a tu oponente.

El hombre con la cara marcada y los ojos desalmados le devolvía la mirada.

Hizo una nota para indicarle a Chadwick que retirara el espejo por la mañana.

Apoyó el bastón contra la consola el tiempo suficiente para desprenderse de los guantes y quitarse el abrigo. Chadwick iba a saber que estaba en casa. Chadwick sabía todo cuanto acontecía en sus dominios. Pero también sabía que a menos que se le convocara, no había necesidad de que se levantara de la cama.

Joshua dejó los guantes en la mesa, tomó el bastón y avanzó por el recibidor hacia el estudio. No se preocupó por encender la lámpara. Su visión nocturna siempre había sido excelente. La luz de la luna que se introducía por las ventanas era suficiente para permitirle ver lo que hacía.

Se desanudó la corbata, se desabotonó el cuello de la camisa y cruzó la habitación hacia la mesa del brandy.

Se sirvió licor en un vaso y se sentó con cuidado en uno de los sillones de cuero. Desplegó su pierna izquierda. Le palpitaba más de lo habitual. Iba a tener que pagar el precio de subir el cuerpo inconsciente de Euston al coche.

Pero pensó que el coste, por alto que fuera, merecía la pena. Había encontrado a la escurridiza Beatrice.

7

Beatrice abrió la puerta de la bonita casa cuando faltaba poco para que amaneciera. George, que trabajaba para la señora Flint y la señora Marsh como cochero y recadero en general, esperó en la calle con el pequeño y envejecido coche hasta que la vio introducirse por la puerta delantera. Ella se volvió desde el umbral.

—Gracias, George —dijo—. Siento mucho que hayas tenido que salir a estas horas de la noche.

—No se preocupe por eso, señorita Lockwood. —George se echó hacia atrás el sombrero—. Ya no falta mucho para que salga el sol. Cuando llegue el servicio tendré café y desayuno.

Agitó suavemente las riendas contra la grupa del caballo. El vehículo se alejó calle abajo.

Beatrice cerró la puerta. La casa estaba en silencio. La señora Rambley, el ama de llaves, seguía en su cama de las estancias cercanas a la cocina. Clarissa Slate también debía de estar dormida.

El suministro de gas para los candelabros de pared se había bajado al mínimo, pero la luz era suficiente para iluminar la escalera. Beatrice siguió su camino hacia el piso de los dormitorios y avanzó por el pasillo.

Se abrió la puerta de uno de los dormitorios. Apareció Clarissa, con una vela en la mano. Durante el día su apariencia era severa, con la negra melena anudada en un terso moño y con aquellos anteojos que velaban la expresión seria de los ojos color ámbar. Los vestidos que se ponía eran siempre tan oscuros y de un corte tan estricto que la gente daba por sentado que llevaba un luto perpetuo. Pero esa noche, con aquel camisón de algodón blanco y la cascada de cabellos cayéndole sobre los hombros, tenía un aspecto completamente diferente, mucho más inocente y vulnerable.

Naturalmente, las apariencias siempre eran engañosas en lo que concernía a las señoritas investigadoras que trabajaban para Flint y Marsh, se recordó Beatrice. Todas y cada una de ellas poseían sus propios secretos.

—He oído el coche de George en la calle —dijo Clarissa—. ¿Cómo es que vuelves a casa a estas horas? ¿Ha habido algo que fuera mal en el caso Pennington? ¿Estás bien?

—Sí, estoy perfectamente —contestó Beatrice para tranquilizarla—. Pero el caso ha concluido de manera un tanto abrupta en el baile de los Trent esta noche. Richard Euston se sacó una treta de la manga. Intentó raptar a la señorita Pennington con la intención de comprometerla de manera que se viera forzada a casarse con él.

—Y supongo que no lo consiguió, ¿verdad?

—No, pero la situación se complicó, y la cosa da para una explicación bastante larga. Te prometo que te lo contaré todo mañana por la mañana.

—Bueno —dijo Clarissa sonriendo—, el caso es que no tendré que esperar mucho. Falta muy poco para que amanezca. Mejor será que intentes dormir un rato.

—Dudo mucho que lo consiga. Ya sabes lo que pasa cuando concluye un caso. Siempre te quedan esos nervios...

—Sí, lo entiendo —repuso Clarissa con una expresión afable—. Quizás un baño caliente y una copa de brandy te ayudarían.

—He pasado por las oficinas antes de venir —añadió Beatrice sonriendo—. La señora Flint y la señora Marsh ya me han ofrecido brandy. Vuelve a acostarte. De verdad, prometo contártelo todo mañana por la mañana.

—Muy bien, entonces —asintió Clarissa mientras empezaba a cerrar la puerta—. Es un alivio tenerte en casa sana y salva. Durante toda la noche he tenido una sensación incómoda. Empezaba a preocuparme y pensaba en enviar una nota a Flint y Marsh para ver si todo iba bien. Pero luego me he tranquilizado.

—Porque la intuición no te falla —señaló Beatrice—. La señorita Daphne ha corrido cierto peligro, pero al final todo ha salido bien. Sin embargo, se ha sumado un nuevo personaje a la comedia.

—¿Un personaje? —preguntó Clarissa enarcando las cejas.

—Responde al nombre de Joshua Gage.

8

—¿Que el señor Gage está aquí? —Beatrice alzó la vista de los periódicos de la mañana, con un tono de excitación y temor en la voz—. ¿Está usted segura, señora Rambley?

El ama de llaves era una mujer formidable de unos cuarenta años. Su silueta era la de una estatua griega. No había duda: la ofendía que se sugiriera que había algún error en su identificación del visitante.

—Ese ha sido el nombre que me ha dado el caballero —respondió la señora Rambley al tiempo que enderezaba el cuerpo para inclinar la imponente nariz—. Me ha dicho que usted lo estaría esperando.

—¡Pero no a las diez de la mañana! —protestó Beatrice.

Ella y la señora Rambley se encontraban solas en la casa. Clarissa había salido una hora antes para recibir los detalles de su nueva asignación en Flint y Marsh.

La irritación de la señora Rambley se convirtió de pronto en ansiedad. Beatrice se sintió culpable de inmediato. No era culpa del ama de llaves si Joshua Gage había decidido llegar a esa hora. La señora Rambley seguía adaptándose a sus patronas tan poco convencionales con sus tan poco convencionales trabajos. Ahora se sentía preocupada por haber cometido un error al permitir que una visita masculina se introdujera en la casa.

—Le diré al señor Gage que usted no está en casa —dijo ella, bajando la voz hasta un susurro—. Realmente, parece peligroso. Tiene una terrible cicatriz en la cara, y no querría saber por nada del mundo cómo ha podido acabar con esa marca. Estoy segura de que esa historia le hiela la sangre a cualquiera.

Empezó a dirigirse hacia la entrada, pero Beatrice la detuvo.

—No se preocupe, señora Rambley. No creo que tenga demasiado sentido pedirle que se vaya. Por lo poco que sé de él, no resulta fácil librarse del señor Gage. Por favor, hágalo pasar al salón. Y discúlpeme por haberle contestado como lo he hecho.

—No tiene de qué disculparse —rezongó la señora Rambley—. Desde luego que es algo temprano para recibir visitas.

—Y especialmente visitas masculinas —puntualizó Beatrice—. No es necesario avergonzase por eso, señora Rambley. Sé lo que está pensando, y estoy de acuerdo con usted. No es adecuado. Pero, en realidad, lo que cuenta aquí es qué puede estar pensando Gage.

En el rostro de la señora Rambley se reflejó la preocupación.

—¿Piensa que quizás eso sea un problema? ¿Cree que tal vez quiera imponerse de algún modo? Puedo mandar a buscar un agente, si quiere.

—Sería muy interesante ver cómo reacciona Gage ante un agente, por cierto, pero podemos permitirnos prescindir de semejante experimento. Y sí, tengo la intuición de que el señor Gage resultará ser un problema; sin embargo, estoy casi segura de que no constituye un peligro para mi persona.

—Si tan segura está, señorita...

Beatrice pensó en lo que había observado en las huellas de Gage durante la noche anterior. Las razones para tomar precauciones con él eran fundadas. Se sentía expectante, eso sí, y también curiosa. Ambas emociones parecían lógicas. Pero no podía explicar por qué la alteraba tanto el simple hecho de saber que estaba allí, justo allí, en su casa, esperándola.

—Sí, completamente segura —dijo.

—Estupendo, entonces.

La señora Rambley abandonó su puesto bajo el marco de la puerta y se dirigió al recibidor.

Beatrice se levantó y fue hacia la puerta. Escuchó a la señora Rambley conducir a Joshua hacia la sala. El sonido de la voz de aquel hombre, tan grave, intensamente masculina, la conmovió. Ya en la noche anterior había experimentado sentimientos similares. Había sido una ilusa al pensar que todo cambiaría a la luz del día.

La señora Rambley se apresuró a regresar a la sala del desayuno.

—Voy a por la bandeja del té, señorita.

—No creo que eso sea necesario... —dijo Beatrice.

Pero la señora Rambley ya corría hacia la cocina.

Beatrice inspiró profundamente, se enderezó, echó atrás los hombros y avanzó por el pasillo hacia la sala. Deliberadamente intentó hacer el menor ruido posible en lo que sabía iba a ser un fútil intento de sorprender a Joshua con la guardia baja. El vestido que llevaba era sencillo, sin faldas que se agitaran y rozaran el suelo. Las suelas de cuero blando de las zapatillas amortiguaban sus pasos.

Se detuvo un momento en el umbral y aguzó los sentidos, concentrándose en la mirada que dirigió al suelo. Los pasos de Joshua ardían de energía oscura, pero no vio nada que alterara las primeras impresiones que de él había tenido. Era un hombre de hielo y fuego, un hombre capaz de grandes pasiones, pero también de un control férreo.

Si una mujer tuviera la mala fortuna de encontrarse atrapada en el infierno, con seguridad ese era el hombre apropiado para que acudiera a buscarla. Beatrice sonrió. Él sabía que estaba allí.

Se hallaba junto a la ventana, con ambas manos aferradas a la empuñadura del bastón. Le daba la espalda, sin ofrecer señal alguna de que la hubiera oído llegar.

Iba bien vestido, pensó, pero de una forma muy discreta. El abrigo y los pantalones eran del gris más oscuro. Beatrice sospechaba que siempre debía de vestir con tonos oscuros. Ciertamente, le favorecían.

—Buenos días, señor Gage —dijo ella, con un tono educado pero también acogedor—. No lo esperaba para el desayuno.

Él se volvió con suavidad hacia ella, como si tan solo en ese momento hubiese reparado en su presencia. Por primera vez tuvo una visión de aquel rostro y de aquella cicatriz a la luz del día. Los ojos de rapaz mezclaban de modo fascinante el verde y el dorado. El atisbo de diversión que percibió en su mirada le dijo que había sabido exactamente dónde se encontraba a lo largo de todo su trayecto desde la sala de estar hasta el salón. Y también que había tenido plena conciencia de que Beatrice intentaba aproximarse silenciosamente.

«¡Madre mía! —pensó ella—. Es como si estuviéramos jugando al gato y al ratón. Es como si pensáramos que somos un desafío el uno para el otro.»

Joshua no la había tocado en ningún momento. Lo más cercano a un contacto físico había ocurrido la noche anterior, en el jardín, cuando él le había dado su tarjeta. Y, sin embargo, había una intimidad perturbadora entre ellos, o por lo menos ella lo sentía así. Era una sensación que la afectaba profundamente y que hacía que se le acelerara el pulso. Durante toda aquella mañana había intentado convencerse de que las sensaciones que había experimentado se explicaban por el peligro y la excitación provocados por los acontecimientos. Pero ahora ya no estaba tan segura de que esa fuera la razón. Entre ellos dos había algo más, pensó. Algo inexplicable. Algo misterioso.

—Discúlpeme si he interrumpido su desayuno, señorita Lockwood —dijo Joshua, con un tono tan educado y cálido como el empleado por Beatrice—. Siempre madrugo, y a veces olvido que los demás se levantan más tarde, especialmente después de lo que debe de haber sido una noche muy larga para usted.

Desde algún lugar misterioso volvieron a ella las reglas de Roland Fleming: «No salgas al escenario hasta que estés preparada para controlarlo y para controlar también al público.»

—Yo ya estoy acostumbrada a trasnochar —dijo ella, mientras se adentraba en la estancia—. En mi profesión ocurre muy a menudo.

—No me sorprende.

—Le confieso que una de las muchas preguntas que me mantuvieron despierta tenía que ver con la suerte que había corrido el señor Richard Euston.

—El señor Euston no volverá a ser un problema para la señorita Pennington.

—Podría serlo si alguien pesca su cuerpo esta mañana y lo saca del río. Todo el mundo sabe que pasaba tiempo en compañía de la señorita Pennington. Sería una desgracia si corriera la voz de que su cortejo ha sido rechazado y de que en su desesperación se ha quitado la vida. Algunos podrían llegar a pensar que la señorita Daphne es una joven inflexible y cruel.

Joshua la miró detenidamente por un momento. A Beatrice le pareció que no estaba acostumbrado a que se le cuestionara.

—Cuando venía hacia aquí me he detenido en casa de Euston —continuó Joshua con tono de despreocupación—. El casero me ha informado de que Euston ha hecho el equipaje y ha partido hacia el continente.

—Fascinante. Y de lo más conveniente para todas las personas afectadas por este asunto, por otra parte.

—Tengo mucha fe en las soluciones convenientes —apuntó Joshua.

Ella sonrió y se dejó caer en el sofá antes de decir:

—Sin embargo, me encantaría saber qué habrá podido ocurrir para que el señor Euston decida dejar el país tan apresuradamente...

—¿Y qué importancia tiene eso?

—Dada mi involucración personal en el asunto, sí que la tiene, señor Gage. Pero siéntese, por favor.

Él permaneció un momento pensativo y luego se sentó en una silla. Dejó el bastón apoyado y a su alcance.

—Ahora mismo, mientras estamos hablando, se comenta mucho en los círculos sociales que Euston no era lo que parecía —dijo Joshua—. Arrastra una situación financiera desastrosa, y ha quedado claro que es un fraude que busca una heredera con la intención de sanear su economía. Felizmente para todos los afectados, lord Pennington ha descubierto la verdad a tiempo de proteger a su hija de las atenciones de un botarate.

—¡Caramba! —Beatrice lo miraba cada vez más admirada—. Y supongo que usted tendrá mucho que ver en esas revelaciones, ¿no es cierto, señor?

Esta vez Joshua no respondió. Se limitó a mirarla. Estaba segura de que podía detectar algo de calor en esos ojos.

—Sí, claro, usted es el responsable de la circulación de esos rumores —prosiguió ella con vivacidad—. Tengo que decirle que estoy muy impresionada.

Él enarcó las cejas.

—¿Lo dice en serio?

—Es una solución brillante al problema. Euston no podrá seguir alternando en sociedad y la reputación de Daphne Pennington queda intacta. Y al padre se le adjudicará el mérito de haber descubierto a Euston. Sí, tal como le decía, me parece brillante.

—Gracias —contestó Joshua con sequedad—. También tiene la ventaja de que es verdad.

—Naturalmente. Bien, entonces, en nombre de mi cliente, le doy las gracias por los servicios prestados anoche.

Joshua inclinó la cabeza una fracción de centímetro.

—No faltaba más.

Por la mente de Beatrice volvió a pasar la imagen del gato y del ratón. «No soy ningún ratón, señor Gage.»

Se oyó el tintineo de una bandeja con el servicio de té por el pasillo. La señora Rambley se acercaba. Beatrice pensó que no había más remedio: tendría que invitar a Joshua a quedarse.

—Supongo que tomará té —dijo con cierta aspereza.

El señor Gage esbozó una sonrisa.

—Con mucho gusto. Se lo agradezco. Una taza de té bien cargado me vendría estupendamente. De hecho, me vendría todavía mejor una taza de café bien cargado. Tal como ha dicho, la noche ha sido larga.

—Sí que lo ha sido, ¿verdad? —convino Beatrice—. Pues es curioso, pero precisamente estaba disfrutando de un café cuando usted ha llegado. Le diré a la señora Rambley que traiga la cafetera. Estoy segura de que quedará mucho.

—No hay necesidad de que me recuerde otra vez que la he interrumpido mientras desayunaba, señorita Lockwood. Soy muy consciente de que la estoy importunando.

La señora Rambley apareció, con las mejillas encendidas por el esfuerzo: llevaba una pesada bandeja con la mejor tetera de la casa, así como tazas y cubertería. La dejó en la mesa de centro, frente al sofá.

—¿Desea que lo sirva, señorita? —preguntó.

—Pues mire, parece que el señor Gage prefiere café —dijo Beatrice—. ¿Le importaría traer el que había preparado para el desayuno?

—Ahora mismo, señorita.

La señora Rambley miró por un momento con curiosidad a Joshua y se marchó.

Un pesado silencio pareció instalarse en el salón. Cuando estuvo claro que Joshua no iba a romperlo, Beatrice decidió que ella tampoco iba a hablar. Los dos podían jugar a ese mismo juego.

La señora Rambley regresó e hizo sitio en la bandeja para la cafetera.

—Gracias, señora Rambley —dijo Joshua.

—De nada, señor. —La señora Rambley se ruborizó y miró expectante a Beatrice.

—Esto será todo, gracias —dijo Beatrice.

—Sí, señorita.

El ama de llaves salió. Joshua escuchó sus pasos en el pasillo. Luego se puso en pie y cruzó la habitación, con el bastón percutiendo fuertemente en el suelo. Cerró la puerta, volvió hasta la silla y se sentó.

Beatrice lo miró. Su desconfianza aumentaba por momentos. Era obvio que aquel hombre no deseaba que el ama de llaves pudiera escuchar lo que iba a decir.

Sirvió café en las dos tazas y le pasó una con su platillo a Joshua. Cuando aquellos dedos tocaron la porcelana sintió otro estremecimiento; soltó el plato con tanta rapidez que a punto estuvo de derramar el café. Pero Joshua no pareció notar nada.

—¿Quién le enseñó a servirse de una pistola oculta entre las ropas, señorita Lockwood? —preguntó.

—Un antiguo patrón —respondió ella.

—¿Y no sería ese antiguo patrón por casualidad el difunto doctor Roland Fleming, propietario de la Academia de lo Oculto?

Por un instante, Beatrice sintió que le faltaba el aliento. Era como si la habitación hubiese dado una sacudida súbita. La taza de café le tembló en la mano y el pulso se le aceleró frenéticamente; experimentó un pánico que no experimentaba desde la noche en que había abandonado la escena del asesinato de Fleming.

Recurrió a todas sus habilidades de actriz para dominarse.

—No sé de qué me está hablando, señor Gage. ¿O tal vez debería llamarle Mensajero?

—Ya veo que ha hablado con la señora Flint y la señora Marsh.

—Las hice levantar de la cama esta pasada madrugada. Tengo que decir que se quedaron de lo más impresionadas cuando vieron esa tarjeta que me dio. Es evidente que usted y su antiguo patrón, el señor Smith, han dejado una impresión indeleble en ellas.

—Eso fue hace mucho.

—Pues creo que solo ha pasado un año desde que trataron con usted por última vez.

Ella le miró la cara marcada y luego el bastón.

—Se diría que es usted un prisionero que va contando los días señalándolos en el muro de su celda.

—Eso no está lejos de la realidad —repuso Joshua entre sorbo y sorbo de café.

—La señora Flint y la señora Marsh daban por hecho que estaba muerto, pero supongo que eso ya lo sabe.

—Si quiere que le diga la verdad, no he considerado ese asunto ni en un sentido ni en otro.

—¿El señor Smith también está vivo? —preguntó Beatrice.

—Los asuntos que tenemos en común no conciernen al señor Smith —repuso Joshua con gravedad.

—Así que está vivo.

—Tal vez sería más preciso decir que está retirado —aclaró Joshua.

Ella volvió a mirar el bastón.

—¿Puedo suponer que usted también ha estado retirado durante el último año?

—Sí —contestó él. Bebió más café.

Beatrice volvió a visualizar las huellas. La iridiscencia en el residuo psíquico le indicó a Beatrice que el retiro no había sido una experiencia placentera para Joshua. Dada la naturaleza de las heridas, no era de extrañar que existiera dolor físico. Pero había evidencias de otro tipo de angustia, también, de esa que proyecta una sombra sobre el corazón y sobre los sentidos.

—Mis patronas me han informado de que había investigado casos extraños que tienen una conexión con lo paranormal, pero que usted, personalmente, no cree en eso que se denomina como tal —se aventuró a decir Beatrice.

—Nunca he ocultado que considero a esos que se hacen llamar profesionales metapsíquicos cuando menos unos ilusos, y cuando más un fraude.

Se la quedó mirando, a la espera de una respuesta. Ella sonrió y sorbió un poco de café.

Él entornó los ojos.

—¿He dicho algo inconveniente, señorita Lockwood?

—Lo siento. —Volvió a dejar la taza en el platillo—. Me temo que la idea de que el famoso Mensajero, es decir, un investigador supuestamente brillante capaz de encontrar a cualquiera... La idea de que ese Mensajero, decía, empleara a la señora Flint y a la señora Marsh como asesoras sin darse cuenta de que ambas tienen capacidades paranormales... El hecho es que esa idea, como le digo, me parece más bien curiosa.

—¿Un investigador «supuestamente» brillante?

—No pretendía poner en duda sus habilidades, señor. Estoy segura de que es usted brillante.

—A usted la he encontrado, ¿verdad?

—Sí, me ha encontrado —repuso Beatrice con frialdad—. Y si ha hecho todo este recorrido solamente para acusarme de ejercer de forma fraudulenta, ha perdido usted el tiempo. Llevo ya unos meses fuera del negocio.

—No me preocupan las habilidades que mostró en el escenario durante su asociación con la Academia del doctor Fleming. Estoy seguro de que sus actuaciones fueron excelentes. Siempre he admirado la capacidad y la competencia de cualquier clase.

—Ya veo.

—Y ya que hablamos del tema, no niego que la señora Flint y la señora Marsh posean una considerable capacidad de observación. Más aún, siempre he respetado la orientación científica que la señora Marsh le da a sus investigaciones. Pero no veo ningún motivo para atribuir esas habilidades a sentidos paranormales.

—¿Dónde ha estado durante el año pasado, señor Gage? —preguntó.

—Me había retirado al campo, y allí me habría gustado seguir si no hubiera sido por usted, señorita Lockwood.

Ella posó la taza y el platillo con cuidado exquisito.

—Y si usted no me ha localizado para dirigir contra mí una acusación de fraude, ¿qué es lo que quiere de mí, señor Gage?

—La verdad es un punto de partida estupendo. Pero según mi experiencia es el último lugar por el que la gente desea empezar. Sin embargo, intentémoslo, aunque solo sea por el interés de la novedad. Le diré lo que sé. Usted puede confirmar o negar los hechos tal como se los expongo.

—Y ¿por qué iba yo a cooperar en su juego, señor?

La estudió con expresión evaluadora.

—Creo que va a ayudarme porque yo estoy buscando a una persona que ha hecho chantaje, y por el momento, señorita Lockwood, según todas las evidencias la extorsionista es usted.

9

Ella lo miró en silencio. Pensaba que estaba preparada casi para todo, pero eso era lo último que hubiera podido imaginar. Cuando finalmente consiguió recobrar el aliento, se puso de pie, con las manos crispadas a los lados del cuerpo.

—Que se me acuse de ser una profesional fraudulenta es una cosa —dijo—, pero acusarme de chantaje, eso...

Él no parecía afectado por el despecho que ella reflejaba.

—¿Podría sentarse, por favor? —preguntó, casi con un tono de fastidio—. Si permanece en pie, las buenas maneras me obligarán también a levantarme, pero prefiero quedarme sentado. —Hizo una pausa—. Es por la pierna, ya sabe.

—Oh. —Ella dudó. Incapaz de pensar en hacer cualquier otra cosa, volvió a sentarse en el sofá—. Explíquese, se lo ruego.

—No hay nada complicado en la situación. O por lo menos no parecía haberlo cuando empecé. Están chantajeando a mi hermana.

—Y eso me sorprende, ciertamente, pero estoy segura de no haber conocido a su hermana.

—Se equivoca, señorita Lockwood. Sí que la conoce, aunque tal vez no lo recuerde. Se llama Hannah Trafford.

—No me suena... —Beatrice se interrumpió, porque de

pronto había recordado a una mujer atractiva y bien vestida, de unos treinta y bastantes años cuyas marcas metapsíquicas irradiaban ansiedad—. ¿La señora Trafford es su hermana?

—Asistió a diversas actuaciones en la Academia Fleming. La vio a usted en el escenario unas cuantas veces y quedó tan impresionada que pidió hora para algunas visitas privadas.

—Recuerdo esas visitas, pero no ocurrió nada extraño en su transcurso. Y lo que le puedo asegurar es que no utilicé nada de lo que averigüé sobre la señora Trafford para chantajearla.

—Alguien en la Academia descubrió el secreto mejor guardado de mi hermana en el curso de un tratamiento que, sin duda, incluía hipnosis.

—Pero yo nunca utilicé la hipnosis durante las sesiones privadas —dijo ella—. El experto en mesmerismo era el doctor Fleming. Estoy segura de que la señora Trafford no reservó ninguna sesión con mi patrón. Insistía mucho en que fuera yo quien le pasara la consulta.

—Lo que desde mi punto de vista la convierte a usted en la principal sospechosa, especialmente cuando el doctor Fleming ha muerto.

—No comprendo nada de todo este asunto —susurró ella, conmocionada.

—Por lo que he podido determinar, no había otros empleados en la Academia.

—No —convino Beatrice—. O por lo menos no los había cuando la señora Trafford reservó sus horas conmigo. Durante un tiempo tuvimos un médium que dirigía sesiones. Algo muy popular. Pero se fugó con la asistenta del doctor Roland. Por lo que sé, ahora están de gira por América.

—He investigado a esa pareja. Tiene razón, están en América. Es muy improbable que estén chantajeando a personas de aquí, de Londres, porque en sus instrucciones los extorsionadores señalan el sitio donde se debe realizar el primer pago: una casa de campo llamada Alverstoke Hall.

—Nunca he oído hablar de ese lugar —reconoció ella—. Claro está que las únicas veces que me muevo en círculos sociales es cuando tengo alguna misión.

—Lord Alverstoke es un célebre excéntrico cuya colección de antigüedades egipcias deja en evidencia al Museo Británico, según dicen.

Beatrice pareció extrañada.

—¿Y qué tiene que ver él en todo este asunto de la extorsión?

—No tengo ni idea —respondió Joshua—. Todavía no. Pero por lo que sé de Alverstoke, sospecho que lo están utilizando. Me han dicho que resulta fácil confundirlo en estos días, y que parece ausente. Ha organizado una fiesta campestre en la casa a finales de esta semana. Es una reunión anual en la que muestra su colección. Alverstoke y mi hermana se conocen de vista, pero ella nunca había estado en la lista de invitados de esas reuniones. No es que le apasionen las fiestas campestres, ni las antigüedades egipcias. Pero el chantajista indicaba que a esta sí que tiene que ir.

—Alverstoke Hall estará lleno de invitados —comentó Beatrice—. Para un chantajista es una cobertura perfecta, entre tantísimos sospechosos.

—Exactamente. Si asumimos por un momento que usted no es ninguna experta en hipnosis...

—No lo soy —dijo Beatrice, mirándolo fijamente.

—Entonces vamos a considerar otro escenario. Mi hermana me ha explicado que recuerda las citas con usted. Cuando llegaba a la Academia, el doctor Fleming siempre la hacía pasar a una habitación oscura y le decía que usted iba a llegar de un momento a otro. Recuerda las consultas...

Beatrice levantó la mano para interrumpirlo.

—Un momento, señor. ¿Me ha descrito su hermana?

—Ha descrito a Miranda la Clarividente. Esa era usted, señorita Lockwood. Utilizaba una peluca negra y un velo espeso en su actuación.

—En otras palabras, la señora Trafford nunca me vio, ¿no es eso? No podría identificarme.

—No. Sin embargo, soy consciente de que usted era Miranda, así que no tiene ningún sentido intentar negarlo —explicó Joshua con calma—. Pero continuemos. En cada una de las sesiones hacían pasar a mi hermana a la consulta. Usted entraba. Hablaba con ella durante un rato. Pero ahora me da por pensar que tal vez en una o más ocasiones el doctor Fleming volvió a la habitación para ponerla en trance, y que así podría haber accedido al secreto. Tal vez le indujo una sugestión posthipnótica con la que le ordenaba que olvidara que él había entrado en la habitación. Mi hermana entonces habría salido de la Academia con el único recuerdo de la consulta con usted.

—Eso no fue así —insistió Beatrice—. Estoy absolutamente segura de que la señora Trafford jamás pidió una terapia hipnótica. El doctor Fleming nunca la trató, ni en mi presencia ni de ningún otro modo.

—Entonces ¿cómo fue que alguien en la Academia pudo conocer el secreto?

—No lo sé. —Beatrice hizo una pausa e intentó ordenar sus pensamientos—. ¿Qué le hace estar tan seguro de que quienquiera que esté chantajeando a su hermana estaba involucrado en la Academia?

—La nota que recibió mi hermana implicaba que su secreto había sido descubierto mediante recursos paranormales en la Academia. Yo descarté la idea de que los poderes psíquicos estuvieran involucrados, naturalmente.

—Naturalmente.

Hizo caso omiso del sarcasmo. O tal vez simplemente no había reparado en su tono glacial, pensó Beatrice.

—Pero mi hermana lleva tiempo interesada en lo paranormal —continuó Joshua—. Hannah ha consultado a numerosos profesionales durante los últimos años y pertenece a una pequeña sociedad de investigadores. Está convencida de que si inadvertidamente reveló su secreto, solamente pudo ser durante las sesiones privadas con usted en la Academia.

Beatrice entornó los ojos.

—¿Y por qué soy la sospechosa más obvia?

—En su opinión, usted es una de las pocas personas con un talento psíquico genuino que ha encontrado en el curso de su investigación. Las demás no parece que puedan ser sospechosas. Una está en un asilo. Otra es una mujer mayor y achacosa que no practica profesionalmente y que no acepta clientes. Dos son personas muy solitarias que no reciben visitas. Y el último candidato se gana la vida como jugador. Hace dos años se fue a América porque le llegó la noticia de que se podía hacer mucho dinero en las mesas de juego del Oeste. Solamente queda usted, señorita Lockwood.

—Ya veo —dijo Beatrice con una mueca.

—Tal vez le interese saber que hay un nuevo inquilino en las habitaciones que usted y Fleming ocuparon para su negocio. —Joshua acabó su café y dejó la taza y el platillo a un lado—. Pero el dueño fue lo bastante amable para rastrear los lugares.

Ella lo miró con cautela.

—¿Y qué esperaba encontrar allí, después de tantos meses?

—Entre otras cosas, encontré algunas viejas manchas de sangre en el suelo del despacho —dijo Joshua—. La sangre es algo muy difícil de limpiar, mucho.

Ella estuvo a punto de tomar un sorbo de café, pero los dedos le temblaban ligeramente. Volvió a dejar la taza en el platillo con gran cuidado.

—También encontré un antiguo túnel de piedra tras un viejo armario ropero en el despacho —añadió Joshua, con tono amable.

Ella inspiró profundamente.

—Ya veo que ha hecho una inspección a fondo, señor Gage. Ese túnel fue el camino que utilicé para escapar la noche en que Roland fue asesinado. —Hizo una pausa para permitir la afluencia de los recuerdos—. Roland y yo teníamos nuestro equipaje de emergencia justo al entrar en el túnel por si teníamos que huir de ladrones o de clientes disgustados.

—Es más probable que Fleming temiera que tarde o temprano una de las víctimas de sus extorsiones pudiera aparecer por allí buscándolo —dijo Joshua. Enarcó una ceja—. O tal vez temiera que alguien en la misma línea fuera a intentar robarle los secretos.

—¿Será posible? —Estaba demasiado agotada para pensar con claridad—. No me puedo creer que Roland estuviera chantajeando a la gente.

Las últimas palabras de Roland resonaron en su mente: «No me dejes morir con esa carga en la conciencia. Ya tengo bastante de lo que arrepentirme.»

—¿Dice que usted y Fleming guardaban el equipaje de emergencia en el túnel? —preguntó Joshua.

—Sí. Y tuve que dejar el suyo allá esa noche. No podía cargar con ambos. Pero abrí el paquete de Roland para sacar el dinero que sabía que guardaba dentro. —Beatrice vaciló—. Ya me di cuenta de que en ese paquete había cosas extrañas. Un cuaderno. Un sobre lleno de fotografías. Algunas cartas...

—Usted no podía cargar con el paquete de Fleming... —apuntó Joshua—. ¿Tal vez se hizo con un puñado de artículos con los que llevar a cabo chantajes, junto con el dinero, y dejó el resto?

Ella sintió un arrebato de rabia.

—¡No! —exclamó—. Tomé el dinero, pero nada más. Me pregunté por qué guardaba esos artículos en su paquete, pero saqué la conclusión de que todo eso eran recuerdos con un gran significado personal para él. Pero el hombre que asesinó a Roland tuvo que encontrar el paquete cuando se abrió paso por la parte posterior del armario ropero. Encuéntrelo y tendrá a su extorsionista, señor Gage.

—Eso es precisamente lo que pensaba hacer —dijo Joshua, encendido—. Con su ayuda, señorita Lockwood.

10

—¿Me cree usted? —preguntó Beatrice, todavía recelosa.

—Sí —contestó él.

—¿De verdad no cree que asesinara a Roland y que luego empezara a chantajear a sus clientes de la Academia?

—Estoy completamente seguro de que usted no mató a Fleming.

—Bien —dijo ella, recobrando el ánimo—, ahora que me conoce ya no piensa que sea capaz de asesinar ni de extorsionar.

—Todo el mundo es capaz de asesinar si se dan las circunstancias adecuadas. —Joshua hizo una pausa, mientras reflexionaba en la segunda parte de su apreciación—. Y en cuanto a la extorsión, lo mismo. Tal como le he dicho, todo depende de las circunstancias.

Ella se puso seria.

—Tiene usted una visión muy cínica de la naturaleza humana, señor Gage.

—Prefiero considerarla una visión realista —contestó—. Pero en este caso estoy seguro de que el asesino no es usted.

—¿De verdad? ¿Cómo puede estar tan seguro?

—Las razones son diversas. La primera es que he leído el informe de la autopsia del doctor. Se hizo a conciencia, porque la muerte de Fleming levantó pasiones en su momento.

—Sí —dijo Beatrice, asintiendo con la cabeza—. Todas esas especulaciones absurdas de la prensa sobre si lo habían asesinado las fuerzas del Otro Lado... Fue enloquecedor.

—Fleming dirigía un negocio llamado La Academia de lo Oculto —repuso Joshua con aspereza—. Parece de lo más natural que después de que lo asesinaran la prensa enloqueciera con especulaciones sobre espíritus y fuerzas paranormales.

—Sí, la prensa tal vez, pero yo esperaba una reacción mejor por parte de la policía —dijo ella—. Sí, es verdad, no atribuyeron la muerte a los fantasmas, pero en lugar de eso centraron la atención en mí.

—La asistenta desaparecida, sí. Pero ha de admitir que tenían sus buenas razones. Dar por sentado que usted era la asesina resultaba lógico. Era la mujer misteriosa del asunto. Nadie le había visto la cara a causa de las ropas.

—Roland pensaba que el velo y las ropas de luto propias de una viuda añadían un elemento dramático a las demostraciones —dijo Beatrice—. También pensaba que así era más seguro. Afirmaba que entre el público de un acto paranormal siempre había algunas personas extrañas. Temía que pudiera atraer a algún individuo perturbado.

Joshua asintió con aire muy serio.

—Esa es una precaución muy justificada.

—Y al final eso fue lo que ocurrió. El hombre que apuñaló al pobre Roland no era más que un loco, alguien que estaba obsesionado por mí. Roland murió intentando protegerme.

La expresión de Joshua era casi salvaje.

—¿Está segura de eso?

—No tengo ninguna duda. El hombre que mató a Roland venía a por mí. Le oí jurar que iba a darme caza. Esa era la principal razón que me llevó a pensar que tenía que desaparecer a toda costa.

—Un hombre con una insana fascinación por una mujer que, según cree, tiene poderes ocultos, mata a otro hombre que se interpone y luego roba el alijo de artículos de chantaje de la víctima y procede a explotar sus secretos, ¿no es eso? —Joshua lo pensó durante unos segundos—. Es posible.

—Es la única explicación que tiene sentido —asintió ella, exasperada.

—Ajá.

Ella lo estudió durante un largo momento.

—¿Qué encontró en el informe de la autopsia para convencerlo de que yo no era la asesina?

—Roland Fleming era un hombre corpulento. La herida la tenía en la parte superior del pecho. La fuerza y el ángulo de la puñalada indican que el asesino era alto y fuerte, con toda probabilidad un experto en el manejo del cuchillo. O eso, o fue de lo más afortunado en su primer intento. El caso es que usted es una mujer más bien pequeña y delicada. De haber utilizado un puñal, el aspecto de la herida habría sido completamente diferente. En realidad, para empezar no habría corrido el riesgo de utilizar un puñal. Según mi experiencia, las mujeres prefieren métodos más aseados. Como el veneno, por ejemplo.

Ella estaba impresionada por esa manera tan metódica y fría de analizar el crimen.

—¡Madre mía! —exclamó, inspirando profundamente—. Parece evidente que usted tiene una experiencia considerable en este tipo de asuntos.

Joshua la miró con ojos de ave de presa, sin pronunciar palabra.

—Y si ya había llegado a la conclusión de que no era la asesina, ¿por qué ha intentado asustarme con sus sospechas? —preguntó ella.

—Le ruego que acepte mis disculpas —dijo él—. Sabía que

no era usted, pero lo que no sabía, y sigo sin saberlo, es cuál era la naturaleza de su conexión con el asesino.

Ella se quedó inmóvil.

—No tengo ninguna conexión con él.

—Ninguna que usted sepa —la corrigió.

—¡Por todos los diablos! ¿Por qué cree que estoy relacionada con un asesino?

Los ojos se le empequeñecieron por las comisuras.

—Hay algo en este caso que me hace pensar que todo está conectado —dijo él—. Todo, incluso usted y el sicario.

—¿El sicario?

—Creo que quien mató a Fleming era un profesional que con toda probabilidad esa noche trabajaba a cambio de dinero.

—De modo que alguien más estaría involucrado...

—Sí, eso creo. Así que busco a dos personas: al sicario y a su patrón. Pero ¿y usted? ¿Dónde encaja usted, señorita Lockwood?

—No tengo ni la más remota idea.

—¿Podría describir al asesino?

—Físicamente no. Pero oí su voz. Hablaba con un acento ruso muy marcado. —Beatrice hizo una pausa—. Se llamaba a sí mismo Hombre Hueso. Le oí decir que «el Hombre Hueso nunca falla». Y también vi las huellas de sus pies.

—¿Las huellas de sus pies? —repitió Joshua, frunciendo el ceño.

—Ya sé que no va usted a creerme, pero vi esas huellas... paranormales en el suelo del despacho esa noche. Si las volviera a ver en cualquier lugar, en cualquier momento, las reconocería. —Beatrice se estremeció—. ¡Tenían tanta energía violenta!

—Ajá.

Beatrice enarcó las cejas.

—Ya pensaba que esta observación mía no iba a impresionarlo.

Él, como si no hubiera oído el comentario, dijo:

—Maldita sea. Este caso se hace cada día más extraño.

Ella sirvió más café para los dos.

—¿Cómo pudo descubrir que yo era Miranda la Clarividente? —le preguntó.

—Encontrar a las personas es algo que se me da muy bien.

—La señora Flint y la señora Marsh me expresaron esa misma opinión. —Le dirigió una mirada escrutadora—. ¿Cuál es su secreto?

—No hay ningún truco en encontrar lo que se ha perdido. Se trata simplemente de mirar en el lugar correcto.

La señora Flint y la señora Marsh tenían razón, pensó de manera sombría. Lo reconociera o no, parecía que Joshua poseía una capacidad paranormal de localizar a quien fuera o lo que fuera.

Beatrice consideró de pronto la posibilidad de hacer una bolsa de equipaje y subir al primer barco que saliera para América. Pero antes incluso de que este plan tomara forma en su mente, sabía que estaba condenado al fracaso. Huir no le convenía. Joshua ya la había encontrado una vez. Seguro que podría encontrarla otra vez. Y otra.

Aun así, tenía que haber una manera de sacar partido de la situación, pensó. Por descontado que Joshua tenía sus propias razones para encontrar al asesino, pero si lo conseguía —y con ese talento la posibilidad era real— ella podría librarse por fin del miedo paralizante que se había cernido sobre ella durante casi un año.

—No niego que Roland me presentaba como Miranda la Clarividente durante mi asociación con la Academia de lo Oculto —dijo—. Pero también es cierto que nunca he chantajeado a nadie en la vida. Y si no le pido que salga inmediatamente de esta casa es porque me encuentro en cierto modo en deuda con usted tras los sucesos de anoche.

—Y porque ha pensado que estoy en posición de hacerle un favor adicional —señaló él—. Cuando encuentre al chantajista, podré llegar hasta el asesino de Fleming. Usted no solamente obtendrá cierta justicia para este, sino que también se liberará de la ansiedad que seguramente habrá estado sintiendo durante los últimos meses. Es duro eso de tener que mirar constantemente hacia atrás, por encima del hombro, ¿verdad?

Era como si le hubiera leído la mente. Beatrice se contuvo para no lanzarle la taza por la cabeza. Realmente, ¿cómo podía haber encontrado atractivo a ese hombre?

—Tal como se expresa, parece como si no tuviera dudas de que puede encontrar al asesino de Roland y al chantajista —dijo.

—Siempre consigo lo que me propongo —repuso él.

No se trataba de ninguna fanfarronería, pensó ella. En lo que a Joshua concernía, simplemente constataba un hecho irrefutable.

—¿Nunca ha fallado, señor Gage? —le preguntó con genuina curiosidad.

—No —respondió él. Hizo una pausa—. Pero alguna vez he llegado demasiado tarde.

Y de pronto Beatrice supo, sin ningún género de duda, que una de esas ocasiones —una vez que había llegado demasiado tarde para salvar a alguien— era la que marcaba las sombras en sus huellas y también, más probablemente, la cicatriz y el bastón.

Él extendió la pierna izquierda y cambió ligeramente de posición en la silla. Pudo adivinar por una tensión casi imperceptible en las comisuras de la boca lo mucho que le costaba hacer ese movimiento.

—Parece usted incómodo, señor Gage.

—Una vieja herida. A veces me molesta.

—¿Como después de cargar con un hombre inconsciente para llevarlo hasta un coche que espera?

La boca se le torció en una sonrisa amarga.

—Sí, me estoy haciendo demasiado mayor para ese tipo de ejercicio.

—Y Richard Euston no era un hombre precisamente pequeño.

Joshua hizo como si no hubiera oído el comentario.

—Esta mañana me he detenido en el despacho de Flint y Marsh.

—Ah, ¿sí?

—La señora Flint y la señora Marsh me han asegurado que usted es una de sus mejores agentes —dijo.

—Me complace oír que están satisfechas con mis servicios.

—También las he informado de que quiero contratarla como dama de compañía —añadió fríamente.

—¿Qué?

—Si usted lo consiente, organizaremos una trampa para atrapar al chantajista, quien a su vez nos llevará al asesino que mató a su anterior patrón —dijo Joshua.

—No me parece que tenga ninguna otra alternativa en este asunto —repuso ella—. Voy a ayudarlo a llevar a cabo su plan.

—Gracias.

—Y dígame, señor, como asunto de interés general, ¿siempre lleva sus negocios de esta manera?

—Perdóneme, pero no estoy seguro de lo que quiere decir.

Ella esbozó una fría sonrisa.

—Sencillamente estaba pensando si tendría la costumbre de recurrir a la presión y las amenazas cuando desea la colaboración de los demás.

—Pues sí, creo que la presión es una técnica efectiva. En cuanto a las amenazas... Nunca amenazo: solamente prometo.

—Como dice el viejo dicho: «Puedes coger más moscas con miel que con vinagre.»

—Pues a mí la miel nunca me ha gustado.

11

Clement Lancing encendió la máquina de electricidad e insertó el extremo libre del cable dorado en el tarro de cristal lleno del preparado conservante. El resto del cable estaba enrollado alrededor del cuello de la estatua de Anubis, ubicada junto al banco de trabajo.

Aparecieron pequeñas burbujas en el líquido conservante. Clement habría jurado que los componentes químicos empezaban a cambiar de color. Pero cuando miró la estatua, vio que los ojos de obsidiana del dios con cabeza de chacal seguían fríos.

Aun así, no perdía las esperanzas. El agua egipcia se había vuelto espumosa. Miró la rata muerta sumergida en el líquido. Estaba seguro de que había visto movimientos pequeños y espasmódicos en las patas. Por un momento pensó que finalmente lo había conseguido y que la criatura había despertado del profundo estado de animación suspendida inducido por la fórmula.

Había sido frustrante verse obligado a repetir sus experimentos con ratas, pero no se atrevía a intentarlo de nuevo con humanos. Eso había sido lo que lo había conducido al desastre un año atrás. Gage se había retirado, pero probablemente seguía disponiendo de sus contactos en la calle. Si la gente empezaba a desaparecer de nuevo en los barrios más pobres, seguro que las noticias llegarían hasta él, tarde o temprano. Y entonces reconocería la pauta. Gage era muy muy bueno cuando se trataba de identificar pautas.

Clement mantuvo el cable sumergido en el líquido durante dos minutos completos, el tiempo más prolongado hasta el momento. Pero cuando lo sacó del frasco el líquido volvió a aclararse y a perder el color. La rata quedó flácida, absolutamente inmóvil. A todos los efectos parecía muerta.

Sin embargo, Clement pensó que no lo estaba. No había ninguna evidencia de descomposición. La criatura se encontraba en un estado de animación suspendida. Estaba viva. Lo contrario era imposible. No podía aceptar ninguna otra alternativa.

Estuvo mirando la rata durante un buen rato antes de levantar los ojos hacia los otros nueve tarros que se alineaban allá arriba, sobre un estante cercano. En cada uno, una rata inmóvil conservada en el agua egipcia. Había preparado la fórmula con un cuidado extremo, siguiendo las instrucciones de un antiguo papiro, las instrucciones que Emma había traducido.

El agua funcionaba, eso era seguro. El problema era la fuente de energía: esa maldita estatua. Tenía que encontrar a la mujer con la capacidad de activar la energía acumulada en esos ojos de obsidiana.

Miró la figura de Anubis y contuvo la rabia y la frustración que amenazaban con consumirlo. Tenía que controlarse si no quería acabar a martillazos con la estatua. A Emma le había llevado meses encontrar los ojos, pero tan pronto como los habían insertado en la estatua habían sentido la energía que emanaba de aquella figura.

Sin embargo, la energía que no podía liberarse y conducirse era inservible. Emma había sido fuerte, pero tal vez no lo bastante fuerte. Sin embargo, habían ido haciendo progresos hasta que había acontecido el desastre.

En los últimos meses, Clement había hecho innumerables experimentos con electricidad, con la esperanza de que la moderna fuente de energía sobrepasara el último obstáculo. Pero ahora era evidente que no había ninguna forma de soslayar las instrucciones del papiro. «El durmiente solamente puede ser despertado por uno que tenga la capacidad de encender las joyas.»

Tenía que encontrar a Miranda la Clarividente.

Londres estaba lleno de médiums paranormales que proclamaban poseer poderes ocultos, pero en su gran mayoría eran fraudulentos o engañosos. Encontrar a una mujer con auténtico talento se había revelado tan difícil como encontrar una aguja en un pajar. Sin embargo, habían tenido un golpe de suerte. Miranda la Clarividente era lo que realmente necesitaban, pero se había escabullido para desaparecer en las calles de esa ciudad.

El tiempo se estaba agotando. Según el papiro, el durmiente tenía que ser revivido antes de que transcurriera un año completo. Más allá de este lapso el proceso se revelaba irreversible. No había ninguna otra opción. Tenían que encontrar al médium paranormal, y solamente había una manera segura de conseguirlo.

El riesgo era extraordinario, pero existía un hombre con el que se podía contar para que encontrara lo que se propusiera.

Clement se apartó del banco de trabajo y cruzó el suelo de piedra del laboratorio hasta el sarcófago de cuarzo. El ataúd procedía de la tumba de un sacerdote de alto rango de un culto egipcio antiguo y minoritario. A diferencia de cualquier otro que se hubiera descubierto, la tapa no era de piedra sino de una gran pieza de un cristal grueso y transparente.

El sarcófago se hallaba vacío cuando él y Emma lo habían descubierto. Al principio habían pensado que los ladrones de tumbas se habían llevado la momia. Solo después de que Emma descifrara los jeroglíficos grabados en los lados entendieron la magnitud de su descubrimiento.

Permanecía en pie y miraba a través de la tapa de cristal. El ataúd ya no estaba vacío. Emma yacía en su interior, sumida en un sueño profundo, sumergida en agua egipcia. Tenía los ojos cerrados. Su bonito cabello oscuro flotaba entre los fluidos químicos. En la caja no había sitio para las voluminosas faldas y enaguas que había vestido aquel día terrible. Se había visto forzado a ponerla en el sarcófago vestida con el camisón.

Si había muerto era por culpa de Gage. Aquel hijo de puta era responsable de todo lo sucedido.

La rabia volvió a crecer en su interior. Amenazaba con ahogarlo. Apretó las manos.

—Ya lo he hecho, Emma —dijo en voz alta—. He enviado a Gage a buscarla. No fallará. Nunca falla. Pronto estará aquí. Hasta entonces duerme, mi amor.

Miró más de cerca y se dio cuenta de que el nivel del fluido en el interior del sarcófago era más bajo que el del día anterior. La tapa ajustaba perfectamente, pero no se podía evitar cierta evaporación.

Se acercó a los estantes del extremo opuesto de la estancia y cogió el recipiente que contenía el suministro de sales especiales. Había llegado el momento de preparar algo más de agua egipcia para rellenar el sarcófago.

12

Joshua estaba sentado sobre un cojín frente a la mesa baja de laca negra y se concentraba en la vela que ardía en el candelero. Junto a este había un pequeño gong suspendido de un marco de madera. Era todo el mobiliario en esa estancia, convertida por él en lugar de meditación.

En otros tiempos había llevado a cabo los ejercicios mentales mientras se hallaba sentado en el suelo con las piernas cruzadas, pero una posición semejante en la actualidad era imposible por la lesión de la pierna. De cualquier modo, la posición física no tenía importancia. Había estado practicando la rutina de la meditación desde que rondaba los diez años. Podía entrar en un trance ligero casi en cualquier circunstancia.

Aunque ya no necesitaba la llama ni el gong para alcanzar el estado más profundo, la familiaridad de los rituales le resultaba entrañable. Esa mañana tenía mucho que considerar.

Tomó el pequeño mazo y dio un golpecito al gong. El sonido bajo resonó en la estancia. Primero efectuó los ejercicios de respiración. Uno de los axiomas de su mentor susurraba a través de él.

«Controla la respiración y controlarás el resto.»

Encontró el ritmo adecuado de inspiración-exhalación y

volvió a tocar el gong. Esta vez siguió el tono hacia el trance autoinducido.

En dicho estado los sentidos permanecían despiertos. Podía oler el tenue aroma de la vela y oír el ruido de los cascos de los caballos y de los carruajes en la calle, pero era como si se encontrase en otra dimensión. Un muro invisible evitaba que las distracciones exteriores afectaran a su concentración. Desde su reino podía contemplar las cosas con otra luz; ver pautas y conexiones difíciles de percibir cuando se encontraba en un estado de conciencia normal.

Meditó sobre Beatrice Lockwood. Sabía que era un elemento crítico para el éxito de su plan. Pero lo que no entendía era cómo estaba conectada con el resto de los factores en el caso. La dama de compañía inyectaba una discordante nota de caos en lo que por lo demás era un esquema de precisión cronométrica. Aunque tenía como regla hacer todo lo que estuviera en su mano para controlar los elementos de incertidumbre, a veces las corrientes del caos eran precisamente lo que se requería para abrir unas puertas que de otro modo quedaban cerradas.

El caos, sin embargo, era por definición imprevisible. El caos era una energía que, por su propia naturaleza, no podía canalizarse ni controlarse. Era una fuerza en bruto, y esa fuerza era siempre potencialmente peligrosa.

Volvió a tomar el mazo y golpeó el gong por tercera vez. El sonido se instaló en el ambiente durante diversos segundos antes de difuminarse gradualmente.

Su estado de meditación se hizo más profundo.

Beatrice Lockwood era importante, y no solo porque él necesitara su ayuda para encontrar al chantajista y al asesino. Era importante para él de maneras que aún no podía entender en toda su magnitud.

Intentaba distinguir las pautas en el caos cuando se dio

cuenta de que alguien llamaba discretamente a la puerta. Chadwick no lo habría interrumpido en sus ejercicios sin una razón poderosa.

Rápidamente salió del trance y extinguió la llama. Envolvió la empuñadura del bastón con la mano para ponerse en pie y cruzó el pequeño espacio vacío.

Abrió la puerta. Chadwick estaba en el pasillo, vestido de manera impecable, como era su costumbre. Hombre delgado y fibroso, de una edad indeterminada, llevaba la indumentaria de mayordomo con el aplomo de un oficial militar en uniforme de gala. Bajo el fuego mantenía una mayor serenidad que muchos de los oficiales que Joshua conocía. Chadwick se había hecho cargo de cuidar a su patrono hasta su recuperación después del desastre que casi le había costado una pierna y un ojo. Chadwick se había enfrentado a sangre, fiebre, delirios y también a periódicas explosiones de mal humor por parte de su paciente y siempre de una manera tranquila, digna y eficiente.

—Lamento interrumpirlo durante su meditación matutina, señor —dijo Chadwick—. Pero ha venido el joven señor Trafford. Dice que es urgente.

—Con Nelson todo es urgente.

—Me permito recordarle que su sobrino tiene dieciocho años, señor. Los jóvenes no creen que la paciencia sea ninguna virtud.

—Tal vez tengan algo de razón —dijo Joshua—. Después de todo, la vida es corta. Dígale que bajo en unos minutos. ¿Tal vez podría encontrar algo que ese muchacho pudiera comer? Siempre parece hambriento cuando viene a esta casa.

—Ya está devorando un *muffin* mientras hablamos, señor.

Sonaron unos pasos en la escalera. Nelson apareció y avanzó por el pasillo, moviéndose con una gracia atlética y ligera que hizo suspirar a Joshua. En otro tiempo él también se había movido con una soltura semejante. Como Nelson, había dado por sentado que siempre iba a mantener esa excelente coordinación física y esos reflejos rápidos. El poeta tenía razón, pensó, la juventud se derrochaba en los jóvenes.

—¿Qué, tío Josh, la señorita Lockwood se ha mostrado de acuerdo con el plan? —preguntó Nelson antes de llevarse el último pedazo de *muffin* a la boca.

Nelson tenía el cabello oscuro, las facciones angulosas y la delgadez que caracterizaban a los hombres de la familia Gage. Además, rebosaba de una sed de aventuras que Joshua recordaba muy bien. Al cumplir los dieciocho también se había sentido atraído por la excitación, el peligro y una causa noble. Eso había sido antes de descubrir que esas emociones iban demasiado a menudo acompañadas por la sangre, la muerte y la traición.

Pero intentar advertir a jóvenes como Nelson de la realidad que los aguardaba era inútil. En ningún caso iban a considerar esos avisos. La naturaleza lo hacía imposible.

«Ahora estoy demasiado agotado», pensó Joshua. Sabía que nada podía detener a Nelson. Lo mejor que podía hacer era intentar evitar que su sobrino cometiera los mismos errores que él. Pero ¿cómo se hacía para instruir a un joven sobre los peligros de confiar en los demás? Algunas cosas había que aprenderlas por la vía dura.

—Sí, la señorita Lockwood se ha mostrado de acuerdo en ayudarnos —repuso—. Esta mañana le he enviado a tu madre una nota para hacerle saber que asistirá a la fiesta campestre de lord Alverstoke con una dama de compañía de la Agencia Flint y Marsh.

—Estupendo —dijo Nelson. Compuso una mueca de frustración—. Me gustaría poder ir también.

—Eso no es posible. Ninguno de los dos puede acudir a esa cita por la sencilla razón de que nadie nos ha invitado.

—¿Dónde estarás tú? —preguntó Nelson.

—Lo he arreglado para alquilar un *cottage* cerca de la propiedad durante el fin de semana. Me haré pasar por un pintor que va al campo para pintar algunos paisajes.

Nelson puso cara de extrañeza.

—Pero tú no pintas...

—Aplicar pintura sobre un lienzo no tiene secretos, mientras no te empeñes en completar toda la obra.

—Tienes que estar cerca por si las chicas te necesitan. No puedes pretender que la señorita Lockwood se encargue a solas de tratar con un extorsionista. No es más que una dama de compañía.

—La señorita Lockwood tiene un lado oculto —declaró, mientras pensaba: «Y una pistola oculta también»—. Pero tienes razón. Ciertamente, no pretendo que se encargue sola del chantajista. Si mi plan resulta como preveo, ni ella ni tu madre estarán en contacto con él. No te preocupes, Nelson, mantendré vigiladas a las mujeres.

—Mamá está muy preocupada con tu plan. No para de hablar de que en el último caso estuviste a punto de morir. Dice que tu temperamento es similar al de otros hombres de la familia Gage. Le preocupa que acabes mal.

—Ya sabes que Hannah tiende a exagerar.

—Sí, es cierto —dijo Nelson al tiempo que miraba hacia el bastón y hacía una mueca—. Pero dice que no puede olvidar que tuvo una terrible premonición poco después de que partieras de Londres para investigar tu último caso.

—La situación ahora es completamente diferente.

Joshua había intentado pensar en una frase menos obvia, pero no se le había ocurrido nada más tranquilizador que decir. Hannah tenía sus buenas razones para estar preocupada. Había sido ella quien, a los diecisiete años, había tenido que hacerse cargo de su hermano menor cuando el padre, Edward Gage, un buscador de emociones fuertes durante toda su vida que había enviudado recientemente, había fallecido. Le habían disparado por accidente durante un viaje de caza en el Oeste americano.

Inmediatamente después de recibir el telegrama con la noticia de la muerte de Edward Gage, había tenido que hacer frente a otro desastre, esta vez de naturaleza financiera. Tras enterarse de la noticia de su cliente, el hombre de negocios de Edward se había fugado con la fortuna de los Gage.

Con la amenaza muy real del asilo para pobres cerniéndose sobre ellos, Hannah había aceptado la única salida posible: aceptar una propuesta de matrimonio de William Trafford, un hombre rico que generosamente había aceptado la presencia del hermano menor de la novia en su hogar.

Trafford había demostrado ser un hombre amable y sabio, que había tratado a Hannah y a Joshua con mucha bondad. Tenía por entonces unos sesenta años, de modo que era lo bastante mayor para ser el abuelo de Hannah. Viudo sin hijos de su primer matrimonio, se había mostrado emocionado cuando Hannah le había dado un hijo.

Trafford había sucumbido a un ataque de corazón unos años después, pero no sin antes dar instrucciones a Joshua sobre la manera de administrar la fortuna que había dejado a Hannah, Nelson y Joshua. Controlar las inversiones familiares había resultado una ocupación tan relativamente sencilla como aburrida para Joshua. Los hombres de la estirpe de los Gage tenían el don de hacer dinero.

Por aquel entonces, Joshua había «caído en las garras de ese hombre horrible», tal como lo describía Hannah. Ese «hombre horrible» era Victor Hazelton, conocido en las sombras del mundo del espionaje como señor Smith.

Hannah se había dedicado a Nelson, con el propósito de asegurarse de que seguía los pasos de la serenidad y la erudición propios de William Trafford, y no los del abuelo o tío por parte de madre. Durante un tiempo todo había ido bien. Hasta hacía poco, Nelson había sido un hijo entregado a sus deberes y deseoso de complacer a su madre.

Sin embargo, en el transcurso del año anterior había empezado a mostrar lo que Hannah denominaba la sangre asilvestrada que emponzoñaba la estirpe de los Gage. Temía que su hijo descendiera a los infiernos del juego y a los clubs oscuros del submundo londinense, tal como habían hecho su abuelo y su bisabuelo. Tal como Joshua había hecho durante un tiempo.

Tenía sus motivos para estar preocupada, pensó Joshua. Dos meses atrás, cuando había acudido a Londres para hacerse cargo de algunos asuntos de negocios, se había visto obligado a sacar a Nelson de uno de los peores tugurios de la ciudad. Había llegado justo en el momento en que el administrador del local enviaba a sus matones para que echaran a la calle a su sobrino, acusado de hacer trampas. La tensión se palpaba en el ambiente.

Unas noches atrás se había visto obligado a robarle tiempo a su investigación sobre el chantajista para repetir el ejercicio.

—Míralo de esta manera, tío Josh —le había dicho Nelson, con la voz tomada por una cantidad ingente de clarete barato—. Yo siempre gano.

—Eso no es un misterio —había respondido Joshua—. Tienes la suerte de los Gage cuando se trata de los naipes. Por desgracia, esa suerte no se extiende a gran cosa más.

—Sí, bueno... Tal vez sea mejor no mencionarle este incidente a mi madre.

—De acuerdo. Tampoco le he mencionado nada del episodio anterior.

Hannah se horrorizaría si descubriera que Nelson cada

vez pasaba una mayor parte de sus noches en busca de oscuras emociones, y placeres más oscuros todavía, entre las calles más peligrosas de Londres.

Joshua era muy consciente de las circunstancias que afrontaba Nelson, porque él a su edad había experimentado una etapa frenética y temeraria parecida. Había sido como si un fuego ardiera en su interior. La búsqueda de una vía de escape para que esa energía desbocada no lo consumiera lo había arrastrado a las calles del violento inframundo londinense.

Victor Hazelton lo había encontrado en esas calles y había cambiado su vida para siempre. Victor lo había entendido. El hombre conocido como señor Smith le había mostrado cómo controlar la tempestuosa energía que anidaba en sus tripas, y cómo dirigir y controlar las fuerzas salvajes de su naturaleza. Victor se había convertido en su mentor, en su padre de todos los modos posibles, salvo el de la sangre.

Joshua se enfrentaba ahora a toda una vida con la conciencia de haberle fallado a Victor, el hombre que lo había salvado de sí mismo.

—Si todo sale según la estrategia que tengo prevista, este asunto en Alverstoke Hall estará concluido en uno o dos días —dijo.

—De todos modos, puede resultar útil tenerme convenientemente cerca, ¿no crees? —apuntó Nelson, esperanzado.

«¡Qué demonios!», pensó Joshua. Había intentado mantener a Nelson fuera de la investigación por hacerle un favor a Hannah. Ella no quería verlo expuesto al mundo en el que Joshua se había metido anteriormente. Pero había sido Nelson el primero en darse cuenta de que estaban chantajeando a Hannah. Tenía derecho a asistir.

—Bien —dijo Joshua por fin—, pues resulta que tengo una misión muy importante que, sin duda, me encantaría que asumieras.

La emoción de Nelson era palpable. Tanto entusiasmo casi hacía que brillara.

—¿De qué se trata?

—Quiero que investigues el asesinato de Fleming. Es un asunto de hace unos meses, y en la prensa fue toda una noticia por las relaciones de Fleming con el ocultismo. Quiero que entrevistes a todas las personas que puedas encontrar que vivieran o trabajaran cerca del edificio en el que estaba instalada la Academia de lo Oculto. Me refiero a tenderos, a las personas del servicio, a los inquilinos, a los repartidores, al policía del barrio, al vendedor de patatas asadas... Pregúntales si repararon en algún extraño circulando por el barrio en los días anteriores al asesinato.

—No lo entiendo —dijo Nelson, con el ceño fruncido—. Creía que me habías dicho que el chantajista tenía todos los números para ser también el asesino. De hecho, si te diriges a la zona de Alverstoke es para encontrarlo, ¿no?

—Esta mañana he repasado el informe de la autopsia. He encontrado información que me lleva a creer que podemos estar ante la pista de un asesino a sueldo. También es posible que sea un chantajista, pero ahora me inclino a pensar que es más probable que el chantajista empleara a un profesional. Y el chantaje tal vez no fuera el objetivo original.

—¿A qué te refieres?

—Quien envió al asesino a la Academia tenía el propósito de raptar a la señora Lockwood.

—¿Por qué? —preguntó Nelson.

—Están los que se convierten en obsesos del tema del ocultismo y los que se dicen practicantes profesionales de ese absurdo. Por lo visto, algún individuo perturbado fijó su atención en la señorita Lockwood y envió al asesino para que la capturara. Resulta obvio que el asesino falló, pero evidentemente encontró en su lugar material para los chantajes que le entregó a su patrón, y ahora él está intentando sacar partido del asunto.

—¿Por qué iba a esperar durante casi un año para chantajear a mamá?

Joshua sonrió con aprobación.

—Excelente pregunta. Por lo que podemos deducir, el chantajista ha estado obteniendo dinero de otras víctimas durante los pasados meses y solamente ahora se ha dedicado a amenazar a Hannah. Pero también existen otras posibilidades.

—¿Como cuáles?

—No lo sé —respondió Joshua—. Por eso llamamos investigación a nuestros esfuerzos por averiguarlo. Estamos buscando respuestas.

—De acuerdo. —Nelson volvía a transmitir vitalidad y entusiasmo—. No tenía idea de que uno podía contratar los servicios de un asesino del mismo modo que contrata a un ama de llaves, o a un jardinero.

—Es mucho más complicado de lo que parece, especialmente si uno piensa contratar a un experto —dijo Joshua—. Creo que el asesino de Fleming era realmente un experto. Hombres como él trabajan con método y poniendo mucho cuidado para que no los capturen. Estudian los hábitos y rutinas de sus víctimas durante algún tiempo antes de hacer cualquier plan.

—Ya lo entiendo. Y tú crees muy probable que el asesino de Fleming pasara un tiempo considerable vigilando a Miranda desde diversos puntos privilegiados cercanos a las instalaciones de la Academia.

—De haber estado en la piel del asesino, así habría abordado el asunto —respondió Joshua sin pensárselo.

De pronto comprobó que Nelson lo miraba con cierto exceso de especulación y curiosidad.

—Pero tienes que preocuparte —añadió Joshua rápidamente—. Sería extremadamente útil si fueras capaz de obtener una descripción completa del asesino, pero después de todos estos meses eso no será posible. Por mucho que unos cuantos puedan recordar a un extraño que pasó un tiempo por los alrededores antes del asesinato, lo que seguro que no recordarán es el color de sus ojos, o de su pelo. El único hecho que podemos dar por seguro es que el asesino hablaba con un marcado acento ruso. Eso aclara bastante las cosas.

—Empezaré inmediatamente —dijo Nelson.

Se volvió e inició su descenso por la escalera.

—No dejes de tomar notas —le indicó Joshua—. Ya verás lo útiles que te resultan cuando compares las diversas descripciones que la gente te dará. Descripciones que variarán mucho, te lo advierto. No hay dos personas que recuerden algo exactamente de la misma manera. Tú tendrás que localizar uno o dos elementos que todos los informes puedan tener en común.

Nelson se detuvo al pie de la escalera y miró hacia arriba.

—Entendido.

—Una cosa más —dijo Joshua—. No utilices tu nombre real. Dile a las personas que entrevistes que eres un escritor que reúne material de fondo para escribir una novelilla de crímenes sobre el asesinato de Fleming.

—De acuerdo —contestó Nelson.

Abrió la puerta delantera y salió rápidamente al umbral. Cerró tras él.

Se hizo el silencio.

Chadwick contenía la risa.

—Recuerdo esos días en que usted partía a solucionar sus casos con un entusiasmo similar, señor.

Joshua se había quedado mirando fijamente hacia la puerta.

—Sí, yo también lo recuerdo.

Durante los últimos meses se había estado comportando como un anciano, pensaba, como alguien incapaz de sentir el menor interés por el futuro. Pero la investigación sobre el chantaje le había hecho cambiar de humor. Sí, sus días de subir las escaleras de dos zancadas habían pasado hacía mucho. Pero ciertamente estaba esperando el momento en que volvería a ver a Beatrice Lockwood.

13

—Esta es la casa más extraña en la que he entrado en toda mi vida. —Beatrice miraba la estatuilla de bronce de Bastet de la mesilla de noche. La diosa egipcia estaba representada en su forma de mujer con cabeza de gato—. Y le aseguro que en el curso de mi carrera con la Agencia Flint y Marsh me he visto obligada a entrar en algunos hogares realmente extraños.

La mansión Alverstoke estaba repleta de antigüedades egipcias. En algunos casos se trataba de réplicas o de evidentes falsificaciones, pero Beatrice estaba segura de que también había un gran número de piezas originales, la mayoría de las cuales procedía de tumbas y templos. Podía sentir la energía que desprendían.

Muchas personas, y no solo las que tenían alguna clase de talento ocultista, eran sensibles al frío de la tumba y a la pasión de quienes creían en misterios religiosos de cualquier clase. Era una clase de energía absorbida fácilmente por los objetos que los antiguos ponían en sus templos y tumbas. Hacía a penas un rato, al trasponer la puerta principal de Alverstoke Hall, Beatrice había sentido que se le erizaban los pelos de la nuca y también una sensación de picor en las palmas de las manos.

—Es por todas estas antigüedades —dijo Hannah Trafford. Miró incómoda hacia la estatua de Bastet—. Son fascinantes, pero admito que es algo extraño decorar toda una casa con objetos que más parecerían indicados para las vitrinas de un museo.

—Precisamente estaba pensando —dijo Beatrice— que Bastet me da escalofríos.

Hannah la miró con una expresión comprensiva.

—Lo que estamos notando es por la energía paranormal que tiene el objeto, ¿verdad?

—Sí, eso creo. Sí.

Beatrice y Hannah estaban de pie en su dormitorio. La puerta que la conectaba a la de Hannah estaba abierta. Beatrice podía oír a Sally, la doncella de Hannah, moverse por allí mientras desempaquetaba el baúl de su patrona. Ese proceso implicaba una gran cantidad de trabajo, porque como ocurría con muchas señoras ricas, Hannah transportaba su propia ropa de cama, lo mismo que sus toallas, cuando viajaba.

—Pues ese Bastet tuyo no es nada comparado con la jarra canópica que tengo en mi dormitorio. —Hannah se estremeció—. No me he atrevido a mirar dentro. Me parece que si lo hiciera descubriría los restos del hígado de alguien.

Beatrice sonreía. En el curso del trayecto desde Londres hasta la pequeña población de Alverstoke, ella y Hannah se habían sentido extrañamente cómodas. La tranquilidad en sus relaciones podía explicarse también, en parte, al hecho de que se habían conocido como consejera ocultista y cliente hacía cosa de un año. Pero también se había visto acrecentada por la mutua aceptación de lo anormal como parte de lo normal. Hannah había explicado que siempre le había fascinado lo relacionado con temas ocultistas y que había estudiado el campo extensamente. Estaba convencida de que ella, en persona, había tenido premoniciones muchas veces a lo largo de los años, y estaba ansiosa por hablar de un montón de temas con Beatrice.

Hannah Trafford era una mujer atractiva que se acercaba a los cuarenta. Llevaba el pelo recogido en una elegante trenza. Tenía los ojos del mismo verde dorado de Joshua. Seguía con el vestido marrón de viaje a la moda y las botas altas y abotonadas que había llevado durante el trayecto en tren.

—Aunque no estuviéramos aquí para atrapar a un chantajista, dudo de que ninguna de las dos fuese capaz de dormir durante las dos próximas noches con estos objetos junto a nuestras camas —dijo Beatrice—. Ya tenemos bastante con lo que habita en nuestra mente. Sugiero que le planteemos a Sally la posibilidad de que Bastet y la jarra canópica queden almacenadas temporalmente en otro lugar.

—Es una idea excelente —repuso Hannah.

Fue hacia la puerta y habló brevemente con Sally. Beatrice empezó a vaciar su pequeño baúl. En su papel de dama de compañía había llevado tan solo dos vestidos: uno para el día, que ya había lucido en el tren, y otro para la noche.

Hannah se volvió justo cuando Beatrice estaba colocando el recatado vestido de noche en el armario ropero.

—Deja que Sally se encargue de eso —se apresuró a decir Hannah.

—Así está muy bien —contestó Beatrice—. Ya casi he acabado. No hay mucho que desempaquetar.

—Ya veo. —Hannah miró con desaliento el vestido pasado de moda que colgaba en el armario—. Pensaba que como agente de Flint y Marsh podrías permitirte unos vestidos algo más lujosos.

—Le aseguro que mis empleadoras son muy generosas —dijo Beatrice—, pero cuando estoy ocupada en una investigación intento no abandonar mi papel como dama de compañía en ningún momento. Aprendí esa lección en mi trabajo anterior.

Hannah escogió una de las butacas y una vez que se hubo sentado la miró con expresión pensativa.

—La actuación que ofrecías como Miranda la Clarividente era brillante. Disimulabas muy bien esa cabellera pelirroja, y ni me di cuenta de que tenías los ojos azules. El velo que llevabas era bastante grueso.

—El doctor Fleming creía que la presencia de Miranda en el escenario tenía que ser dominante. —Beatrice metió un camisón doblado en un cajón—. No creía que pudiera lograrlo sin esa indumentaria. Pero la razón principal por la que insistía en que siempre tenía que hacer el papel de Miranda era porque le preocupaban aquellos que pueden obsesionarse con una mujer a la que consideran clarividente.

—Pues tenía razón en ser cauteloso. —Hannah dudó—. Tú has tenido dos ocupaciones muy interesantes, Beatrice.

—Sí, en ese aspecto he sido afortunada. Y las dos bien pagadas, además.

—Pero cuando interpretabas el papel de Miranda no todo era una actuación, ¿verdad? Tú tienes dones paranormales, ¿no es así? —Hannah se puso tensa, como preparándose para unas malas noticias—. ¿Puedes prever el futuro?

—No. —Beatrice cerró el cajón y se sentó en el borde de la cama—. No, no veo el futuro. No creo que nadie pueda hacerlo, aunque ciertamente es posible predecir algunos resultados probables si uno dispone de suficiente información. Pero eso es una función de la lógica, no adivinación. Y por la experiencia que tengo a nadie le hace bien que le digan que va por mal camino.

—Ya. —Hannah sonrió con tristeza—. Porque en realidad nadie quiere buenos consejos, ¿verdad?

—Rara es la persona que se deje gobernar por la lógica en lugar de la pasión.

—Sí, ya sé —repuso Hannah después de suspirar ostensiblemente—. Entonces ¿cuál es exactamente la naturaleza de tu don?

—Veo la energía oculta que otros dejan tras de sí en las huellas de las pisadas o en los objetos que tocan. Los colores y los dibujos de las corrientes me dan mucha información sobre el individuo que los ha generado.

—Eso tiene que ser fascinante.

—Pues no es esa la palabra que yo utilizaría para describirlo —dijo Beatrice—. No negaré que ese don tiene su utilidad. Con la excepción de dos intentos muy breves de emplearme como institutriz que no acabaron demasiado bien, de una manera o de otra me he ganado la vida con mis dones paranormales. Pero en esa cara oculta mía hay aspectos que son inquietantes.

—¿Cómo puedes decir eso? ¡Qué regalo tan grande tiene que ser poder leer la personalidad de los demás al observar las huellas paranormales de las pisadas, de todo lo que tocan...!

—La energía psíquica permanece durante mucho tiempo: años, décadas, siglos... —Beatrice miró a la estatuilla de Bastet y aguzó sus sentidos. La diosa mujer-gata estaba cubierta, capa sobre capa, de una energía borboteante y caliente—. Todavía puedo percibir los destellos de las huellas del escultor que hizo esta figura, y los del sacerdote que la dispuso en la cámara funeraria. Puedo ver las huellas de los ladrones que se la llevaron y las de los coleccionistas obsesivos que la han poseído a lo largo de los siglos.

—¿Cómo puedes distinguir las huellas de tantas personas diferentes?

—Es que no puedo, o por lo menos no puedo verlas con una gran precisión —dijo Beatrice—. Es el problema que tienen los objetos antiguos y las viejas mansiones como esta. Con los años, las capas de energía que dejan las personas forman una niebla oscura que es... Es demasiado turbador contemplarla, durante el tiempo que sea. —Interrumpió su percepción—. Puedo captar destellos de los diferentes dibujos, pero no huellas completas. Mis dones solamente son precisos cuando estoy ante rastros más recientes: los que se dejaron en los pasados meses son los más destacados y pueden aislarse del resto. Más allá de estos límites las cosas se enturbian muy rápidamente.

Hannah se levantó y cruzó el dormitorio para cerrar la puerta que daba a la habitación contigua. Volvió a la butaca y se sentó. Con una mano se agarró fuertemente a un brazo de la butaca.

—Cuando contraté esas consultas privadas contigo en la Academia del doctor Fleming, viste la verdad en mis huellas psíquicas —dijo con voz sorprendentemente firme y segura, por mucho que la tensión subyacente vibrara en cada una de las palabras—. Dijiste que mis nervios estaban crispados y que tenía que encontrar una manera de calmar mi agitación interior. Dijiste que mi ansiedad tenía sus raíces en algún miedo subyacente.

—Y usted ya sabía todas esas cosas antes de venir a verme —añadió con gentileza Beatrice—. De hecho, por eso acudió a mí.

—Sí, claro. Sugeriste que debería identificar la fuente de ese miedo para enfrentarme a ella. Me indicaste que si no lo hacía, la ansiedad podría seguir erosionándome interiormente. Intenté hacer lo que me decías, pero no pude encontrar paz alguna. Y ahora la amenaza de este maldito chantaje lo ha hecho todo mucho peor. Y el pavor, cada vez mayor, que siento hace que dormir me resulte casi imposible.

Beatrice volvió a aguzar sus sentidos y examinó las huellas que Hannah había dejado en el piso. Algunas de las corrientes tenían el calor propio de una fiebre.

—Puedo ver que, efectivamente, sus nervios están en mayor tensión ahora que cuando pidió hora en mi consulta. Pero eso tiene su lógica, dada la situación por la que está pasando.

La boca de Hannah se curvó en una sonrisa amarga. Se levantó y fue hacia la ventana. Se plantó allí, mirando al exterior.

—No hay nada como el chantaje para provocar un caso de nervios destrozados.

—Dudaba a la hora de hacer esta pregunta —empezó Beatrice con precaución—, pero puede ser importante. No ha dicho usted nada sobre la naturaleza del secreto que la ha hecho vulnerable a un intento de extorsión. Ciertamente, eso no es de mi incumbencia. Pero ¿cabe la posibilidad de que su secreto esté de alguna manera conectado con la ansiedad que la llevó a mí hace ya tantos meses?

—No, o por lo menos no lo percibo así. Mi secreto está relacionado con el pasado de una amiga muy querida, no con mi propio pasado. Se vio envuelta en un matrimonio horroroso. El marido abusaba de ella terriblemente y murió (en buena hora, todo hay que decirlo) en lo que algunos llamarían circunstancias sospechosas.

—Oh, ya veo —dijo Beatrice—. En otras palabras, su amiga ayudó a su marido en el viaje hacia el otro mundo.

Hannah se volvió con ojos desorbitados.

—Fue un poco más complicado que eso.

La comprensión se había acabado.

—¿Estuvo usted involucrada? —preguntó Beatrice.

—Por decirlo de alguna manera. Te voy a contar toda la historia. Tienes derecho a conocer mi secreto.

—No es necesario que...

Pero Hannah ya estaba hablando, con voz entrecortada y tensa. Era como si necesitara sacar aquella historia afuera, como si tuviera que hacerlo rápidamente.

—Una noche mi amiga apareció en la puerta de mi jardín —dijo—. Estaba magullada y sangraba. El marido la había golpeado sin piedad. Nelson estaba en la escuela. El ama de llaves y yo estábamos solas en la casa. Entre las dos metimos a mi amiga en la cocina. Le estábamos vendando las heridas cuando el marido rompió el cristal de la puerta trasera e irrumpió en la cocina. Llevaba un cuchillo en la mano y estaba fuera de sí. No ocultaba que su intención era matar a su mujer y asesinarnos tanto a mi ama de llaves como a mí por haber intentado ayudarla.

—¡Esto es espantoso! —susurró Beatrice—. ¿Qué hizo entonces?

—Agarré una silla de cocina e intenté defenderme, mientras que la dama de compañía hacía lo propio con una sartén. Mi amiga estaba malherida, de manera que no pudo más que arrastrarse bajo la mesa. El ama de llaves y yo intentábamos protegerla con la silla y la sartén cuando apareció Josh por la entrada de la cocina. —Hizo una pausa—. Llevaba un cuchillo en la mano.

Hannah se calló de pronto.

—Ahora tiene que explicarme el resto —la apremió Beatrice—. No puede dejarme con la incógnita, por lo que más quiera...

—Hasta esa noche no supe que Josh es muy hábil con... con los cuchillos —dijo Hannah con franqueza.

—¡Oh! Vaya... —Beatrice tragó saliva—. Sí, ya veo. Bueno, tengo que decir que me alegro mucho de que llegara en ese momento.

—¡Oh, sí, todas estuvimos contentísimas de verlo aparecer! —dijo Hannah. Hizo un esfuerzo por recomponerse y continuó—: El desorden era absoluto, como es fácil de entender. Había sangre por todas partes. Pero al final logramos limpiarlo y luego Josh se hizo cargo del cuerpo. Apareció flotando en el río al día siguiente. Todo el mundo dio por sentado que el marido de mi amiga había sido la víctima de un ladrón que lo había asesinado en el camino de vuelta a casa tras visitar un burdel.

—¡Adiós y viento fresco! Es lo único que se me ocurre decir.

—Sí, pero ese malnacido se movía en círculos influyentes —dijo Hannah—. Era un hombre rico. Si ahora se supiera que hace tres años murió en mi cocina, los de la prensa se volverían locos. Dudo mucho de que se diera una investigación policial, porque ha pasado demasiado tiempo. Josh tiene buenos contactos en Scotland Yard. Estoy segura de que podría detener una investigación, en cualquier caso. Pero ni siquiera aquel hombre tan terrorífico para el que trabajaba entonces podría evitar que se repitieran habladurías en los diarios. Mi hermano y yo nos haríamos famosos de pronto.

Beatrice tamborileó con los dedos sobre el edredón.

—Lo que no entiendo es cómo el doctor Fleming se enteró de su secreto. Yo le aseguro que en ninguna de sus visitas a la Academia intentó hipnotizarla. —Hizo una pausa y frunció el ceño—. A menos que concertara usted una visita privada con él...

—No —dijo Hannah—. Es más, estoy absolutamente segura de que mi amiga tampoco se lo dijo a nadie. Sé que ella no asistió a ninguna de las demostraciones de Fleming. No tiene interés en el ocultismo. Y en cuanto al ama de llaves, es muy leal. Siempre ha guardado los secretos de familia. Incluso si se diera el caso de que se confiara en alguien, no puedo imaginar que esa persona encontrara el camino de la Academia de lo Oculto. ¡Parece tan poco probable! En cuanto a Josh, nunca se lo dijo a ese hombre terrible que lo empleaba para que hiciera el trabajo sucio. Y el Señor sabe que Josh confiaba en Victor Hazelton como en un padre.

—No la entiendo. ¿Quién es Victor Hazelton?

—Es el nombre verdadero de ese hombre terrible que se hace llamar señor Smith.

—¡Ah, ya! —exclamó Beatrice—. Así que se mantuvo el secreto, pero fue a parar con el montón de materiales de chantaje del doctor.

—Puedes ver por qué la teoría de Josh según la cual estaba hipnotizada durante esas sesiones privadas tiene sentido. Fue la única explicación que se le ocurrió.

—Honestamente, no sé cómo pudo hacerse eso sin mi conocimiento —repuso Beatrice.

Hannah suspiró.

—Y yo te creo.

—Pero según lo que usted dice, no fue ese incidente en la cocina lo que la llevó a mí para esas consultas privadas.

—No —convino Hannah con tranquilidad.

—Vamos a encontrar al chantajista, y cuando lo hayamos encontrado tendremos respuesta para todas nuestras preguntas —concluyó Beatrice.

Hannah le ofreció una tímida sonrisa.

—No lo dudo. Nunca he aprobado la carrera de Josh, pero soy la primera en admitir que tiene un talento especial para dirigir investigaciones. Siempre encuentra lo que se propone encontrar.

—Eso me han dicho.

14

El telegrama era breve, pero su mensaje supuso una sensación de alivio y emoción para Clement Lancing. Permaneció junto al sarcófago y lo leyó dos veces para convencerse de que las noticias eran ciertas.

Puso la mano sobre la tapa de cristal y miró hacia la mujer que flotaba en el agua egipcia.

—Lo ha conseguido, Emma. Ese malnacido de Gage ha encontrado a la ocultista. No te lo creerás, pero todo este tiempo ha estado trabajando como dama de compañía. No es difícil de entender por qué resultaba tan arduo de localizar. La buscábamos en los lugares equivocados. La estrategia vuelve a desplazarse hacia delante. Gage se ha tragado el anzuelo.

La mujer del sarcófago no dio muestras de haberlo oído. Su sueño era demasiado profundo.

Reparó en que el nivel del agua había vuelto a bajar. Tenía que preparar más líquido. Fue al estante donde guardaba sus suministros de productos químicos. Casi había agotado las sales, pero también era cierto que no iba a necesitarlas durante demasiado tiempo.

15

La gran sala de la mansión Alverstoke estaba repleta de energía oscura. Las corrientes que se arremolinaban alrededor de la abundante colección de objetos egipcios ponían al límite los sentidos de Beatrice.

Grandes estatuas de piedra de dioses, diosas y demonios egipcios, muchos de ellos adornados con las cabezas de animales, contemplaban desde su altura a la multitud con miradas implacables. Las jarras canópicas, los escarabajos y los *anjs* estaban expuestos sobre las mesas. Pinturas detalladas que mostraban la vida cotidiana en el antiguo país (un barco de pesca con sus hombrecillos lanzando redes, una casa con un jardín cercado) se mostraban en los estantes. Unas cajas con tapa de cristal mostraban brillantes piezas de joyería, con pectorales, collares y pendientes.

Beatrice se estremeció y se envolvió más en el chal que le rodeaba los hombros. Se había colocado en una banqueta situada en un corredor, justo en el exterior de la gran sala. Un grupo de plantas dispuestas en macetas la ocultaba de la vista de las personas que pasaban por allí. Desde aquel puesto de observación podía mirar a los elegantes invitados a través de un velo de hojas de palmera. Con la excepción de Hannah, la mayoría de los invitados a Alverstoke no parecían conscientes de aquella atmósfera tan cargada, o por lo menos no parecía que se dieran cuenta. Hablaban unos con otros y bebían el caro champán de su anfitrión mientras se maravillaban ante tantas y tantas antigüedades.

A Beatrice, sin embargo, le parecía que la mayor parte de las risas eran fuera de tono y que en las conversaciones se empleaba un tono demasiado alto. Sí, en aquella estancia se percibía una infracorriente nerviosa.

Se estaba esforzando por mantener en todo momento el contacto visual con Hannah (lo cual no era fácil con el gentío que abarrotaba la estancia) cuando otro tipo de conciencia se abrió paso en su mente.

Se volvió bruscamente y vio surgir de un oscuro pasaje por detrás de ella a un caballero entrado en años, con una barba espesa. Llevaba lentes con montura de oro. Tanto la chaqueta como los pantalones tenían un aspecto triste y pasado de moda. Se apoyaba en un bastón de ébano que le resultó familiar.

—El decorador de Alverstoke parece haber enloquecido con los motivos egipcios —dijo Joshua.

—¡Madre mía, señor, qué susto me ha dado! —Beatrice lo miró—. Por favor, no vuelva a aparecer así. Me supone un gran desgaste nervioso.

—Algo me dice que sus nervios son lo bastante fuertes para soportar alguna sorpresa ocasional. —Miró a través de las hojas de palma, hacia la sala de recepción—. ¿Dónde está mi hermana?

—La última vez que la vi estaba cerca de la gran estatua de Osiris, hablando con un caballero. —Beatrice se volvió para buscar entre la multitud—. Allí está, la del vestido azul.

—Sí, ya la veo. Está conversando con Ryeford. Son viejos amigos.

Joshua hizo una pausa para examinar una daga de empuñadura dorada que se exponía en una vitrina cercana. Por fin preguntó:

—Entiendo que no se ha producido ninguna comunicación por parte del extorsionista, ¿no es así?

—Exactamente, pero ya era hora de que usted apareciera —dijo Beatrice—. ¿Dónde se había metido? Estaba empezando a preguntarme si le había ocurrido algo. No habíamos hablado del método al que debía recurrir para contactar con usted si recibíamos las instrucciones del villano.

—Cuando —puntualizó Joshua. Hablaba con un tono ausente, con toda la atención puesta en la daga.

—¿Qué? —dijo Beatrice, con expresión perpleja.

—Digo que «cuando» reciban las instrucciones del villano, no «si». El movimiento lo hará aquí, muy probablemente esta noche. Mañana por la noche como muy tarde.

—¿Cómo puede saberlo? —le preguntó ella, curiosa. ¡Parecía tan seguro de sí mismo!

—Es una conclusión lógica. La fiesta campestre solo dura tres días. El chantajista querrá sacarle partido a la multitud. —Joshua levantó la tapa de la vitrina—. La hoja de esta daga es de lo más interesante. Me pregunto si será la auténtica.

Introdujo la mano en la vitrina.

—¡No toque eso! —exclamó Beatrice, incapaz de contenerse.

Él la miró fijamente.

—¿Por qué?

—Porque es realmente auténtica. —Beatrice se recompuso—. La han utilizado para matar en más de una ocasión, y está impregnada de una energía inquietante.

—¿Me está diciendo que puede detectar este tipo de detalles con sus poderes paranormales? —preguntó él, con una mirada que expresaba curiosidad.

—Pero usted no se cree ni una palabra.

—Yo en lo que creo es en los poderes de una imaginación muy viva —respondió él educadamente.

—¿Por qué iba a preocuparme? Tiene usted razón, señor. Adelante, coja la daga. No es asunto mío.

Él la miró pensativo, y cerró deliberadamente los dedos alrededor de la empuñadura. La barba falsa y las cejas pobladas ocultaban su expresión, pero ella habría podido jurar que había percibido calor en esos ojos cuando sus dedos entraron en contacto con aquella hoja tan antigua. Estaba segura de que había experimentado una pequeña sacudida metapsíquica. Pero también sabía que él nunca iba a reconocer tal cosa.

Ella aguardó, pensando que volvería a poner el arma en su sitio y que cerraría la tapa. En lugar de eso, levantó el arma a la luz de un candelabro de la pared para examinarla más de cerca.

—Qué interesante —dijo.

Admiró la daga durante un momento más y luego la devolvió a la vitrina con cierta reluctancia. Ella supo entonces que realmente había recibido un choque paranormal de algún tipo procedente de ese objeto antiguo, pero no de esos que hacen que uno sienta escalofríos de pavor recorriéndole el espinazo. No, sujetar esa daga tenía en él un efecto contrario. Había sentido un chispazo de excitación.

Joshua cerró la tapa de la caja y se dirigió hacia la banqueta. Se dejó caer entre los cojines de terciopelo y aferró con ambas manos la empuñadura de su bastón.

—¿Cuáles son sus habitaciones? —preguntó.

—Estoy con su hermana en el ala este del piso superior. A la señora Trafford le han ofrecido el dormitorio del extremo. Mi habitación es la directamente adyacente. Ambas dan a los jardines.

—Excelente. Puedo ver sus ventanas desde el *cottage*. Los

métodos más simples suelen ser los mejores. Cuando Hannah reciba instrucciones del chantajista, enciendan una vela en el alféizar de la ventana. Yo les contestaré con tres destellos de una linterna para hacerles saber que he visto su señal. Después nos encontraremos en la biblioteca.

—¿Cómo se las arreglará para entrar en la casa? —preguntó ella—. Estoy segura de que cerrarán todas las puertas cuando todos se hayan ido a la cama.

—Soy, en cierto modo, un experto cuando se trata de este tipo de cosas —dijo.

—Oh, sí, claro, usted era un espía profesional. —El tono era de lo más aséptico—. No sé cómo he podido olvidarlo. Supongo que se requerían habilidades para abrir puertas si se quería ejercer.

—No tiene usted una gran opinión de mi antigua profesión, ¿verdad?

—Me merece la misma opinión que la que usted muestra hacia mi anterior trabajo. Tendría que aceptarlo, señor; tanto usted como yo estábamos en el negocio de fabricar ilusiones con el propósito de engañar a los demás. Yo sigo en esa misma línea. —Miró con desprecio la barba y el atuendo pasado de moda—. Y resulta evidente que usted también.

Él encajó la acusación e inclinó la cabeza.

—Tiene razón, señorita Lockwood. Parece que tenemos mucho en común.

—No tanto, no tanto. Simplemente cierto talento para engañar. Confío en que sus habilidades no se hayan oxidado. Sería un tanto embarazoso para su hermana y para mí que esta noche lo sorprendieran intentando introducirse en la casa.

—No se preocupe. Haré lo que esté en mi mano para no incomodarlas. —Él contempló los objetos que los rodeaban—. Me pregunto cuántas de estas antigüedades serán falsas.

—Algunas lo son, ciertamente. —Ella volvió a ajustarse el chal en un fútil intento de mantenerse aislada del frío—. Pero no todas.

Joshua entornó los ojos.

—¿Tiene usted conocimientos sobre las antigüedades egipcias?

—Ninguno, ninguno, señor Gage. Pero no los necesito para distinguir la oscura energía que está infusa en varias de estas piezas. Sospecho que usted mismo lo sentirá, también, pero, sin duda, querrá explicar dicha sensación mediante alguna argumentación lógica.

Parecía divertido y también, según pensaba Beatrice, curioso.

—¿Cómo podría hacer eso, exactamente? —preguntó él.

Ella movió una mano, en un pequeño gesto.

—Tal vez se diría a sí mismo que su sensibilidad está despierta simplemente porque está en plena investigación. Por tanto, su estado mental es de vigilia completa. Esto genera un cierto nivel de excitación que, a su vez, explica cualquier sensación extraña que pueda usted sentir.

—Es un encadenamiento lógico razonable, si no fuera porque se basa en una premisa falsa.

—Además, en este caso hay un aspecto personal que explica claramente, en parte al menos, su reacción. Usted está aquí para salvar a su hermana de un chantajista. Para hacerlo está obligado a trabajar con una mujer en la que no confía del todo. Algo así, forzosamente tiene que afectarle los nervios. Usted prefiere disponer del control absoluto de una situación cualquiera. Se supone que yo soy un peón en su juego, pero usted no puede estar seguro de que me haga digna de su confianza.

—¡Vaya! Ahora se equivoca, señorita Lockwood.

—¿De verdad? —Beatrice no se preocupó por ocultar su incredulidad.

—Sí, ciertamente es usted un elemento imprevisible, pero no la considero un peón en ningún caso —apuntó él.

—¿Lo dice en serio? —Beatrice inclinó ligeramente la cabeza hacia un lado—. ¿Cómo me considera entonces?

—Todavía no estoy seguro. —Él dudaba, como si luchara por encontrar la respuesta—. Sigo evaluando su papel en este asunto.

Por el tono de voz parecía tan serio que a ella le faltó poco para echarse a reír.

—Pues resulta que yo también sigo haciéndome muchas preguntas sobre usted, señor —dijo ella con suavidad—. De todos modos, me da usted la razón. Puede explicar su incomodidad sin recurrir a lo paranormal.

—En otras palabras, no puede probar que haya corrientes de energía paranormal que emanen de alguno de los objetos de esta sala.

—No —contestó ella—. Es más, no veo razón para intentar probarle a usted la existencia de lo paranormal. La baja opinión que le merezco es, naturalmente, demoledora, pero a fin de cuentas no tiene mayor importancia.

Gage sonrió.

—Lo único que he dicho es que tiene usted una imaginación muy viva. Eso no implica que mi opinión sobre usted sea desfavorable. Lo que sí resulta demoledor para mí, por cierto, es que mi opinión sobre usted no tenga ninguna importancia.

—¿Por qué iba a tenerla, señor? —respondió ella educadamente—. Después de todo, cuando este caso concluya cada uno seguirá por su camino y no volveremos a encontrarnos nunca.

—Cualquiera diría que está deseando que llegue el momento de esa despedida.

—Estoy segura de que usted también —respondió ella.

—Pues mire, no, no estoy esperando a que se separen los caminos.

Parecía vagamente sorprendido por sus propias palabras.

—Eso es algo que me parece difícil de creer, señor Gage.

—A diferencia de usted, creo que nuestra breve asociación es algo... estimulante.

Sorprendida, lo miraba con suspicacia cada vez mayor.

—No lo dice en serio.

—Lo digo muy en serio. —Se frotó el muslo con aire ausente y concentró la atención en la multitud—. Es usted una mujer muy refrescante, señorita Lockwood.

—¿Refrescante?

—No estoy seguro de poder explicárselo.

—No hace falta que me lo explique, señor —dijo ella—. Lo entiendo muy bien.

Enarcó las cejas postizas.

—¿De verdad lo entiende?

—El problema que tiene es sencillamente que en este último año ha vivido una vida más bien aburrida. No tenía derecho a retirarse al campo cuando estaba en la flor de la vida. Pero bueno, ¿en qué estaba usted pensando?

El aire relajado y burlón desapareció en un momento. El hielo había vuelto a la mirada.

—¿Quién demonios se cree que es, señorita Lockwood, para andar ofreciendo consejo y formulando preguntas personales?

Se quedó sorprendida por el tono desacostumbrado de la voz. Sí, ciertamente, era apenas distinguible, pero ahí estaba, como un tiburón bajo el oleaje. En el transcurso de su reciente relación con Joshua, lo único que había aprendido era que él era un maestro en el autocontrol. Era la primera vez que percibía en él un destello de rabia o impaciencia.

Por otra parte, se recordó, él había adquirido ese férreo

control sobre sí mismo por una razón. Un hombre de pasiones fuertes tenía que ser capaz de controlar esas pasiones.

Tal vez la cuestión más intrigante era por qué disfrutaba tanto sabiendo que podía sacarlo de las sombras, aunque solamente fuera por un momento. Tentar a un tigre que vivía en el interior de una jaula autoimpuesta era un juego arriesgado. Después de todo, era el tigre quien tenía las llaves.

—Pues resulta que soy su asociada en una investigación, señor Gage —dijo ella—. Y no olvide que si compartimos este trabajo es porque usted sugirió que podía hacerse así.

—Eso no le da derecho a fisgonear en mis asuntos privados.

—No estaba fisgoneando. Se trataba de una simple observación.

—E imparte consejos.

—Lamento decir que esa es una desafortunada necesidad propia de mi carácter —apuntó ella—. Pienso que usted necesitaba algo de tiempo para recuperarse, tanto desde el punto de vista metafísico como desde el punto de vista físico, de sus heridas. Sin embargo, hoy, en el transcurso de nuestro viaje desde Londres, su hermana me ha explicado que este último año ha estado casi completamente recluido. Ya empezaría a ser hora de que emergiera de su aislamiento y volviera a la vida normal.

—Hace mucho tiempo que no vivo una vida normal.

Ella no hizo caso de esta precisión.

—Sabe usted muy bien a qué me refiero, señor.

—¿Le ha explicado Hannah por qué la están chantajeando?

Beatrice dudó, pero finalmente concluyó que no había motivo para ocultar la verdad.

—Sí —dijo.

—Ya me lo imaginaba —asintió con la cabeza.

—Tengo que recordarle que no es la primera vez que Hannah y yo coincidimos. Nos llevamos la mar de bien, por una cuestión de intereses mutuos y todo eso.

—Por los intereses mutuos en el ocultismo.

—Así es. Pero creo que Hannah creyó en mí lo bastante para confiarme su secreto porque sintió que, dada mi implicación en este asunto, tenía derecho a saberlo.

Joshua permaneció callado durante un momento, hasta que preguntó:

—Supongo que le habrá contado cuál fue mi participación en el asunto, ¿no es así?

—Sí. No puedo decir que me sorprendiera su papel. Después de todo, es usted un profesional. Solo puedo decir que me alegra saber que usted estaba allí esa noche para enfrentarse a ese hombre terrible.

—Hannah y su ama de llaves lo estaban haciendo muy bien cuando llegué, pero resulta difícil plantar cara a un hombre enloquecido y armado con una navaja que está decidido a matar.

Con el recuerdo de los rastros iridiscentes alrededor del agonizante Roland Fleming, un escalofrío fantasmal recorrió el cuerpo de Beatrice.

—Eso fue lo que me dijo Roland esa noche, cuando se estaba muriendo en el suelo de su despacho —susurró—. Dijo que mi pistola no me serviría para defenderme ante un asesino.

—Eso es especialmente cierto cuando el asesino está entrenado en su cometido —dijo Joshua—. Solo hubiera tenido una ocasión de disparar el arma... como mucho. Y si hubiera errado el tiro, o si no hubiese disparado sobre un punto vital, cosa harto difícil con esa arma tan pequeña...

—Lo sé.

—Hannah tenía razón —continuó él—. Merece saber la verdad. Pero cuantas más personas comparten un secreto, mayor es el riesgo de que tarde o temprano el secreto deje de serlo.

—Le doy mi palabra de que no se lo diré a nadie.

No respondió a eso. Cuando lo miró vio que parecía perdido en sus pensamientos.

—Soy muy consciente de que no confía en mí, señor Gage —dijo ella frunciendo el ceño—. No tiene por qué mostrarse grosero. Le recordaría, de todos modos, que yo también soy una profesional. Con los años he guardado una gran cantidad de secretos de mis clientes, tanto en mi papel de Miranda como ahora que soy una agente de Flint y Marsh. En cuanto a sus secretos, los mantendré igual de bien.

—Aunque le parezca mentira, sí que confío en usted, señorita Lockwood. —Sonreía—. No me pregunte por qué, porque no lo sé, pero es así.

—¿Me encuentra divertida, señor?

—No. Me río de mí mismo.

—¿Porque ha decidido confiar en mí?

—Algo así, sí.

—Si eso hace que se sienta mejor —dijo ella—, he llegado a la conclusión de que yo también confío en usted, señor Gage, por mucho que eso no tenga ninguna explicación lógica.

Él dejó de sonreír.

—En ese aspecto tengo una cierta reputación.

—Tal vez, pero su reputación no es lo que hace que confíe en usted.

Él mostró una expresión de extrañeza.

—¿Por qué confía en mí, entonces?

Ella le ofreció la mejor de sus sonrisas.

—Porque puedo leer sus huellas de energía y me tranquiliza lo que veo. Pero, por otra parte, ya sé que usted no acepta explicaciones paranormales, así que intentarle explicar mi razonamiento resultaría una pérdida de tiempo.

—Y ¿qué es lo que ve en mis huellas?

Ella abrió los ojos desmesuradamente.

—¿Está seguro de que desea una lectura metapsíquica hecha por una médium fraudulenta?

—Pienso que es usted una buena actriz, no una buena engañadora.

—¡Vaya! —contestó ella riendo—. Esa ha sido una buena respuesta. Estoy impresionada.

—Es la verdad. —Volvió a estudiar la multitud—. ¿Qué ve en mis huellas?

—¿Para qué le sirve la respuesta de una buena actriz?

—No tengo ni idea. Llámelo curiosidad profesional.

Estuvo pensando si realmente era conveniente darle la información que deseaba y finalmente decidió que no había nada malo en satisfacer su curiosidad. No era para nada diferente a otros clientes que había tenido en los tiempos de la Academia. Las personas, incluso aquellos que no creían en sus poderes, siempre deseaban saber lo que percibía en sus huellas. En este caso Joshua, sin duda, atribuiría los resultados a su viva imaginación.

Con cierta preocupación, aguzó los sentidos y estudió la feroz energía que Joshua había dejado sobre el suelo. Había más huellas suyas en la caja de cristal y en la daga.

Corrientes de una luz oscura e iridiscente, en un espectro de colores sin nombre, irradiaban en pautas fuertes y estables desde el residuo de energía que brillaba en todo lo que él había tocado.

—Muy bien, señor Gage —dijo ella—. Veo energía, control y una estabilidad psíquica subyacente.

—¿Qué demonios es eso de «estabilidad psíquica»?

—Según mi experiencia, las corrientes débiles o inestables suelen indicar algún grado de tensión mental o emocional. Todos nosotros experimentamos conflictos nerviosos ocasionales. Todos pasamos por períodos de depresión, de duelo y de ansiedad, del mismo modo que todos sufrimos accesos de enfermedades físicas. Pero ciertas olas altamente erráticas que parecen permanentes o que son muy débiles son una marca de una falta de estabilidad subyacente. Son los umbrales de la locura o de una ausencia total de conciencia. —Hizo una pausa—. Las de esta última clase son las más inquietantes, en mi opinión.

—¿Con qué frecuencia encuentra huellas así?

—Son más comunes de lo que uno podría pensar. —Se estremeció—. Créame si le digo que no tengo que apartarme de mi camino para encontrarlas.

—Y ¿qué vio en las huellas del asesino de Fleming?

—La fría energía de un hombre que no tiene conciencia. No solamente mata sin remordimiento alguno, sino que además obtiene satisfacción y orgullo en ese acto, tal vez un placer perverso.

Joshua aferró con ambas manos la empuñadura del bastón. Parecía pensativo.

—De lo más profesional.

—Sigue sin haber contestado a mi pregunta, señor Gage —dijo ella con suavidad.

—¿Qué pregunta?

—¿En qué demonios estaba pensando cuando hace un año decidió retirarse al campo?

—Simplemente pensaba que ya no poseía los atributos y capacidades que antes hacían de mí un buen espía.

—¿Por la naturaleza de sus heridas? ¿Es por eso? —Ella miró el bastón—. ¡Qué tontería! Entiendo que se encuentre con ciertas limitaciones físicas que tal vez requerirían enfrentarse al trabajo de otro modo, pero sus capacidades analíticas siguen intactas. —Examinó por un momento la barba que tapaba la cicatriz—. Y, obviamente, sigue teniendo talento a la hora de ocultar su identidad.

Joshua no apartaba la mirada de la gente que los rodeaba.

—En mi decisión de retirarme pesaban otros aspectos aparte de mis heridas, aunque estas también tuvieron su importancia.

—Ya veo.

No ofreció ninguna otra información. Sencillamente, se quedó allí sentado contemplando a los elegantes invitados en su deambular alrededor de las antigüedades.

Y eso era todo lo que le iba a decir, pensó ella. No sabía lo que habría ocurrido en el transcurso de la última misión, pero, sin duda, había dejado en él heridas psíquicas lo mismo que físicas.

—Permítame que le señale, señor Gage, que la razón por la que usted se siente vigorizado no tiene que ver conmigo —dijo Beatrice—. Es porque se le ha llamado a consulta en un caso de una extraordinaria importancia. Eso le ha dado a usted un objetivo. Necesitaba un objetivo adecuado para sacarlo de ese retiro, una razón para volver a utilizar sus talentos.

—Vigorizado —repitió, como hablando consigo mismo—. Tal vez tenga razón. Últimamente me he sentido más... vigoroso, sí.

En aquella mirada había una cierta calidez. La mujer que había en ella lo descubrió enseguida. Se sintió molesta cuando comprendió que estaría sonrojándose.

—No me sorprende oírlo, señor —respondió ella, manteniendo un tono enérgico en sus palabras—. Resulta obvio que, dejando de lado lo necesario que le resulte el bastón, dispone usted de una sólida constitución física y de una mente ágil. Permanecer en el campo durante un período tan prolongado de tiempo tenía que resultar deprimente para un hombre de su naturaleza.

—Es una teoría interesante —dijo él. Hizo una pausa antes de añadir—: Sí, admito que ha sido un año muy largo. De hecho, sentado aquí con usted, ahora mismo, me doy perfecta cuenta de lo largo que ha sido este año pasado.

Algo en esa voz, la sospecha de una insinuación sexual, hizo que Beatrice sintiera una sacudida en sus sentidos.

—Sí, bien, de una manera u otra estoy segura de que podremos seguir con nuestra colaboración, porque de momento podría decirse que nuestros objetivos coinciden —dijo rápidamente.

—¿Siempre que podamos trabajar juntos? ¿Es eso lo que quiere decir? —preguntó él.

—Sí, precisamente. Ya entiendo que su prioridad sea atrapar a la persona que está chantajeando a su hermana. Si resulta que dicha persona es la misma que contrató a un asesino para acabar con el doctor Fleming y para secuestrarme por razones desconocidas, le estaré muy agradecida.

—Yo no quiero su gratitud, señorita Lockwood.

Cada una de esas palabras llevaba hielo en su pronunciación. Antes de que pudiera responder, Joshua se agarró al bastón y se puso de pie.

—¿Se marcha usted ya, señor Gage? —preguntó ella—. Espero que no sea por mi culpa.

—Esta conversación ha sido muy... estimulante, sí. Pero creo que ya hemos intercambiado demasiados cumplidos para una sola noche, ¿no le parece? Si seguimos así, mucho me temo que no tardaremos en lanzarnos sobre nuestras respectivas gargantas. Eso no dejaría de ser divertido en según qué aspectos, pero, sin duda, resultaría perjudicial para la investigación. Buenas noches, señorita Lockwood.

—Buenas noches, señor Gage.

Ella también podía resultar glacial en sus palabras.

—Estaré pendiente de la luz en su ventana —dijo él.

Volvió a desaparecer en las sombras del pasaje que había utilizado para llegar hasta allí un rato antes. Durante un tiempo, Beatrice creyó poder distinguir el sonido del bastón que resonaba en las paredes, pasillo abajo. Pero finalmente no pudo oírlo más.

Cuando estuvo segura de que se había ido, se levantó y fue hacia la vitrina que él había abierto.

Armándose de valor, levantó la tapa de cristal y aguzó los sentidos. La empuñadura del arma brillaba con la intensa energía de las huellas de Joshua.

Con mucho tiento metió la mano para tocar la empuñadura dorada.

Pequeñas sacudidas en forma de chispazos se introdujeron por sus sentidos.

—¡Vaya! —susurró—. Eso duele.

Se apresuró a sacar la mano y bajar la tapa.

Ya antes había sabido que aquella hoja estaba saturada con la energía oscura y rabiosa de la vieja violencia. Pero las chispas invisibles que bailaban alrededor de Beatrice en ese momento no tenían nada de antiguas. Joshua las había dejado allí. Comprobó que resultaba muy estimulante para sus sentidos, muy masculino. Y sí, muy vigoroso.

16

—Del mismo modo que te he revelado el motivo por el que me están chantajeando, puedo explicarte qué me llevó a buscarte en la Academia —dijo Hannah.

La recepción en la gran sala ya había concluido. Los invitados se encaminaban lentamente hacia sus habitaciones. Beatrice y Hannah estaban en el dormitorio de la primera esperando a que Sally acabase de abrir la cama de Hannah.

—Por favor, no tiene por qué sentirse obligada a decirme nada que la haga sentir incómoda —repuso Beatrice—. El origen de su ansiedad no es en absoluto de mi incumbencia.

—Eso tal vez era así hace un tiempo, pero las cosas han cambiado —contestó Hannah—. Ahora estás involucrada en este asunto con Josh y resulta fácil ver que tu relación con él no depende solamente de cuestiones profesionales.

—¡Eso no es cierto! —protestó Beatrice rápidamente.

—Conozco a Josh —dijo Hannah enarcando las cejas—. Para mí está muy claro que lo fascinas. Ahora que te conozco entiendo por qué.

—No, de verdad, se equivoca usted.

—Y yo te digo que conozco a mi hermano —insistió Hannah—. Lo quiero, pero precisamente por eso, en parte, no puedo encontrar tranquilidad de espíritu.

—No tiene usted ninguna necesidad de confiar en mí.

—Pero tengo que hablar con alguien. Ahora sabes más de los secretos de mi familia que nadie que no sea miembro de ella. Hice todo lo que pude para proteger a Josh cuando era joven. Al final fallé. Lo perdí por culpa de la pasión por lo temerario, tan usual en la rama masculina de mi familia. Esa vertiente facilitó muchísimo las cosas a ese hombre horrible cuando se propuso convertir a mi hermano en su arma personal.

—¿Qué fue exactamente lo que Victor Hazelton le hizo a su hermano? —preguntó Beatrice.

Hannah fue hacia la ventana y se quedó allí mirando los jardines en la oscuridad de la noche.

—Antes de que cumpliera los veinte, ya quedó claro que Josh había heredado la sangre salvaje que circula por la rama masculina de la familia.

—¿Sangre salvaje?

—Te aseguro que es como una maldición —dijo Hannah. Tomó un pañuelo del bolsillo para secarse los ojos—. Eso los arrastra al peligro y al riesgo. Ese lado salvaje fue lo que mató a mi padre. Hace un año estuvo a punto de matar también a Josh. Y ahora mi hijo, Nelson, está mostrando todos los síntomas de haber heredado ese mismo gusto por la excitación de la violencia.

—Creo que la entiendo. Usted teme que esa sangre salvaje lleve a la muerte a su único hijo. —Beatrice fue a colocarse junto a Hannah en la ventana—. No me extraña que se encontrara en semejante estado de ansiedad cuando me pidió una cita.

—Nelson intenta protegerme de la verdad. —Hannah se sonó en el pañuelo—. Hace unos meses se fue de casa y se mudó a su propia habitación amueblada.

—Eso es algo que hacen muchos jóvenes.

—Ya sé. Nunca me explica lo que hace y no deja de visitarme. Pero reconozco en él la misma actitud que veía en Josh cuando tenía su edad.

—A esa edad los hombres quieren experimentar el mundo.

—Ya sé que Nelson no quiere a su madre revoloteando por encima de él y controlando lo que hace. He intentado no inmiscuirme. —Hannah se limpió unas lágrimas—. Pero la intuición me dice que está haciendo lo mismo que Josh a su edad. Por la noche sale por los peores barrios, buscando emociones. Se juega la vida en las salas de juego. Se relaciona con mala gente.

—Busca problemas, en otras palabras.

—Y tarde o temprano los encontrará, como los encontró Josh. En su caso, los problemas llegaron con Victor Hazelton.

—El señor Smith.

—Sí —asintió Hannah.

—Lo comprendo. —Beatrice vaciló—. Tal vez podría pedirle a Josh que hablara con Nelson, ¿verdad? Para un hombre maduro debería ser más fácil orientar en la buena dirección a un hombre joven.

Los dedos de Hannah apretaron el pañuelo.

—Lo último que deseo en este mundo es que Josh conduzca a Nelson por el mismo camino oscuro en el que Hazelton metió a mi hermano hace todos esos años.

—Sí, lo entiendo —reconoció Beatrice—. Pero en esta situación... —Se interrumpió porque Sally había abierto la puerta que comunicaba con la otra habitación—. Lamento interrumpirla, señora —le dijo a Hannah—. Pero he encontrado este sobre en su almohada cuando he abierto la cama. Pone su nombre.

Hannah se quedó inmóvil. Miró a Beatrice.

—Voy a apagar las lámparas y encenderé una vela —anunció Beatrice.

17

Beatrice había dejado a una Hannah preocupada en su dormitorio y había bajado por la escalera principal. Llevaba el mismo vestido sencillo que durante el día y un par de zapatillas de suela blanda, en un intento de hacer el menor ruido posible. En la gran casa acababa de hacerse por fin el silencio. Lord Alverstoke solía madrugar cuando estaba en el campo, y sus invitados estaban obligados a hacer lo mismo. Y no es que la gente elegante y de aire aburrido que había aceptado la invitación estuviera preocupada. Lo que ocurría era que tenían otros planes para la noche.

Beatrice tenía plena conciencia de que ese silencio era engañoso. En su papel de dama de compañía había asistido a bastantes fiestas campestres para saber que la principal atracción en semejantes reuniones no era el aire libre ni los bonitos paisajes campestres. Los numerosos invitados de Alverstoke, por otra parte, tampoco estaban realmente interesados en su colección de antigüedades egipcias. Si ese fuera su gusto, podían ir al Museo Británico a contemplar un gran número de reliquias.

La popularidad de las fiestas campestres se debía a una única razón: proporcionaban oportunidades ideales para las citas amorosas ilícitas. El desorden de Alverstoke Hall, con su abundancia de dormitorios, antecámaras, trasteros, jardines y otras localizaciones apartadas era perfecto para relaciones discretas. Beatrice no tenía duda de que las muchas escaleras que se distribuían por toda la casa ya eran escenario de un denso tráfico de amantes y seductores que se desplazaba entre pisos.

La casa no estaba enteramente a oscuras. Los sirvientes, a sabiendas de que muchos de los huéspedes estaban interesados en asuntos diferentes a las antigüedades, habían dejado encendidos diversos candelabros de pared estratégicamente repartidos. Pero con las luces apagadas y la mansión inmersa en un relativo silencio, Beatrice era más consciente de la misteriosa energía de las antigüedades que borbotaban en el ambiente. Las corrientes paranormales siempre parecían más fuertes y más fácilmente detectables por la noche.

Llegó a la planta baja y se detuvo un instante para orientarse. Todo lo que la rodeaba tenía un aire más misterioso y de algún modo más ominoso ahora que estaba envuelto en sombras.

La energía candente de las antigüedades era mareante, pero también había otro problema. El núcleo original de la estructura de la casa era muy antiguo. A lo largo del tiempo sus diversos ocupantes habían remodelado secciones enteras, o levantado nuevas alas, o añadido pisos. Además, se habían llevado a cabo modificaciones estructurales para instalar modernos elementos de confort como la luz de gas y unas buenas cañerías. Como resultado, Alverstoke Hall era un laberinto de pasajes, escaleras y pasillos conectados de forma inverosímil.

Con anterioridad había tomado la precaución de anotar el camino hacia la biblioteca, pero comprobó alarmada lo diferentes que parecían las cosas ahora que las luces se habían apagado.

Tras un momento de reflexión, echó a andar. Se estremeció cuando traspuso las enormes puertas que daban paso a la gran sala. La estancia en la que se exhibían las antigüedades más valiosas de la casa permanecería cerrada durante la noche después de la gran recepción. Se decía que Alverstoke estaba muy orgulloso de las medidas de seguridad. Pero no había cerrojos que pudieran detener la energía oscura que rezumaba por debajo de las pesadas puertas.

Soltó un suspiro de alivio cuando localizó la larga galería iluminada por la luna en la que había estado sentada unas horas antes, cuando Joshua la había encontrado. Ahora sí que podía orientarse. La biblioteca estaba al otro extremo del pasadizo.

La galería estaba rodeada de sombras, pero pudo ver la llama temblorosa de una vela en la distancia. Mientras miraba, se movía hacia ella de forma vacilante, como si la persona que llevaba el candelero cojeara.

Aliviada, corrió hacia él.

Un golpetazo, seguido por un grito de dolor contenido, le sirvió como aviso de su equivocación. La luz de la llama danzaba sin control en las paredes de piedra.

—¡Maldita sea! —dijo una voz de hombre áspera y tomada por el alcohol—. ¡Malditas antiguallas!

«No es Joshua», pensó Beatrice.

Se detuvo y miró alrededor en busca de una escalera o de una habitación donde poder ocultarse. Pero no le quedaba tiempo. El hombre que acababa de tropezar con una de las antigüedades casi estaba llegando a ella. A la luz oscilante de la vela aquella cara tenía un aspecto demoníaco.

Cuando reparó en ella toda su rabia se convirtió de pronto en una lúbrica expectación.

—¡Vaya, vaya, vaya! ¿Qué tenemos aquí? —exclamó—. Tú tienes que ser una de las criadas. Acudes a la cita con tu amante, ¿no es eso?

—Comete usted un error muy grave, señor —contestó ella con gran frialdad—. Le agradecería que se apartara, por favor.

—No, no eres ninguna criada, con ese acento no. Ni tampoco eres una institutriz. Aquí en Alverstoke Hall no hay niños. Así que debes de ser la dama de compañía de alguna señora.

—Tiene usted razón, señor, y resulta que estoy haciendo un recado muy importante para mi señora. Se disgustará mucho si me retraso.

—¿Le llevas una nota a su amante, tal vez? —Contuvo la risa—. Pues lo siento, porque ese cometido vuestro ha de ser muy duro, ¿no es cierto? Estáis condenadas a repartir mensajes entre amantes, pero nunca podéis disponer de ninguno.

—Me veo obligada a pedirle de nuevo que se aleje de mí, señor.

Él se limitó a levantar el candelabro y la examinó con aire crítico.

—No eres ninguna belleza —dijo—. Una figura poco destacable y cabellera roja, lo que siempre resulta un inconveniente. Pero con peores me las he visto. —Hizo una mueca—. Esta noche te ha sonreído la fortuna. La zorra con la que iba a encontrarme le ha abierto la puerta a otro. De modo que, como veo que estás disponible y yo tampoco es que me sienta demasiado quisquilloso en este momento, vamos a ponernos en faena.

—Lo siento, no me interesa.

Se lanzó hacia delante con ímpetu, confiando en dejarlo atrás, pero él la agarró por el brazo y gruñó:

—Ya verás lo mucho que te interesa en cuanto haya acabado contigo. ¿Quién te crees que eres? ¿Qué es eso de rechazar a tus superiores? Una mujer como tú tiene que ponerse de rodillas y agradecerme que quiera pasar unos minutos con ella. Ahora que lo pienso, de rodillas será como empecemos. Si muestras algún talento con la boca, tal vez me convenzas de ofrecerte otras lecciones en este arte.

Depositó el candelabro sobre una mesa cercana y la obligó a arrodillarse. Con la otra mano se desabrochó los pantalones.

Ella alcanzó el frasco que llevaba prendido a una cadenilla.

—Suélteme.

—¿Qué es eso? ¿Tus sales aromáticas? Espero que no vayas a desmayarte justo ahora. Voy a darte a probar la mejor polla de Londres. Recordarás esta noche durante el resto de tu vida, te lo prometo.

—Y usted también lo recordará la próxima vez que asalte a una mujer —replicó ella.

Revolviéndose de un tirón, se incorporó y abrió el frasco. Le arrojó parte del líquido que contenía directamente a la cara.

El preparado líquido hecho a base de pimienta hizo que el asaltante dejara de respirar por un momento. La miró con odio y cerró con fuerza los ojos, que le ardían.

En sus esfuerzos por respirar, la soltó para llevarse las manos a la garganta.

—Pero ¿qué has hecho, puta loca? —resolló.

—No es nada permanente —dijo ella, retrocediendo—. Espero que pase los próximos minutos considerando el hecho de que no todas las mujeres con las que se encuentra son incapaces de resistirse a sus encantos.

—¡Tú no sabes realmente con quién estás hablando, maldita bruja! —Intentaba gritar, pero la pimienta seguía cerrándole la garganta. Arañaba las palabras, que resultaban apenas audibles—. Soy Covington. Haré que te detengan.

—¿Por tirarle unas sales a la cara? Dudo de que eso sea suficiente para hacer que me detengan.

—¡Esto no son sales aromáticas!

—A nadie le van a parecer otra cosa —le aseguró—. El daño no es permanente.

—Haré que tu patrona te eche. —Cayó arrodillado—. Eres demasiado vieja para hacer la calle. ¡Terminarás tus días en el asilo, desgraciada!

De pronto se oyeron unos pasos que se acercaban. Una sombra oscura hizo acto de presencia. A la luz de la luna, Beatrice advirtió que Joshua ya no llevaba su disfraz. Hizo un alto para apagar la vela.

—Por fin la encuentro, querida —dijo Joshua—. Me preguntaba qué podía haberla retrasado. Me hubiera ofrecido a ayudarla, pero como siempre parece que tiene la situación controlada...

—¿Quién habla? ¿Quién anda ahí? —Covington se volvió hacia la voz de Joshua, pero las lágrimas le corrían por el rostro, y resultaba obvio que no podía verlo con claridad—. Tiene que ayudarme, señor. Esta mujer me ha atacado. Creo que me ha envenenado.

—Sobrevivirá —aseguró Beatrice dirigiéndose a Joshua—. Pero pasará un tiempo antes de que desaparezcan los efectos de mis sales aromáticas.

—Entonces no tiene ningún sentido que nos demoremos aquí —dijo Joshua—. Usted y yo tenemos otras cosas de que hablar.

—Exactamente —repuso Beatrice. Se apresuró a rodear a Covington para ponerse junto a Joshua.

—¡Socorro! —gritó Covington—. ¡Quieren matarme! ¡Socorro!

—Ya ha oído lo que ha dicho la señorita —precisó Joshua—. Va usted a vivir. No estoy convencido de que sea el resultado deseable, pero probablemente levantará menos polvareda que la otra alternativa posible.

—¿Quién demonios es usted? ¿Por qué se preocupa por la suerte de esta ramera? No es más que la dama de compañía de alguna señora.

—¡Ya basta! —ordenó Joshua con tono perentorio—. Se lo he advertido.

Apoyándose en el bastón, se inclinó y cogió con fuerza a Covington por el cuello.

—¡Madre mía! —exclamó Beatrice al ver que Convington perdía el conocimiento y caía al suelo—. Espero que no lo haya matado. Aprecio el gesto, pero no me parece que así se acabe el problema.

—Tiene que confiar más en mí, señorita Lockwood. Nunca soy descuidado cuando se trata de trabajo. Quédese tranquila, que en unos minutos despertará. Con un poco de suerte ni siquiera la recordará, pero si la recuerda y si eso se convierte en un problema, ya encontraré una solución más permanente.

—Estupendo, entonces.

—Venga, no malgastemos más nuestro tiempo. Si está usted aquí es porque tiene novedades para mí. Tenemos la biblioteca a nuestra disposición.

Cuando aquella mano poderosa le rodeó el brazo sintió la pequeña sacudida que despertaba todos sus sentidos. Siempre iba a distinguir ese tacto. No importaba lo que el futuro le deparara, durante el resto de su vida iba a recordar esos susurros provenientes de una conciencia profunda y conmovedora. «Nunca olvidaré a este hombre.»

Los dedos de Joshua se tensaron por un instante. Ella sintió que él también experimentaba alguna sensación cuando se establecía entre los dos un contacto físico directo. Pensó entonces en cómo debía de interpretar esos chispazos de conexión.

«Seguramente dispondrá de alguna explicación lógica —pensó divertida—, quizás algo que tenga que ver con la electricidad estática.»

Él la guiaba a lo largo de la galería hasta un portal. Ella se introdujo por delante de él en el interior de una estancia iluminada por la luz de la luna. Percibió el olor de libros encuadernados en piel y de mobiliario viejo y bruñido con frecuencia.

Joshua le soltó el brazo con lo que a ella le pareció reluctancia. Cerró la puerta y la bloqueó con el pasador. Cuando él se volvió para encararla, Beatrice sintió la energía que llenaba el ambiente. Por primera vez se dio cuenta de que estaba fríamente furioso.

—¿Acaso esa escoria le ha hecho daño de cualquier tipo? —preguntó.

—No, de verdad, estoy bien. Le aseguro que no es la primera vez que me las tengo que ver con un borracho lascivo. Los encuentros como este de hoy son uno de los riesgos de mi trabajo. Ese es precisamente el motivo por el que todas las agentes de Flint y Marsh ahora van siempre provistas de las nuevas y especiales sales aromáticas de la señora Marsh.

—No me gusta la idea de que se vea obligada a tropezar con hombres como Covington con cierta frecuencia.

—En términos generales, resulta relativamente sencillo evitar a los Covington de este mundo —le aseguró ella.

—No se trata de eso.

—¿Y de qué se trata entonces?

—No debería ponerse en situaciones que requieran que usted se defienda.

Ella levantó la barbilla.

—Así me gano la vida, señor Gage. Y si consideramos lo que hacía usted para ganarse la vida, no creo que esté en situación de criticarme.

—Al diablo con todo eso. —Hablaba con un gran sentimiento. Luego soltó aire con fuerza—. Le voy a conceder la razón en ese punto. Y ¿qué demonios hay en esa botellita que lleva? Parece de lo más efectivo...

—La señora Marsh creó este preparado hace poco en su laboratorio. Ha dado un frasco lleno del líquido a cada una de las agentes. Por lo que tengo entendido, la fórmula se basa en una destilación de una pimienta extraordinariamente picante.

—Siempre he admirado el talento de la señora Marsh como química —dijo Joshua.

—La inspiración para confeccionar este preparado le vino cuando otra empleada de la firma, una buena amiga mía llamada Evangeline Ames, estuvo a punto de ser asesinada. Después del asunto de Crystal Gardens, la señora Flint y la señora Marsh llegaron a la conclusión de que todas sus agentes tenían que llevar consigo algún medio de autodefensa más discreto que un arma de fuego.

—Las armas de fuego son indicadas en ciertos casos, pero frecuentemente causan muchos más problemas de los que resuelven —comentó Joshua—. Y no son lo que se dice discretas. La policía suele tomar mucho interés cuando alguien recibe un disparo.

—La discreción es la razón principal por la que nuestros clientes acuden a nosotros —se jactó Beatrice, sin preocuparse por disimular su orgullo—. Las agentes de Flint y Marsh se introducen en algunos de los hogares más adinerados y exclusivos. Nuestro objetivo es pasar tan inadvertidas como sea posible.

—Ese es el objetivo de un buen investigador —apuntó él.

—Ya que hablamos del tema de la autodefensa, estaría muy interesada en aprender ese truco que ha utilizado tanto con Euston como con Covington.

—Le ruego que no lo tome como un insulto, pero no es

una técnica demasiado útil para una mujer. Requiere de una fuerza considerable, por no mencionar el entrenamiento y la práctica.

—Ah, ya veo.

—No tiene por qué ofenderse —dijo él. Parecía divertido—. Ya va usted muy bien armada. Pero sigamos con nuestro asunto. Por lo que entiendo, me ha hecho la señal con la vela porque han tenido noticias del chantajista, ¿no es eso?

—Sí. —Beatrice se sacó la nota del bolsillo y se la entregó—. Cuando su hermana y yo volvimos al piso superior para retirarnos, encontramos esta nota. Estaba sobre la almohada de Hannah, en un sobre que iba dirigido a ella. La caligrafía es de un hombre, estoy segura.

Joshua encendió una lámpara y leyó la nota en voz alta.

> La gran sala. A las tres, puntualmente. Las puertas estarán abiertas. Envíe a la dama de compañía con el dinero. Si la ven a ella, a nadie le llamará la atención. Usted, en cambio, puede resultar chocante. Dígale a esa dama que deje el regalo dentro de la caja de piedra que hay al pie del sarcófago. Si estas instrucciones no se siguen al pie de la letra, la primera de muchas revelaciones respecto a la noche del 9 de enero de hace tres años se entregará a la prensa.

Joshua levantó la vista. A la luz de la lámpara, Beatrice advirtió que estaba muy concentrado.

—Especifica que es usted quien tiene que entregar el pago del chantaje.

—Su lógica es clara. Si alguien me ve yendo y viniendo por los pasillos esta noche, nadie me hará preguntas. Pero si ven a Hannah fuera de su dormitorio, correrán los rumores. El chantajista no quiere que nadie haga preguntas.

—La gran sala alberga los artículos más valiosos de la colección de Alverstoke. Por la noche queda a buen recaudo con las cerraduras más modernas —apuntó Joshua.

—¿Cómo sabe que la cerradura es moderna?

—He visto a Alverstoke y a su mayordomo cerrar la cámara al llegar la noche.

—¿Ha estado deambulando por la casa a esas horas, señor?

—Como solía decir mi anterior patrón: «conoce el terreno y serás capaz de predecir la estrategia de tu oponente».

—Ah, sí, ¿no es ese el misterioso señor Smith, también conocido como Victor Hazelton?

Josh enarcó las cejas.

—Parece evidente que Hannah confía en usted.

—Su señor Smith puede tener unas cuantas cosas en común con mi antiguo patrón. A Roland le encantaba decir: «Conoce a tu público, pero asegúrate de que él no te conoce a ti. El misterio lo es todo en el escenario.»

—Excelente consejo —dijo Joshua con gravedad.

—Sí. Obviamente, quien haya enviado esta nota a Hannah tiene acceso a la llave de la gran sala. —Un súbito pensamiento hizo que Beatrice contuviera la respiración—. ¿Cree que lord Alverstoke es parte de este negocio de extorsión?

—Pues no —respondió Joshua. Hablaba con gran seguridad—. Creía haberlo dejado claro: por el temperamento y las excentricidades de Alverstoke resulta imposible imaginarlo como chantajista. En cualquiera de sus celebraciones gasta una fortuna. No tiene ninguna necesidad de correr riesgos extorsionando dinero de los demás. Estoy seguro de que es un peón involuntario en todo este asunto.

—¿Qué grado de dificultad tendría para una persona robar la llave de entrada a la gran sala?

—Si nos atenemos a lo que he visto esta noche, sería un asunto relativamente sencillo. Pero el malhechor tiene que conocer el servicio de la casa y sus rutinas. —Joshua hizo una pausa para pensar—. Claro está que existe una alternativa. Podría intentar sobornar a uno de los sirvientes. De cualquier modo, el robo de la llave es el aspecto más fácilmente explicable de este caso.

—Pero primero de todo, ¿por qué buscarse el problema de utilizar la gran sala como emplazamiento para el pago del chantaje? —Beatrice dio unos golpecitos en la mesa mientras pensaba—. Aquí, en Alverstoke Hall, no hay más que rincones y escondrijos, por no hablar de todo tipo de lugares ocultos en los jardines. ¿Por qué no organizar el pago en un lugar menos llamativo, más accesible, uno que no necesite del riesgo que implica robar una llave?

—Una muy buena pregunta, señorita Lockwood. La respuesta es obvia.

—¿Es obvia? —preguntó ella frunciendo el ceño.

—La gran sala es un lugar que el chantajista siente que puede controlar. Ciertamente es el único lugar en el que no es probable que se aventure nadie esta noche, ya que mientras dure la oscuridad queda cerrado.

—¡Claro, por supuesto! —exclamó Beatrice, con expresión admirativa—. Los invitados andan por toda la casa en busca de un rincón para sus encuentros románticos. Pero a nadie se le pasará por la cabeza entrar en la cámara de antigüedades, puesto que todo el mundo sabe que siempre está cerrada. Sí, señor, esa es una observación brillante. Es usted realmente bueno en este tipo de asuntos.

—Lo intento.

Ella ignoró su tono de sorna y añadió:

—Aparte de eso, ¿qué mujer podría sentir inclinaciones románticas en medio de tanta energía negativa como la que procede de las tumbas y los templos?

—Hay quien puede encontrar este entorno... de lo más

exótico. —Joshua hablaba como si estuviera considerando la cuestión con total seriedad—. Como una inspiración para la imaginación.

—Ahora... —murmuró ella arrugando la nariz—. ¿Me está tomando el pelo?

—Perdóneme. No he podido resistirlo.

—Ha expresado llanamente la opinión que le merecen los fenómenos paranormales. Pero dígame, ¿ha experimentado usted algo que carezca de explicación, señor Gage?

—Con frecuencia, sí. Pero el hecho de que no pudiera explicar ciertas cosas en ese momento no implica que los hechos sean de naturaleza paranormal. Lo que ocurre, simplemente, es que la ciencia todavía no dispone de todas las respuestas.

—Y, sin embargo, usted sobrevivió en un empleo muy peligroso durante muchos años —señaló ella—. Eso me lleva a pensar que su intuición es muy aguda, quizás incluso oculta en su naturaleza.

—La confianza en eso que usted llama mi intuición explica por qué ahora me veo forzado a andar con un bastón y por qué los chicos se quedan mirando mi cara cuando voy por la calle —dijo Joshua.

—Perdóneme —se disculpó ella, avergonzada—. No quería traer a colación el tema de su pasado. No, esta noche no.

—Yo incluso apreciaría más que no sacara el tema en ninguna otra noche, tampoco —añadió él.

—Lo entiendo, es un tema que le debe de resultar muy difícil. —Se sentía cada vez más avergonzada—. Y sobre nuestro plan de esta noche... Deduzco que usted estará vigilando la gran sala después de que yo salga para ver quién entra a recoger el pago, ¿no es eso?

—¡Vaya! —exclamó Joshua sonriendo—. Parece como si tuviera usted alguna experiencia con las investigaciones por extorsión.

—Pues la verdad es que sí la tengo. En el transcurso de mis trabajos para Flint y Marsh he tenido algunos clientes a los que se sometía a chantaje. Es un problema bastante común en los círculos para los que trabajo. Todo el mundo tiene secretos. La gente rica con secretos siempre resulta más vulnerable para los extorsionistas.

—Nunca hubiera pensado que usted pudiera llevar a cabo una investigación tan seria como la de un chantaje.

—Pero ¿qué piensa entonces que hago en realidad como agente de Flint y Marsh?

—No pretendía ofenderla.

—Y, en cambio, me ha ofendido.

—Lo siento, entonces. —Joshua miró hacia el alto péndulo que había en un rincón—. Para responder a su pregunta, sí, esta noche vigilaré la entrada a la gran sala. Estaré allí cuando usted vaya al interior. Y en cuanto usted salga, esperaré la llegada del chantajista.

—Y disculpe la pregunta —dijo ella después de aclararse la garganta—, pero ¿qué piensa hacer con él una vez que lo haya capturado?

—Pues me gustaría mantener con él una conversación informativa.

Y enseguida vio muy claro que esa era toda la información que ella iba a obtener sobre el asunto.

—Ya entiendo —dijo ella.

—Y ahora la acompañaré al piso en el que se encuentra su habitación.

—He bajado por la escalera principal porque creía que la escalera de los sirvientes estaría de lo más frecuentada esta noche.

—Ese es un buen plan, pero la escalera principal es demasiado pública para mi gusto —dijo Joshua—. No resulta conveniente para ninguno de los dos que nos vean juntos mientras subimos hacia la planta de los dormitorios. Utilizaremos mejor una escalera que he descubierto hace un rato, cuando exploraba la casa. Toda la mansión está repleta de viejas escaleras. La que he encontrado parece como si llevara años cerrada.

Apagó la lámpara, abrió la puerta e inspeccionó la galería en sombras. Satisfecho, retrocedió para permitir que ella pasara al pasillo por delante de él.

—No se entretenga, señorita Lockwood —añadió a sus espaldas.

—Ni lo piense, señor Gage.

Recogiéndose las faldas avanzó vivamente por la galería. Simulaba no oír por detrás de ella el golpeteo apagado del bastón sobre la alfombra.

Caminaba más deprisa, casi trotando. Él le había dicho que no se distrajera. Si lo que quería era seguirla y no podía mantener el ritmo, el problema lo tenía él, no ella. ¡Qué insufrible era aquel hombre!

Se sintió aliviada cuando vio que Covington ya no yacía inconsciente en el suelo de la galería.

—Ya le he dicho que se despertaría en unos minutos —dijo Joshua en voz baja—. No se preocupe, dudo mucho que recuerde lo que ocurrió aquí.

—Espero que así sea.

—Si ese hombre busca problemas, me aseguraré de que olvide de verdad todo lo ocurrido entre ustedes dos.

Lo acerado de aquellas palabras hizo que a Beatrice le costara tragar.

—Oh —contestó—, gracias.

—No hay de qué. Por cierto, la puerta a la escalera que le mencionaba hace un momento está allí delante, y a la derecha, justo en la intersección de ese corredor.

Ella se detuvo y escudriñó en las sombras más profundas del pasillo adjunto.

—Aquí no veo ninguna entrada —dijo.

Él llegó a su altura y la tomó por el brazo. Ella inspiró bruscamente.

—Se lo mostraré —repuso él.

—La verdad, no creo que sea necesario que me acompañe durante todo el trayecto hasta la habitación.

—No iré tan lejos. Lo que quiero es asegurarme de que no vuelven a abordarla.

—Eso es ridículo —replicó ella—. Puedo cuidar de mí misma, señor Gage.

Se disponía a seguir hablando cuando se produjo un cambio en el ambiente. Miró a Joshua y vio que miraba hacia delante, al otro extremo de la galería.

—¿Qué ocurre? —preguntó.

Fue entonces cuando vio a la pareja que venía hacia ellos por la galería. La risa seductora de una mujer resonaba a la par que una voz masculina empastada por la bebida.

—Ven, querida mía. Hace un rato he visto en el ala más antigua de la casa unas cuantas habitaciones vacías. Creo que allí podremos encontrar la intimidad que buscamos.

—Yo insisto en lo de la cama —declaró la mujer, entre risitas—. No voy a permitir que te sobrepases conmigo en los jardines como hiciste la última vez. Fue de lo más incómodo, por no hablar del vestido, que quedó hecho una pena.

—Estoy seguro de que encontraremos un sitio que nos convenga.

La pareja se acercaba. Beatrice se contuvo para no maldecir. No era más que una cuestión de tiempo: aquellas dos personas iban a darse cuenta de que no estaban solas en la galería.

—No hay nada que hacer —susurró Beatrice—. Tendremos que echarle cara. Podemos simular que somos otra pareja en busca de un rincón para su cita amorosa.

—Ese es un plan excelente —dijo Joshua—. ¿Cómo no se me había ocurrido?

Por el tono con que pronunció aquellas palabras, Beatrice se dio cuenta de que él ya había concebido una estrategia similar. Antes de replicar que encontraba su actitud de lo más arrogante, él se la llevó hacia las densas sombras de un rincón cercano en el que había una pequeña esfinge de cuarzo.

Sus sentidos se agudizaron intuitivamente. Dispuso del tiempo suficiente para registrar las tenues sombras que emanaban de la esfinge, y a continuación ya estaba en los brazos de Joshua. Él apoyó el bastón contra el pedestal de la escultura y se colocó de forma que sus anchos hombros se volvieran hacia la pareja que se acercaba, con lo que ocultaba el rostro de Beatrice.

Y a continuación la besó en la boca.

Un relámpago danzó a través de los sentidos de Beatrice. En ese momento ella supo que nada volvería a ser igual.

18

El chantajista fue a abrir la puerta de la gran sala. La llave chirrió en la cerradura. No entendía por qué le temblaba la mano, pero tenía que reconocer que aquella noche estaba muy nervioso, demasiado nervioso, sin duda. Estaba en juego una gran cantidad de dinero, mucho más dinero del que había visto en toda su vida.

Pensó con orgullo que había recorrido un largo camino. Desde sus primeros días como lacayo, cuando robaba pequeños objetos de valor a sus ricos patronos, y con una carrera como estafador de poca monta, siempre había vivido modestamente. Pero ahora estaba a punto de dar el salto, e iba a alcanzar de repente los niveles más elevados de los exitosos hombres de negocios. Lo de esa noche era solamente el principio. A partir de entonces iba a vivir una vida muy diferente, una vida de lujo, financiada en su totalidad por personas de la clase alta dispuestas a pagar lo que fuera para que sus secretos permanecieran a buen recaudo.

Finalmente, consiguió que la puerta se abriera y se deslizó en la espesa oscuridad que reinaba en la cámara llena de antigüedades. La sensación de incomodidad que lo había mantenido en vilo durante toda la noche se intensificó de manera notable para convertirse en otra sensación más ominosa.

El corazón le latía con fuerza y le resultaba difícil respirar.

La culpa era de la atmósfera de ese lugar, se dijo. Después de todo, algunos de los objetos que lo rodeaban procedían de tumbas. Muy antiguas, sí, pero tumbas al fin y al cabo. El terror que lo atenazaba no era diferente de la ansiedad que había sentido cuando, muy tarde, caminaba por un cementerio la noche anterior.

Un hombre tenía que cuidarse de los efectos de su propia imaginación.

Cerró la puerta y estuvo maniobrando en la oscuridad absoluta hasta que consiguió encender la linterna. Respiró con mayor facilidad cuando el brillo amarillento mitigó en parte la oscuridad. Luego vio las diabólicas sombras que se deslizaban entre las antigüedades y sintió un frío que le penetraba hasta los huesos. Era espantosamente fácil imaginar que estaba rodeado por los dioses y los demonios del inframundo egipcio.

Se encontró de pronto junto a una escultura de granito que tenía cuerpo de hombre y cabeza de halcón. A la luz de la linterna los ojos del dios parecían brillar con vida propia.

Se apresuró a alejarse de aquella figura y corrió hacia la amplia plataforma de piedra sobre la que estaba el enorme sarcófago y la caja de piedra. La linterna se balanceaba en su mano. Nunca había temblado tanto. Un débil aroma a incienso flotaba en el aire.

«Tienes que sobreponerte —se dijo—. En esta sala no hay nada que tenga que alarmarte. No es más que una colección de viejas antigüedades que estarían mejor en un museo.»

Su miedo, sin embargo, aumentaba por momentos. Las figuras monstruosas parecían moverse en las sombras. Aquella misma noche había oído hablar de maldiciones. Algunos de los invitados se habían echado a reír al oír hablar del tema. Él mismo se había reído también. Pero ahora le daba por pensar.

«No pienses en maldiciones. No pienses en tumbas. Piensa en el dinero.»

El plan era muy sencillo. Iba a ocultarse entre aquellos objetos y esperaría a que la dama de compañía de Hannah Trafford entregara el pago. Se le habían dado instrucciones de que lo dejara en el interior de la caja de piedra al pie del sarcófago. En cuanto ella saliera de aquella estancia, él cogería el dinero y desaparecería.

Vio la caja al pie del sarcófago. La luz vacilante de la linterna iluminaba la figura de un gato rodeada por una escena de caza grabada en el cuarzo. Había oído comentar a alguien que la caja era en realidad un sarcófago en miniatura diseñado para contener el cuerpo momificado de un gato, pero él no se lo creía. No podía imaginar que nadie se tomara todo ese trabajo simplemente para enterrar un gato.

En realidad, la función original de la caja le tenía sin cuidado. Esa noche lo único que contaba era el dinero que iban a poner ahí dentro.

Tan pronto como lo hubiera recogido volvería a su habitación, en la parte inferior de la casa. Al día siguiente habría puesto tierra de por medio. Nadie iba a reparar en él. Nadie reparaba nunca en él. El disfraz era perfecto. No era más que otro sirviente entre los muchos que habían acompañado a sus patronos a la casa de campo para la fiesta de fin de semana.

La luz de la linterna se deslizó por encima del gran sarcófago cuando él pasó por al lado. Apartó los ojos e intentó no pensar en las leyendas e historias absurdas con las que lord Alverstoke había deleitado a sus invitados esa noche. Pero resultaba difícil dejar a un lado las fantásticas imágenes que su señoría había conjurado cuando había descrito con entusiasmo las prácticas embalsamadoras de los antiguos egipcios: «... El cerebro y otros órganos vitales se quitaban con herramientas especiales, y los cuerpos se envolvían en sosa para que se secaran, mientras se recitaban conjuros mágicos...»

Tenía que dejar de pensar en la muerte, tenía que concentrarse en su futuro como hombre rico.

Vio un gran altar de piedra. Ese sería un buen escondite. Desde allí podría ver a la dama de compañía de la señora Trafford dejar el dinero del chantaje sin que nadie, absolutamente nadie, lo viera.

El aroma a incienso era cada vez más intenso. La densidad del humo lo estaba mareando. Por primera vez pensó en su procedencia. Sí, ¿de dónde podía venir? Uno de los sirvientes tal vez se hubiera permitido un cigarrillo por allí antes de cerrar esa sala durante la noche...

Pero si era así, ¿por qué razón iba a ser ese olor cada vez más fuerte?

De pronto se le ocurrió que tal vez no estaba solo en la cámara. Sintió un estremecimiento. Alzó la linterna, buscando entre las sombras.

—¿Quién anda ahí? —dijo, intentando parecer autoritario, como el criado que simulaba ser—. Salga, quienquiera que sea. Nadie está autorizado a permanecer en esta sala a esta hora de la noche.

Alguien o algo se deslizó en las profundas sombras entre dos de las altas figuras. Una figura se desplazaba hacia él. A la luz amarilla de la linterna comprobó horrorizado que uno de los dioses había cobrado vida. Tenía el cuerpo de un hombre y la cabeza de un chacal.

El chantajista recordaba la descripción que Alverstoke había hecho del dios relacionado con la muerte y el embalsamamiento: Anubis.

—¡No!

El chantajista apenas podía respirar. Esa única palabra había salido de su boca como un ronco suspiro.

Anubis levantó una mano en la que empuñaba una daga.

—Pon la linterna sobre el altar —ordenó Anubis.

El dios hablaba con un marcado acento ruso.

—¡Tú! —susurró el chantajista.

—La linterna.

Se oyó un ruido metálico cuando el chantajista dejó la linterna sobre el altar.

—Pero ¿qué es todo esto? —preguntó—. ¿Por qué llevas esa ridícula máscara?

—Eso a ti no te incumbe.

—Oye, pero según nuestro acuerdo...

—Tus servicios ya no son necesarios.

El chantajista retrocedió, pero chocó con el altar de granito. Intentó gritar, pero el miedo le atenazaba los pulmones.

Percibió la daga y su brillo diabólico. Sintió la fría hoja penetrando en él, y luego ya no supo más.

19

La impresión electrizante del abrazo hizo que Beatrice se quedara muy quieta. Pensaba que se había acostumbrado a los pequeños sobresaltos que en ella se producían cada vez que Joshua la tocaba. Pero la impresión devastadora de aquel beso la había pillado completamente desprevenida.

En su frenesí quería recordar que no era la primera vez que la besaban. Y además se trataba de un beso teatral, dado con la intención de engañar a la pareja de intrusos. No era un beso real.

No obstante, lo había sentido como mucho más real que los besos que había disfrutado con Gerald antes de que huyera con la asistenta. Después de aquello se sentía decepcionada con los besos en general, y le había dado por pensar que tal vez la pasión estaba sobrevalorada. Ahora, de pronto, entendía que lo que había experimentado con Gerald solo respondía a un leve flirteo.

El beso de Joshua, por otra parte, era la puerta de entrada a esa pasión y a esa fiereza tan abundantes en las sensuales novelas que escribía su amiga Evangeline. Constituía la emoción abrasadora que podía sobrepasar los sentidos y el buen juicio. Una pasión como esa podía tentar a una mujer a arriesgarse.

Había sentido la boca caliente y hambrienta de Joshua en su boca, como si le exigiera —como si necesitara— una respuesta. El abrazo había sido firme, y aun así no se había sentido amenazada. Antes bien, le había gustado. Se sentía aplastada contra él —apenas podía respirar—, pero la sensación era deliciosamente mareante. En el aire percibía un insólito calor. Los sentidos se le despertaban de maneras que no había conocido nunca.

Se olvidó todo de la pareja que se acercaba y rodeó el cuello de Joshua con sus brazos. Él gimió y con un gran esfuerzo despegó la boca de ella.

—¡Huele tan bien! —dijo acariciando con la mejilla el cuello de Beatrice—. Podría emborracharme con su olor. Quiero emborracharme, de hecho.

Ella sentía que el pulso se le aceleraba, y no por el peligro de que los descubrieran. Estaba segura de que Joshua ya no simulaba.

—Joshua —susurró.

Y entonces la pareja llegó a su altura. Beatrice oyó la risa ahogada de la mujer. El hombre resopló lascivamente.

—Parece como si estos dos no pudieran esperar a encontrar una cama —dijo.

—Pues que no te den ideas equivocadas —le advirtió la mujer—. Lo que es yo, no voy a hacerlo en un rincón como una cualquiera.

Joshua se quedó inmóvil de pronto, como alcanzado por una corriente helada. Beatrice sabía que estaba a punto de volverse para enfrentarse a la pareja. Le clavó los dedos en los hombros.

—Cariño —dijo, hablando en un tono que imaginaba sensual—. No pares.

Podía sentir que Joshua luchaba por dominar su furia.

—Por favor —insistió ella.

El hombre y la mujer rieron por lo bajo y se apresuraron a seguir por el pasillo.

Beatrice volvía a estar a solas con Joshua.

—Tendrá que disculparme —le dijo él, muy tenso—. No era mi intención someterla a insultos como esos.

Beatrice se dio cuenta de que el abrazo había estropeado en parte su peinado. Inspiró profundamente y procedió a recomponerlo.

—Me gano la vida como investigadora privada que se hace pasar por dama de compañía —dijo, intentando recuperar el ritmo de la respiración—. Antes de eso trabajé como vidente para cierto individuo que con toda seguridad era un chantajista. Le aseguro que para insultarme es necesario algo más que unas burlas de gente que está por encima de mí.

—No están por encima de usted.

Ella hizo una pausa mientras se arreglaba el pelo.

—¿Qué?

—¡Es tan superior a ellos...! —adujo él. Le tocó la mejilla—. Superior en actitud, superior en carácter, superior en todos los aspectos imaginables. Es... eres increíble, Beatrice.

Sorprendida, ella se vio incapaz de hacer nada que no fuera mirarlo, consciente de que tenía la boca abierta.

—Oh —dijo. Y luego calló. No se le ocurría qué añadir.

Él pasó la yema de su dedo por sus labios. Y luego volvió a besarla, con un beso suave que era a un tiempo apasionado, reivindicativo y que de algún modo contenía la promesa de todo lo que estaba por llegar.

Pero antes de que ella pudiera poner en orden sus alborotados sentidos, él interrumpió el contacto, la agarró por un brazo y la arrastró al corredor más cercano.

Abrió una puerta. La luz vacilante de los candelabros de la galería hacía que apenas pudieran distinguir los escalones de piedra gastada de una vieja escalera de caracol.

—Conduce al piso en el que está su dormitorio —dijo Joshua—. Permanezca cerca de la pared. Los peldaños son bastante estrechos y no hay barandilla.

Ella inspeccionó la escalera, con una gran aprensión. Una vez que se cerrara la puerta del pasillo, iban a quedar envueltos en la oscuridad más absoluta. De pronto se acumulaban en ella los recuerdos de la terrorífica huida del despacho de Fleming. Pero al menos en aquella ocasión disponía de una linterna. Intentó dominarse, pero sabía que no podría enfrentarse a la oscuridad absoluta de esa escalera, por mucho que supiera que Joshua estaba con ella.

—Lo siento, no puedo subir por esta escalera sin una luz —dijo ella.

—Ya había pensado que algo así podía ocurrir.

Joshua cerró la puerta del pasillo, con lo que la débil iluminación de las luces de gas quedó fuera. Cuando se hizo la oscuridad, Beatrice sintió que el pánico empezaba a crecer en su interior. Se estremeció. Sentía que se le cerraba la garganta. Los tentáculos del miedo se desplegaron. Sabía que aquella reacción era ilógica. No corría peligro inmediato. Pero saber esto no servía para tranquilizarla.

—Joshua, siento decirle que no puedo permanecer en este lugar durante mucho tiempo —susurró—. Aprecio la elevada opinión que mi actitud le merece, pero la verdad es que sufro de una gran debilidad: siento que mis nervios me traicionan cuando se trata de espacios oscuros y cerrados.

—Eso no es ninguna debilidad, sino sentido común. Los lugares oscuros y cerrados pueden ser peligrosos.

Oyó el sonido de un frotamiento. Una chispa brilló y ardió un segundo, y la marea de la noche retrocedió. Joshua había encendido una cerilla.

—¿Le servirá esto? —preguntó en un susurro—. Durará lo bastante para que lleguemos arriba.

—Gracias —dijo ella después de una profunda inspiración.

Recogiéndose las faldas, empezó a subir por la escalera, con cuidado de pisar la parte más ancha de cada uno de los peldaños. Joshua iba detrás.

Cuando llegaron al piso superior, Beatrice vio aliviada que de debajo de la puerta surgía una delgada y pálida línea de luz.

—Se abre a una habitación que sirve de almacén, y esta se abre al pasillo —dijo Joshua.

Apagó la cerilla y abrió la puerta. Beatrice entró en una estancia pequeña, en el extremo opuesto de la cual volvió a percibir una línea de luz, esta vez más brillante. Se fue tranquilizando. El mal rato ya había pasado.

Joshua se acercó a la puerta del pasillo y aguzó el oído.

—Al parecer está desierto. En principio debería llegar a su habitación sin que nadie la viera. Pero si aparece alguien, deje bien claro que estaba haciendo un recado para su patrona. Nadie cuestionará una historia como esa.

—Le aseguro que soy muy capaz de inventarme mis propias historias —le respondió con frialdad.

—Claro, sí. Perdone. Es que he estado fuera de circulación durante mucho tiempo, y no estoy acostumbrado a trabajar con otros investigadores profesionales.

Ella sospechaba que sonreía, pero como estaba demasiado oscuro para verlo, decidió ignorarlo.

Joshua abrió parcialmente la puerta y miró el pasillo.

—No hay nadie, en efecto —dijo.

Beatrice traspuso el umbral y de pronto se detuvo, como si recordara algo.

—Casi lo olvido. Había traído esto para usted.

Extrajo un pequeño frasco del bolsillo y se lo tendió. Cuando él lo cogió, los dedos de ambos se rozaron y ella experimentó otro estremecimiento en su conciencia. Pensó que las pequeñas sacudidas íntimas se estaban haciendo más fuertes.

—¿Qué es? —preguntó él.

—Un tónico para el dolor. La señora Marsh lo prepara en su laboratorio, y yo siempre viajo con una botellita. Pensaba que tal vez querría probarlo. Creo que puede resultarle de mucha utilidad para esa pierna que le duele.

—Gracias —dijo él con escrupulosa educación, pero sin que pareciera en absoluto que apreciaba el detalle. Apretó el frasco en la mano—. Dado lo que sé del talento de la señora Marsh en lo que a la química respecta, sospecho que tendrá buenos resultados. Pero nunca tomo medicación que derive de la adormidera. Interfiere con mi pensamiento.

Beatrice sonrió entre las sombras.

—No me sorprende en absoluto que rechace un tónico hecho a base de opio.

—¿Tan bien me conoce en el breve tiempo que hemos pasado juntos?

—Es natural que no quiera tomar nada que pueda enturbiar su juicio o sus dones.

—¿Mis dones? —El sarcasmo había vuelto a su voz.

—Perdóneme —dijo ella con suavidad—. No me refiero a los dones paranormales, claro está, sino a sus innegables dotes de observación y de lógica. Créame, entiendo su miedo a los opiáceos. Pero tranquilícese, porque en este tónico no hay nada que provenga de la adormidera. La señora Marsh utiliza salicílico procedente del sauce y de otras plantas. Es una fórmula propia y especial. Muy buena para estados febriles y para ciertos tipos de dolor. Ella suele tratarse el reumatismo con este preparado. Mis amigas y yo hemos tomado una dosis o dos de vez en cuando, para el dolor de cabeza.

—A mí no me gusta tomar medicinas de ninguna clase.

—¿Es eso cierto? ¿Va a decirme que nunca ha bebido algo de brandy o de whisky cuando el dolor en la pierna es más fuerte?

Se produjo un silencio.

—Bien, confieso que tiene razón en ese punto —reconoció él por fin—. Pero eso es diferente.

—¿Es usted siempre tan tozudo, señor Gage? ¿O es que su trato conmigo hace que salga a relucir su vertiente más ilógica?

—Algo tendrá que ver eso de tratar con usted. Sí, eso creo.

En la oscuridad, Beatrice no podía saber si estaba volviendo a burlarse de ella, pero decidió que no estaba de humor para averiguarlo.

—Bien, haga lo que quiera —dijo—. Puede suministrarse el preparado de la señora Marsh o puede desecharlo, como desee. No voy a perder más tiempo discutiendo con usted. Si me permite pasar, volveré a mi habitación.

—Antes de que se vaya —repuso él con mucha suavidad—, hay una cosa que me gustaría que supiera.

—¿De qué se trata?

—Abajo, en el pasillo en el que nos hemos besado hace unos minutos, no era consciente de ningún dolor, en absoluto. De hecho, creo que nuestro abrazo ha sido de lo más terapéutico.

—Si este comentario pretendía ser humorístico, ha fallado.

—Hablo muy en serio.

Sí, parecía serio. Ella trató de adivinar el razonamiento que se escondía tras esa observación, pero no lo logró.

—Bueno, corríamos un cierto peligro de que nos descubrieran —dijo, más tensa—. Ese tipo de excitación puede hacer que uno ignore temporalmente un dolor que de otro modo es insoportable. Estoy segura de que usted es consciente de ello, dados sus antecedentes.

—Lo sé todo sobre el efecto anestésico que la excitación violenta tiene sobre el cuerpo —soltó él con impaciencia—. Pero esa pareja en el corredor no podía representar un peligro demasiado serio. No, señorita Lockwood, estoy convencido de que fue su beso lo que hizo que me olvidara de mi pierna.

—Tal como me ha explicado... —Beatrice se aclaró la garganta—. Tal como me ha explicado, acaba de pasar un año muy largo en el campo. Y ahora debo irme. Estamos en plena investigación, como usted seguramente recordará, y tengo un chantaje que pagar.

Él abrió más la puerta y se hizo a un lado. Ella salió y corrió pasillo abajo, hacia su habitación. Sabía que la vigilaría hasta que abriera la puerta y la considerara sana y salva. Así lo hizo, y entró en el dormitorio.

20

Joshua esperó hasta que la puerta del dormitorio de Beatrice se hubo cerrado y luego inició el camino de vuelta por la vieja escalera hasta la planta baja. Superar cada uno de los escalones le producía una mueca de dolor. Bajar escaleras le resultaba siempre más penoso que subirlas. Y lo peor era que Beatrice ya no estaba junto a él para abstraerlo del dolor.

Al llegar a la base de la escalera se detuvo y abrió la puerta. No había nadie en el corredor. En la casa se respiraba una mayor tranquilidad. El tránsito volvería a aumentar justo antes del amanecer. Nada era más predecible que la rutina nocturna de una fiesta en una casa de campo.

Al cabo de unos instantes entraba en una pequeña habitación que parecía haber sido tiempo atrás la celda de un monje. La diminuta estancia estaba vacía. Solamente había en ella dos grandes baúles que alguien había dejado allí hacía años y que evidentemente habían quedado olvidados. La madera parcialmente agrietada de las hojas le permitía una clara visión de las pesadas puertas que guardaban la gran sala, en el extremo opuesto del corredor.

Se sentó en uno de los baúles y extrajo del bolsillo el pequeño frasco medicinal. Lo examinó detenidamente durante unos momentos gracias a los haces de luz que penetraban a través de la puerta.

No estaba seguro de lo que pensaba sobre aquel tónico, ni sobre el hecho de que Beatrice se lo hubiera dado. Ciertamente, él se sentía irritado en parte. No le gustaba que Beatrice fuera consciente de su dolor. Pero otra parte de él estaba extrañamente emocionada por el obsequio.

Lo que indicaba, en cualquier caso, que a pesar de los escasos días que habían transcurrido desde que se habían conocido, Beatrice sabía cómo era él lo suficientemente bien para discernir en qué momentos la pierna lo torturaba. Solo con ese dato bastaba para saber que él no lo estaba haciendo bien a la hora de ocultar sus emociones.

Lo que tenía que alarmarlo más que nada, de todos modos, era el apasionado beso del corredor. Él no había tenido la intención de que las cosas se salieran de madre. Tenía que haber sido una farsa, nada más. Pero en el mismo momento en que la había apretado contra él, en que había aspirado aquel perfume, en que había percibido las formas suavemente redondeadas de aquel cuerpo bajo la tela del vestido, algo en su interior había amenazado con liberarse.

En su vida había pasado mucho tiempo aprendiendo a controlar las poderosas mareas que amenazaban con llevarse por delante su mundo ordenado con tantísimo cuidado. El riguroso entrenamiento físico y mental al que se había sometido durante años le había enseñado a canalizar el fuego que llevaba dentro. Así, por las malas, había aprendido que cuando violaba sus propias reglas ocurrían cosas que no deseaba.

Hacía un año que había rebasado los límites de la lógica en el transcurso de una investigación, y lo seguía pagando. Continuaba despertándose bañado en un sudor frío, pensando en cómo podía haberse equivocado tanto con Clement Lancing.

La respuesta siempre lo estaba esperando. Había permitido que en él gobernaran las emociones, no la lógica.

Esa misma noche, en el corredor en sombras, tenía que haber estado concentrado en la investigación. En lugar de eso, se había visto atraído por el fuego sensual del beso de Beatrice.

En ese momento podía haber enviado su capacidad de autocontrol al diablo si eso implicaba tener a Beatrice aunque solo fuera por una hora.

Después de todo, ¿qué bien le había hecho tanto entrenamiento, tanta meditación focalizada? Al final, cuando más importaba, había caído en el mayor error de su vida. Había confiado precisamente en la única persona en la que nunca nunca debería haber confiado.

Ahora, una mujer pelirroja con ojos increíbles y un pasado dudoso —y probada capacidad para el engaño— le estaba pidiendo que confiara en ella. Quería que bebiera una poción misteriosa que, por casualidad, llevaba esa noche en el bolsillo. Y esa era la misma asombrosa mujer que ocultaba una pistola bajo las faldas y unas sales tan especiales que podían hacer que un hombre se hincara de rodillas, llorando.

Tenía que estar loco si se arriesgaba a tomar aunque fuera un traguito de ese tónico. Sí, ciertamente: la pierna le molestaba esa noche, pero no era insoportable, ni mucho menos. Había pasado por noches peores.

«Confíe en mí, señor Gage.»

Destapó la botella y bebió un sorbo de tónico. Sabía algo ácido, pero lo pudo tragar fácilmente.

Volvió a tapar la botella y pensó en cómo acababa de romper la regla más importante de una investigación. Había confiado en alguien relacionado con el caso, una mujer que, sin duda, tenía muchos secretos que ocultar.

Le daba la impresión de que todavía iba a romper algunas

reglas más por culpa de Beatrice Lockwood. Lo que no entendía era por qué motivo no se planteaba esa posibilidad con una mayor inquietud. Lo que no entendía era por qué le invadía una impaciencia febril en lugar de una honda preocupación.

21

—¿De verdad crees que esto es seguro? —preguntó Hannah.

—No hay ningún motivo para preocuparse por mí —repuso Beatrice—. El chantajista solamente está interesado en obtener su pago. No tiene ningún motivo para hacerle daño a la persona que lo entrega. De hecho, tendría que ser todo lo contrario. ¿Acaso no estará en sus planes seguir con las extorsiones y los pagos en el futuro?

—¡Monstruo! —exclamó Hannah, indignadísima.

—Aquí el que se estará arriesgando es su hermano —dijo Beatrice—. El señor Gage, sin duda correrá cierto peligro cuando quiera sorprender al criminal en el momento de retirar el dinero del chantaje.

Hannah hizo una mueca muy expresiva.

—Bueno, el caso es que no hay que preocuparse por Josh. Sabe cuidarse la mar de bien. Después de todo lo que ha pasado, estoy segura de que un simple chantajista no va a suponerle gran cosa.

—Aun así, usted se preocupa excesivamente por él, ¿no es cierto?

—Él... —Hannah suspiró—. Durante todo el año pasado lo hemos tenido perdido para nosotros. Era como si las sombras finalmente se hubieran hecho con él, como si ya no hubiera solución. Sí, es cierto que fue a Londres en un par de ocasiones para cuidarse de algún asunto, y que escribía puntualmente todos los meses. Pero eran cartas apagadas, llenas de comentarios sobre el tiempo, el estado de las cosechas, los planes de reparación que llevaba a cabo en su casa de campo... Nelson fue a verlo unas cuantas veces y volvía diciendo que Josh parecía extrañamente aislado. La verdad es que yo había empezado a temer...

—Sé muy bien lo que temía —la interrumpió Beatrice—, pero la verdad es que no creo que tenga que preocuparse por eso. El señor Gage necesitaba de un cierto tiempo para recuperarse de las heridas, pero, tal como le dije personalmente, permaneció demasiado tiempo en el campo. ¡Ya era hora de que volviese al mundo real!

—¿Y tú se lo has dicho así? —preguntó Hannah, enarcando las cejas.

—¡Sí, así se lo he comunicado! Hace apenas un rato, de hecho.

—Y ¿cómo se ha tomado el consejo?

—El caso es que —contestó Beatrice arrugando la nariz—, como suele pasar, no se lo ha tomado demasiado bien.

—No me extraña.

—Pero tengo la firme convicción de que acudir en ayuda de su hermana ha sido mejor que todos los buenos consejos del mundo. Creo que va usted a comprobar cómo este asunto del chantaje le da un nuevo propósito en la vida, y cómo el estado de ánimo de su hermano sale fortalecido.

—Es verdad que hay algo en su vida reciente que ha obrado un cambio en él —dijo Hannah. Miró a Beatrice con ojo experto—. Noté esa diferencia poco antes de que partiéramos de Londres. Creo que es usted el tónico que ha necesitado durante todo este tiempo.

Beatrice sintió calor en las mejillas. Se aclaró la garganta y, mirando el reloj, dijo:

—Llegó el momento. Voy a llevar el pago a la gran sala y vuelvo. Será cuestión de unos minutos.

—Por favor, querida, ten mucho cuidado. Este asunto me da muy mala espina, mucha...

—Pronto todo habrá acabado.

Decidió que no iba a decirle a Hannah que ella también estaba sintiendo aprensión. Hannah era la cliente. La señora Flint y la señora Marsh insistían en que era muy importante mantener a quienes pagaban las importantes facturas de Flint y Marsh tan tranquilos como fuera posible, ya que a menudo eran los que creaban más problemas en el curso de una investigación. Efectivamente, los clientes siempre estaban a merced de sus conexiones emocionales con el caso.

Recogió el sobre que contenía el dinero y una vela por encender y abrió la puerta. El pasillo estaba desierto.

Levantó una mano, en un gesto tranquilizador dirigido a Hannah, y salió de la habitación.

La gran casa estaba casi sumida en el silencio, en ese momento. No se oía cuchichear tras las puertas de los dormitorios, ni los pasos amortiguados se sucedían por la escalera del servicio. Las idas y venidas secretas habían cesado, hasta el amanecer.

En la planta baja seguían tenuemente encendidas las lámparas de pared. Cuando llegó a la base de la escalera, dirigió la mirada hacia el pasaje que llevaba hasta la gran sala. Miró a su alrededor, pero no vio a Joshua por ningún lado, ni rastro alguno de su presencia. Aun así, sabía que estaba por allí, en la cercanía, observando desde las sombras.

La oscuridad se acentuó a medida que se acercaba a las grandes puertas. Pensó en qué haría si se las encontraba cerradas. Eso podía significar que por alguna razón los planes del chantajista habían salido mal. Pero también cabía otra posibilidad: si la sala de antigüedades seguía clausurada, eso podía indicar que el malhechor había descubierto la trampa que Joshua le estaba tendiendo.

Ese pensamiento disparó en ella tanto los sentidos como el estado de alarma. El corazón le latía con fuerza cuando llegó a las macizas puertas. Miró hacia abajo y vio la energía de una actividad equivalente a la de varias décadas en el suelo. Todos los que habían entrado en la estancia esa noche habían dejado algo de residuo paranormal tras de sí, pero había unas huellas en particular que brillaban con el calor de un hombre que vivía en un estado de gran agitación nerviosa. De lo único que Beatrice podía estar segura era de que no reconocía esas huellas calientes.

Inspiró profundamente y envolvió con la mano un gran pomo de latón. Empujó la puerta con cuidado.

No ocurrió nada. Algo había ido mal. No era extraño que estuviera hecha un manojo de nervios.

Empujó más fuerte, con todo su peso. Esta vez la puerta se abrió, lenta y ceremoniosa, pero, sorprendentemente, con muy poco ruido.

La oscuridad, rotunda y cargada con la energía desasosegante de las antigüedades concentradas allí dentro, desbordó enseguida la estrecha abertura. Beatrice pensó que debería estar experimentando cierto alivio, pues todo parecía indicar que el plan de Joshua seguía adelante. El chantajista había mordido el anzuelo.

Pero en lugar de eso se sentía más molesta que nunca. Los sentidos le chirriaban, como los de una máquina eléctrica. La intuición le gritaba sin cesar.

«Serán los efectos combinados de las antigüedades», pensó. Las corrientes de energía en el interior de ese espacio ya le habían resultado desagradables aquella misma noche, con la sala iluminada. Ahora, con todos los rincones sumidos en la oscuridad, le parecían mucho más intensas y amenazadoras.

Armándose de valor ante la energía que ora susurraba, ora aullaba en la estancia, se deslizó adentro. La pesada puerta empezó a cerrarse inmediatamente. Beatrice se apresuró a encender la vela.

La pequeña llama prendió enseguida, pero su luz no penetraba la oscuridad. Todos aquellos objetos antiguos, todos esos dioses y diosas se cernían sobre ella, amenazantes y misteriosos. El ambiente era opresivo.

Hasta ese momento, solamente había visto las antigüedades desde el pasillo exterior. Era todo lo cerca que había querido estar. Pero ahora se encontraba en medio de muchos objetos cargados de energía. La intensidad de las corrientes paranormales en aquel ambiente era sorprendente. La energía que cubría los objetos provenientes de tumbas y templos de todo tipo siempre era algo serio, pero esa noche la esencia de la muerte se hacía sentir con una horrible energía.

Con tanta energía que hubiera podido jurar que había captado la de la sangre que acababa de derramarse.

Sangre y una humareda de incienso.

Era imposible.

Quería ser dueña de sí misma, de modo que domeñó su mente antes de que la imaginación desbocada empezara a conjurar fantasmas y demonios.

El lado racional de su naturaleza le aseguraba que no había nada que temer de las antigüedades. Esa noche la amenaza era un chantajista de lo más humano, y Joshua era muy capaz de vérselas con él.

Con precaución siguió avanzando, consciente de la miríada de pedestales, estatuas y jarros que se disponían en el interior de la cámara. Tropezar con alguna de las antigüedades más pequeñas habría sido de lo más fácil. Un accidente de ese tipo no era deseable en esos momentos.

Avanzó por un corredor escoltado por dioses y diosas con cabeza de animal hacia la plataforma de piedra con los dos sarcófagos. La vela relumbraba en la pequeña caja de cuarzo. Entre las sombras danzantes podía distinguir la imagen de un gato y una escena de caza. Resultaba extrañamente emocionante saber que un gato había sido merecedor de tan altos honores.

Alguien había desplazado parcialmente la tapa del sarcófago del gato. Beatrice se dispuso a depositar el sobre en su interior, pero la mano se quedó inmóvil en el aire. El olor de la sangre se había hecho mucho más intenso. Lo mismo que el del incienso.

Se apartó del sarcófago del gato y alzó la vela. Arriba, más arriba. Entre los destellos vacilantes vio un gran altar de granito. Las figuras y los símbolos grabados en él no eran obra de un talento que pudiera traspasar las centurias. Pero esa piedra emanaba otras corrientes: capas y más capas de fuerzas oscuras y desasosegantes se retorcían en el ambiente.

De todos modos, las sacudidas de horror que sintió Beatrice no tenían que ver con la energía antigua, sino con la visión de una cascada de sangre fresca que desbordaba el altar. Eso fue lo que le hizo presa en la garganta y no la dejaba respirar.

Retrocedió un paso y alzó más la vela. Entonces vio aquella silueta inmóvil en la parte superior del altar. El hombre estaba tendido sobre su espalda, con la cabeza ligeramente vuelta hacia un lado, de manera que no podía verle la cara.

El primer pensamiento, acompañado por una oleada de pánico, fue que el hombre muerto era Joshua.

«No.»

Se acercó y se obligó a mirar el rostro de la víctima. La

muerte había labrado en él la máscara de un rictus, pero con un relámpago de alivio vio que la persona tendida sobre la tumba no era Joshua.

El impacto la dejó atontada. «No es Joshua.» Eso era lo importante. Tal vez se tratara del chantajista. Ciertamente, no quedaba fuera del reino de las posibilidades que el extorsionista hubiera sido asesinado por una de sus víctimas.

Joshua no iba a estar contento. Beatrice sabía que su intención era interrogar al chantajista.

No obstante, una cosa era evidente. Tenía que salir de la sala inmediatamente. No podía permitirse que la encontraran en la escena de un asesinato. Ella solo era una dama de compañía. Todo el mundo daría por sentado lo peor: que había matado a un amante, o que había conspirado para robar algunos artículos valiosos. Lo más probable era que la policía sacara conclusiones rápidamente: se habían producido desacuerdos entre malhechores.

Intentó reflexionar, pero no era fácil. Temblaba incontroladamente, y ahora sentía que la sensación mareante iba a peor. No podía creer que estuviera a punto de desmayarse. No, las agentes de Flint y Marsh no se desmayaban nunca.

De pronto, una extraña niebla empezó a crecer a su alrededor. En la profundidad de aquellas sombras le pareció que los dioses y demonios cobraban vida.

«Es un sueño —susurró. Desesperadamente, intentó poner orden en sus pensamientos y percepciones—. No es real. Nada de todo esto es real.»

Entonces vio las huellas febriles en la superficie del suelo cercana al altar.

—¿Creías que podías volver a escaparte de mí, zorra? Yo nunca fallo.

El marcado acento ruso había surgido de la oscuridad a su izquierda. Intentó volverse hacia el sonido, pero con el mareo estuvo a punto de rodar por el suelo. Aterrorizada ante la perspectiva de que se le cayera la vela y pudiera provocar un incendio, dejó la palmatoria sobre el altar con mano temblorosa.

Los sentidos se intensificaban, pero el incienso estaba afectando a su otra visión, y le hacía ver cosas que la razón le decía que no podían existir. Los ojos de una figura con cabeza de halcón destellaron. Una cobra con pedrería se alzó y silbó. Una imagen de la diosa Nut desplegó sus enormes alas. Los dioses del inframundo egipcio —esos de los que se decía que tenían la piel de oro puro y el cabello como lapislázuli— cobraban vida en torno a ella.

El humo perfumado se hacía más espeso. Intentó recogerse las faldas para intentar encontrar la pistola, pero no podía. Era imposible. Sabía que estaba perdiendo la conciencia.

La débil luz de la vela iluminó una figura que venía hacia ella. Beatrice reconoció al dios con cabeza de chacal.

—Anubis —dijo—. Esto no puede estar ocurriendo. Estoy soñando.

—Nunca fallo.

Una linterna brilló en la distancia. Se acercaba rápidamente. Beatrice oyó el golpeteo de un bastón en el suelo.

—Joshua —jadeó. La esperanza y el miedo le daban fuerzas. Se sobrepuso y alzó la voz—. ¡Hay un asesino en esta sala!

—Tengo un arma —dijo Joshua.

Pero la figura de Anubis ya huía en dirección a un muro en el otro extremo de la cámara.

Y entonces Joshua llegó junto a ella. Beatrice se dio cuenta de que llevaba un pañuelo atado como una máscara alrededor de la parte inferior del rostro. La recogió y la alzó en volandas.

—Tendría que haber sabido que las cosas no saldrían según

los planes esta noche —dijo Joshua—. Nunca salen según lo previsto si usted está de por medio.

En ese momento se encontraba segura.

Desistió al esfuerzo de permanecer despierta y se dejó invadir por el mar de la oscuridad.

El último recuerdo consciente fue el de las huellas ocultas que había visto cerca del altar y que le habían resultado tan familiares. «Es imposible», pensó. Estaba alucinando.

Se la llevó escaleras arriba sin encontrar a ningún invitado ni criado. No tenía modo de saber si alguien los había visto, pero se consoló pensando que si tal era el caso se daría por supuesto que la dama de compañía de Hannah había consumido demasiada ginebra.

Hannah esperaba en la habitación. Miró a su hermano y a su carga, muy sorprendida.

—¡Dios mío! ¿Está...?

—Inconsciente —dijo él—. Pero tanto el pulso como la respiración parecen normales. —Dejó el cuerpo flojo de Beatrice sobre la cama—. Creo que la han drogado. ¿No tendrías unas sales aromáticas?

—Naturalmente que sí. Sally siempre pone algunas en el equipaje para las emergencias. Pero he visto que Beatrice lleva las suyas.

Hannah alcanzó el frasco que colgaba de la cadenilla que Beatrice llevaba en la cintura.

—Eso no es una buena idea —dijo Joshua—. Te aseguro que no desearías utilizar estas sales en particular. Es un preparado muy especial e ideado por una de sus patronas. Lo han diseñado especialmente para deshacerse de perros locos y de asaltantes en potencia.

—Ya veo. Qué raro. Josh, ¿qué ha ocurrido?

—Todavía no lo sé, pero intento averiguarlo. Tengo que dejarte a Beatrice para que cuides de ella. No me conviene que me vean en esta habitación. Sea como sea, tengo que encargarme del asesinato.

—¿Qué asesinato? ¿De qué estás hablando?

—Sospecho que el hombre que intentaba chantajearte es la víctima. La pregunta es: ¿quién lo ha matado?

22

Utilizó la vieja escalera de caracol en la habitación que servía de almacén para volver a descender. Cuando llegó a la planta baja, avanzó por el largo y oscuro pasillo que llevaba a la cámara de antigüedades. Era consciente de que su estado de ánimo era de lo más extraño. Una volátil tormenta de emociones bullía en su interior. Entre esas sensaciones tan cargadas destacaba una furia fría que, en gran parte, dirigía a sí mismo. Esa noche había puesto a Beatrice en peligro.

Todo había salido mal. Otra vez. «Como hace un año», pensó. Por lo menos en esta ocasión no había muerto ninguna persona inocente, pero lo que había ocurrido era muy similar.

Las macizas puertas seguían cerradas, tal como las había dejado unos minutos antes, y sin el cerrojo corrido. En el supuesto de que el asesino hubiera huido, era improbable que se hubiese tomado el tiempo necesario para cerrarlas al salir. Pero era difícil afirmarlo: las mentes criminales son a menudo predecibles, pero no siempre.

Echó mano del pañuelo que había utilizado antes, cuando advirtió que en la habitación había vapores peligrosos. Sostuvo el amplio pedazo de lino apretado contra la nariz y la boca.

Entró en el espacio cavernoso, encendió una cerilla y cerró la puerta detras de él.

El vapor perfumado se había disipado en buena medida, pero aún podía percibir algunos de sus efectos turbadores. El brazo de una estatua en la cercanía pareció moverse. Ignoró las alucinaciones y se concentró en el objetivo.

Encendió dos de los candelabros de pared, y su luz atravesó el cuerpo tendido sobre el altar. Una linterna apagada estaba posada junto a una de las manos del hombre muerto.

Avanzó algunos pasos, atento por si hubiera otra presencia en la estancia. Pero estaba seguro de que en ese momento no había nadie más. El asesino se había ido.

La víctima no era ninguno de los invitados. Iba vestido como un sirviente de alto rango, un ayuda de cámara, tal vez. Joshua dudaba de que alguien fuera a reclamarlo al día siguiente.

Al ver la herida sintió el chispazo de la coincidencia. Habían matado al ayuda de cámara fraudulento con una sola y certera puñalada en el corazón. Era posible que en el asunto estuvieran implicados dos asesinos altamente capacitados, pero esa posibilidad resultaba muy remota. En cualquier caso, cada profesional mataba de una manera única. No había dos que lo hicieran igual. Y ante él tenía una evidencia: el hombre que había asesinado a Roland Fleming hacía unos meses también había matado al ayuda de cámara esa misma noche.

«Pero ¿qué demonios está ocurriendo aquí?», pensó Joshua.

En los bolsillos del criado encontró un billete de tren, algo de dinero, un reloj y poco más. El reloj era con toda seguridad demasiado caro para un ayuda de cámara. En el interior de la tapa llevaba inscritas unas letras elegantemente grabadas: E. R. B. Joshua dudaba de que las iniciales del hombre muerto, fueran las que fuesen, coincidieran. En algún momento habían robado aquel reloj.

—Eras un delincuente de poca monta que se puso a hacer

chantaje —dijo Joshua dirigiéndose al cadáver—. ¿Cómo pudo ocurrir esto?

Retrocedió. La bota tocó un objeto en el suelo. Bajó la mirada y vio el sobre lleno de dinero que Beatrice había traído hacía un rato.

Recogió el sobre e inició una búsqueda minuciosa por la estancia, expandiendo gradualmente el círculo alrededor del altar, hasta que encontró lo que quería. El asesino no había tenido tiempo de retirar los restos del bote de incienso que antes había colocado en un cuenco de alabastro.

Joshua contempló el mecanismo durante un buen rato, mientras consideraba un abanico de diferentes explicaciones y conclusiones. Pero al final sabía que no podría escapar a la verdad.

El pasado no estaba muerto, después de todo. Y ahora, de algún modo, se relacionaba con Beatrice.

23

Las sales aromáticas estallaron en sus sentidos.

Beatrice despertó rápidamente, sorprendida de comprobar que estaba viva. Abrió los ojos y vio a Hannah y a Sally inclinadas sobre ella.

—¡Gracias a Dios! —dijo Hannah—. Nos has tenido un poco preocupadas. ¿Cómo te sientes?

—Como si me ardiera el cerebro —respondió Beatrice.

—Eso son las sales —explicó con satisfacción Sally—. No hay nada como el amoníaco para despejar la mente.

—¿Te sigues sintiendo mareada? —preguntó Hannah con ansiedad.

Beatrice se incorporó sobre los cojines y consideró la pregunta. Inspiró cautelosamente y comprobó con alivio que el dolor remitía.

—No —respondió por fin—. No, estoy segura de que no voy a desmayarme. No creo que pudiera sobrevivir a otra dosis de esas sales. —Miró alrededor, intentando poner en orden los recuerdos—. ¿Qué ocurre aquí? ¿Dónde está el señor Gage?

—Ha vuelto a la planta baja después de traerte —explicó Hannah—. Era algo referente a un cadáver.

—¡Oh, Dios mío, sí! El cuerpo en el altar —dijo Beatrice.

Volvió a tenderse sobre los cojines—. Mucho me temo que vamos a asistir a un gran despliegue. Nada como un asesinato para hacer que una fiesta campestre acabe antes de lo previsto.

Media hora después, Joshua llamaba con suavidad a la puerta de la habitación. Hannah lo hizo entrar y cerró la puerta tras de sí.

Joshua miró a Beatrice, que estaba sentada en un sillón.

—¿Cómo se encuentra? —preguntó.

—Estoy bien —lo tranquilizó ella—, gracias a usted y a las sales aromáticas de Sally. ¿Qué ocurre ahí fuera?

—Ya han despertado a Alverstoke para decirle que tiene un cadáver en su cámara de antigüedades. Creo que eso le ha supuesto un gran sobresalto, pero ha conservado el tino suficiente para mandar recado a las autoridades locales. Llegarán en cualquier momento.

—Tengo una curiosidad, señor —dijo ella—. ¿Llevaba usted encima un arma esta noche?

—No, las armas de fuego no me gustan. Son muy ruidosas y no particularmente precisas. Tampoco se puede decir que sean una buena opción para alguien a quien le guste la discreción, como es mi caso. Cuando alguien emplea un arma, siempre se arma un escándalo. Pero debo admitir que las armas de fuego son en verdad una amenaza efectiva. De todos modos, en la oscuridad el asesino no podía ver si yo iba armado o no.

—Ya entiendo —dijo ella. Recordaba lo que Hannah había dicho un rato antes: «Josh es muy hábil con los cuchillos.»

—Hay algo que quiero que sepa antes de que lleguen las autoridades —continuó Joshua.

—¿Qué es? —preguntó Beatrice.

—No es que pretenda saber lo que ha ocurrido aquí esta

noche, pero hay algo de lo que estoy casi seguro. Fuera quien fuese, el asesino del hombre de ahí abajo es la misma persona que mató a Roland Fleming.

El gélido impacto de los recuerdos la traspasó.

—¡Cómo es posible! Realmente me ha parecido ver sus huellas, pero pensé que era producto de mis alucinaciones. ¿Adónde nos lleva todo esto?

—Entre otras cosas, a deducir que lo ocurrido aquí está conectado con lo que ocurrió la noche de la muerte de Fleming.

—No lo entiendo —dijo Hannah—. ¿Qué ocurre entonces con el chantaje al que pretendían someterme?

—Creo que es una trampa —contestó Joshua—. Y yo he mordido el cebo.

—¿Qué necesidad podría tener quien sea de tenderte una trampa? —dijo Hannah—. Durante este último año has sido un recluso, pero en cualquier caso no te has escondido.

—No, yo no —repuso Joshua—. Pero hay alguien que sí se ha escondido.

Beatrice tragó saliva con dificultad.

—Yo.

—Todavía no estoy completamente seguro. Pero empiezo a creer que alguien requería mis servicios para hacer lo que mejor se me da.

—Encontrar a las personas —susurró Hannah—. ¿Es posible? ¿Alguien te ha enviado en busca de Beatrice?

—De Beatrice no —dijo él—. De Miranda la Clarividente. De esa mujer que desapareció la noche en que asesinaron a Fleming.

24

—Un asesinato. —Lord Alverstoke se secó el sudor de la frente con un pañuelo—. Es extraordinario. Realmente extraordinario. ¡Un asesinato aquí, en Alverstoke Hall, justo en el lugar en el que expongo las mejores piezas de mis colecciones! ¡Es intolerable! Y, por añadidura, no hará más que reavivar esas tontas habladurías sobre una maldición.

—La manera más rápida de poner fin a los rumores sobre maldiciones es encontrar al asesino —sentenció Joshua.

Beatrice lo miró. Ese día no se había complicado la vida disfrazándose. La barba postiza y las gafas habían desaparecido. Tras despertar al mayordomo de Alverstoke con las noticias del asesinato, explicó su presencia en la mansión con palabras muy cercanas a la verdad: le dijo a Alverstoke que era el hermano de Hannah y que había permanecido en la vecindad para estar disponible a la hora de escoltarla a ella y a su dama de compañía en el viaje de vuelta a Londres, una vez concluida la visita. Había visto unas «extrañas luces» en la casa esa noche, y el temor de que se tratara de ladrones le había inducido a entrar para investigar qué ocurría.

Alverstoke seguía todavía demasiado impresionado con el descubrimiento del intento de robo y del asesinato para cuestionar esa historia.

Joshua estaba cada vez más impaciente con la indecisión de Alverstoke. A su alrededor se percibía una energía tensa que hablaba más claro que las palabras. Beatrice sabía que quería continuar con su investigación, pero necesitaba la cooperación de Alverstoke. Su señoría, en cambio, parecía ausente. Seguía consumido por el ultraje y la incredulidad.

La mansión de Alverstoke Hall estaba casi vacía. La noticia del asesinato había ocasionado una tormenta de sirvientes frenéticos y de carruajes convocados a toda prisa. Resultaba sorprendente, había pensado Beatrice, lo deprisa que las clases altas podían desplazarse cuando se sentían amenazadas por una posible investigación de la policía. Joshua, Hannah, Sally y ella misma eran los únicos invitados que quedaban en el castillo.

Todos ellos, menos Sally, que se ocupaba del equipaje de Hannah arriba en sus habitaciones, estaban reunidos en la biblioteca con su disgustado anfitrión. Beatrice y Hannah estaban sentadas en el sofá. Alverstoke se desparramaba en la silla, tras su enorme escritorio de caoba. Joshua estaba de pie junto al hogar apagado, con un brazo apoyado en la repisa de la chimenea. Con la mano del otro sujetaba fuertemente la empuñadura de su bastón.

La investigación llevada a cabo por las autoridades locales había sido rutinaria, por decir algo, pensó Beatrice. Enseguida había parecido obvio para todo el mundo que dos ladrones habían conspirado para robar una o más antigüedades. Se habían enzarzado en alguna pelea —tal vez una discusión sobre cuál de los dos villanos se quedaba con las antigüedades más valiosas— y la consecuencia había sido el asesinato.

Le habían asegurado a lord Alverstoke que podía dar por concluido el asunto, ya que parecía obvio que el asesino ya estaba de camino a Londres, y allí desaparecería en las oscuras calles del inframundo criminal. Según las autoridades, no había razón para importunar a su señoría con investigaciones adicionales.

Y, sin embargo, Joshua estaba decidido a hacer precisamente eso.

—Yo lo que digo es que no tengo ningún interés en saber quién mató a ese hombre —anunció Alverstoke—. Mi única preocupación, en este momento, es encontrar a un buen cerrajero, uno capaz de proteger mi colección como es debido. Le pediré a ese viejo cerrajero que me restituya la pequeña fortuna que le pagué por lo que según decía era una cerradura inviolable. Es un milagro que esta noche pasada no hayan robado nada, al menos aparentemente.

Beatrice advirtió cierta tensión en la mandíbula de Joshua. Los ojos se le estrechaban de una manera que a ella se le antojó peligrosa. Se notaba que estaba a punto de perder la paciencia. Nada bueno podía esperarse de presionar demasiado a Alverstoke, pensó. Si le apretaba demasiado, el anciano iba a asustarse, con lo que resultaría más difícil de manejar. Beatrice decidió que ya era hora de involucrarse.

—Su señoría no tendría que responsabilizar al cerrajero —dijo con suavidad—. No es culpa suya si esos intrusos han sido capaces de penetrar en la sala. La mejor cerradura del mundo no podría resistirse a un ladrón que tiene la llave. Lo que el señor Gage le propone es descubrir primero cómo pudieron robar la llave. —Miró con intención a Joshua—. ¿No es así, señor Gage?

Joshua tamborileó con los dedos sobre la repisa y luego dejó la mano inmóvil. Parecía irritado, esta vez consigo mismo.

—Ya le he dicho —contestó— que robar esa llave no es dif...

—No sería posible en la mayoría de los casos —intervino Beatrice antes de que él pudiera acabar la frase. A Alverstoke seguramente no le habría gustado escuchar que sus medidas de seguridad eran inadecuadas—. Precisamente. Resulta obvio que lord Alverstoke ha puesto muchísimo cuidado en la seguridad de su espectacular colección.

—He gastado una fortuna en seguridad —murmuró Alverstoke.

—Y aun así esta noche dos intrusos han logrado entrar —precisó con gentileza Beatrice—. Esta es precisamente la razón por la que debería considerar la oferta del señor Gage de una investigación muy discreta.

La expresión de Joshua se hizo todavía más arisca. Hasta el momento no es que le hubiera ofrecido sus servicios a Alverstoke, sino que había intentado imponérsele para iniciar una investigación.

Beatrice miró a Hannah, que captó la indirecta enseguida.

—Lo que dice la señorita Lockwood tiene mucho sentido —le dijo a Alverstoke—. ¿Cómo iba a proteger sus tesoros en el futuro si no descubriera lo que ha fallado en esta ocasión?

—Uh —dijo Alverstoke frunciendo el ceño. Meditó la pregunta durante lo que pareció un rato muy largo.

—Y resulta —continuó Beatrice con gran serenidad— que el señor Gage tiene mucha experiencia en este tipo de asuntos.

Joshua le dirigió una mirada furiosa. Ella lo ignoró.

Alverstoke, con las dos pobladas cejas unidas en un solo trazo, miraba a Joshua con evidente suspicacia.

—Vamos a ver, ¿qué sabe usted de investigación criminal?

—He trabajado como asesor para Scotland Yard —respondió Joshua en un tono deliberadamente confidencial que implicaba que ese trabajo de asesoramiento era de naturaleza harto delicada—. Digamos que presté mi colaboración para solventar ciertos asuntos en los que se requería una discreción absoluta. Lo siento, pero no puedo entrar en detalles. Estoy seguro de que su señoría lo entenderá.

—Sí, sí, naturalmente. Discreción, discreción. —El alivio de Alverstoke ante esas noticias era evidente—. Sí, tal vez la señorita Lockwood tenga razón. Sería una buena idea descubrir antes que nada cómo se las han arreglado los ladrones para entrar en la gran sala. De esta forma podré evitar que algo así vuelva a ocurrir.

—¡Es una idea excelente! —coincidió Hannah.

—Sí, es cierto —reconoció Joshua. Fijó la atención en Beatrice—. Un plan excelente, señorita Lockwood —añadió, en un tono muy seco.

—Gracias, señor —repuso ella dirigiéndole una discreta sonrisa.

—Bien, entonces —prosiguió Alverstoke—. En ese caso le agradeceré que investigue para mí este asunto de la llave robada.

—Estaré encantado de llevar a cabo una investigación para usted —dijo Joshua. Apartó el brazo de la repisa y agarró el bastón con ambas manos—. Hay una cosa más que me gustaría sugerir.

Alverstoke parecía receloso.

—Dígame.

—Supongo que tendrá usted un catálogo de las antigüedades que se muestran en la gran sala, ¿no es así?

—¡Naturalmente! —Para Alverstoke era una ofensa que se sugiriera que no poseía una lista completa de los artículos de su colección—. Conservo un registro excelente de todas mis adquisiciones.

—Pues bien, sería de lo más conveniente llevar a cabo un inventario completo tan pronto como haya acabado mi examen de la escena del crimen —añadió Joshua.

—¡Cómo! —El pánico se reflejó en el rostro de Alverstoke—. ¿Cree usted que el asesino pudo fugarse con alguno de mis tesoros?

—No lo sabremos con seguridad a menos que usted haga un inventario —contestó Joshua.

Estaba dejando que volviera a mostrarse su impaciencia, pensó Beatrice. Dirigió hacia él una expresión tranquilizadora. Se notaba que estaba irritado, pero no añadió nada más.

—Eso llevará un tiempo considerable —afirmó Alverstoke.

—Sí, claro, lo entiendo —repuso Joshua—. Pero sería extremadamente útil para saber con exactitud qué falta, si es que en verdad falta algo.

—Por supuesto, por supuesto. —Alverstoke empezaba a ponerse nervioso otra vez—. No había considerado la posibilidad de que el bandido realmente se haya ido con una de mis posesiones. —Se levantó y fue hacia la puerta—. Si me disculpan, ordenaré a mi mayordomo que lo disponga todo para empezar con el inventario tan pronto como usted haya concluido su investigación, Gage.

Joshua esperó hasta que la puerta se cerró detrás de Alverstoke. Luego miró a Beatrice. Esta le dirigió una simpática sonrisa.

—De nada —le dijo.

—Yo también podía haberlo convencido para que me permitiera investigar —rezongó Joshua.

—¡Qué va! A la velocidad que iba usted, no era más que una cuestión de tiempo: nos habríamos encontrado todos fuera de la casa —dijo Beatrice—. Tiene que admitirlo.

Hannah, divertida con la escena, alzó las cejas.

—Beatrice tiene razón, Josh, y tú lo sabes muy bien. Tienes algo que agradecerle.

—En los viejos tiempos no hubiera tenido que pedir permiso para llevar a cabo una investigación —gruñó Joshua.

—No, claro, tú utilizabas otros métodos —dijo Hannah con vivacidad—. Sobre todo la tarjeta de visita de ese temible Victor Hazelton. Pero tus días de proteger a la Corona de conspiraciones han acabado, por suerte.

—Tal vez no hayan acabado del todo —repuso él.

Había hablado muy pausadamente, sopesando cada una de las palabras.

Hannah lo miró.

Beatrice sintió frío.

—¿A qué te refieres?

—La situación se ha complicado —respondió él.

—¿De qué estás hablando? —preguntó Hannah.

—No dispongo de todas las respuestas todavía, pero estoy en condiciones de decirte que el aroma del incienso que el asesino utilizó anoche para drogar a Beatrice me resultó muy familiar. Muy probablemente procedía del laboratorio de uno de mis anteriores socios.

—¿Qué quiere decir eso? —preguntó Beatrice frunciendo el ceño.

Pero Hannah se había quedado mirando a Joshua, impresionada.

—Josh, ¿estás seguro?

—Creo que la fórmula para ese incienso era una creación original de Clement Lancing, efectivamente —dijo Joshua—. Lleva todos sus sellos distintivos. Lo que no sé todavía es quién lo empleó esa noche. Es posible que los libros de notas de Lancing hayan caído en manos de alguien... Alguien que disponga de la habilidad científica que requeriría recrear sus fórmulas. Pero también hay otra posibilidad.

Hannah unió con fuerza las manos.

—¿De verdad crees que Lancing puede estar vivo, después de todo?

—Tengo que aceptar que eso es así hasta que pueda probar lo contrario —admitió Joshua.

Beatrice frunció el ceño.

—¿Podría alguien explicarme de qué están hablando?

Hannah suspiró y se puso de pie.

—Dejaré que sea Josh quien te lo explique. Después de todo, es su historia. Yo voy arriba a supervisar el empaquetado. Le diré a Sally que recoja también tus cosas, Beatrice.

—Gracias —repuso ella.

Joshua cruzó la habitación para abrir la puerta a Hannah. Ella se detuvo en el umbral, claramente preocupada.

—Todo esto no me gusta, Josh —dijo.

—A mí tampoco, pero tengo que descubrir la verdad. Ahora no tengo ninguna otra opción.

—No —repuso Hannah—. Supongo que no.

Y salió al pasillo. Joshua cerró la puerta con mucha suavidad.

—¿Y bien, señor? —le preguntó Beatrice.

Joshua no contestó de inmediato. En lugar de eso fue hacia la ventana y permaneció allí callado, mirando hacia el jardín, por un momento.

Finalmente, empezó a hablar:

—Clement Lancing era un químico brillante con una gran pasión por la arqueología, especialmente por las antigüedades egipcias. Estaba convencido de que en su deseo por descubrir una manera perfecta de preservar los cuerpos de los muertos, los antiguos egipcios habían hecho ciertos descubrimientos científicos que durante siglos se habían perdido. Su objetivo era encontrar esos secretos perdidos.

—Y ¿cómo fue que usted conoció al tal Lancing?

—En un tiempo habíamos sido amigos —contestó Joshua. La mano se tensó alrededor de la empuñadura de acero del bastón—. Nos conocimos en Oxford y descubrimos que teníamos mucho en común. Nos reclutaron a ambos como espías de la Corona. Victor Hazelton se encargó de hacerlo.

—El misterioso señor Smith.

—Sí. Clement Lancing y yo llevamos a cabo unas cuantas investigaciones juntos. —Joshua hizo una pausa—. Éramos muy buenos en nuestro oficio.

—Entiendo —dijo Beatrice.

—Los intereses científicos de Lancing, ese don de lenguas que tenía y su pasión por las antigüedades egipcias, lo hacía muy valioso a ojos de Hazelton. Como arqueólogo, Lancing disponía de la excusa perfecta para viajar por todas partes. Estableció conexiones en diversas capitales con todo tipo de personas, desde vendedores callejeros hasta oficiales de alto rango. Era capaz de proveer a Hazelton de una gran cantidad de información. También me proporcionó información secreta necesaria para perseguir a los conspiradores y los traidores en Londres.

—¿Y todo esto lo coordinaba Victor Hazelton?

—Victor nos adiestraba y nos destinaba a nuestros cometidos —dijo Joshua.

—Y ¿cuándo se convirtió Clement Lancing en un peligroso criminal?

Joshua se concentró en los jardines que había al otro lado de la ventana.

—Había una mujer.

—Naturalmente —repuso Beatrice—. Debería haberlo pensado.

—Se llamaba Emma. Era la hija de Victor Hazelton. Era muy bella. Era brillante.

—Y usted y Lancing la deseaban.

Josh esbozó una débil sonrisa.

—Tal como le he dicho, era bonita y brillante. Y era la hija de Victor Hazelton.

—Bien. Y Hazelton era su mentor y su patrón. Supongo que eso lo explica todo.

—Victor era más que un mentor y que un patrón —explicó Joshua con calma—. Era el hombre que me había salvado de mí mismo. Siempre le estaré agradecido. Pero al final le fallé.

—No lo entiendo.

—No se preocupe. Eso ahora no importa. —Joshua se apoyó en el alféizar—. Finalmente, Emma escogió a Lancing. Y aunque yo estaba disgustado, lo entendía.

—¿De verdad? —Beatrice enarcó las cejas.

—Entre ellos dos había una pasión que entre Emma y yo no existía... No podía existir. —Joshua hizo una pausa—. Yo no soy un hombre de pasiones fuertes.

Beatrice soltó un resoplido educado. O al menos ella esperaba que resultara educado, y que no se interpretara como una vulgar contención de la risa, algo impropio de una señorita.

Joshua volvió la cabeza para mirarla por encima del hombro.

—¿Lo encuentra divertido? —preguntó.

—No, solo equivocado.

—Y ¿qué demonios podría usted saber sobre mi temperamento, eh?

—Evidentemente bastante más de lo que usted cree, señor, pero por el momento no hablábamos de eso, ¿no es cierto? —Zanjó la cuestión con un gesto—. Estaba hablando de algo que puede servirnos para situar nuestra investigación. Le ruego que continúe.

Por un momento Joshua pareció indeciso, como si quisiera seguir discutiendo sobre el tema de sus pasiones. Beatrice, paciente, esperaba.

Finalmente, abandonó el tema.

—Emma compartía el interés por la química y por las antigüedades egipcias de Lancing —dijo.

—Continúe —pidió Beatrice con tranquilidad.

—En el transcurso de unas excavaciones en Egipto, descubrieron una tumba. En su interior encontraron un sarcófago de lo más insólito, un sarcófago que no contenía momia ninguna. También descubrieron una estatua de Anubis. Faltaban los ojos de esa figura, presumiblemente sendas piedras preciosas. En el interior del sarcófago había un papiro. Cuando Emma descifró los jeroglíficos, ella y Lancing comprendieron que habían dado con una antigua fórmula destinada a preservar los cuerpos humanos. Ambos se obsesionaron a partir de entonces con la posibilidad de recrearla.

—Y ¿con qué objetivo podían querer crear un fórmula embalsamadora? —preguntó Beatrice.

—Según el papiro, los componentes químicos tenían propiedades sorprendentes. De hecho, aquella fórmula tenía el poder de despertar a los muertos.

—¡Magia! —exclamó Beatrice—. De verdad, no puedo entender que dos personas inteligentes y con un conocimiento extenso de la ciencia puedan creer en tales absurdos.

—Los dos se mostraban escépticos en un principio —dijo Joshua—. Pero los experimentos que hicieron con ratas los llevaron a pensar que el agua egipcia, que es como llamaban a esa fórmula, podía funcionar realmente. Estaban convencidos de que el fluido conservante tenía propiedades paranormales.

—Supongo que no estará intentando decirme que realmente consiguieron devolver a la vida a unos cuantos roedores muertos —dijo Beatrice—. Eso no son más que bobadas.

—Nunca consiguieron revivir a una criatura muerta, pero el agua egipcia realmente tenía unas propiedades sorprendentes. Si mirabas a una rata que hubiera estado preservada en ese fluido habrías jurado que se hallaba en un estado de hibernación. Era algo... —Joshua buscó la palabra—. Era algo misterioso.

—Sin embargo, las ratas que se preservaron de esa manera siguieron muertas —insistió Beatrice.

—Sí. Pero Emma y Lancing seguían convencidos de que estaban a tan solo un paso del éxito. Creían que el secreto residía en las propiedades paranormales de los ojos de la estatua de Anubis que habían descubierto.

—¿Las piedras preciosas que usted decía que habían desaparecido?

—Exacto. Así que iniciaron una búsqueda intensiva de esos ojos.

—Me sorprende que creyeran que iban a disponer de algo que revivir —dijo Beatrice—. Después de todo, la manera tradicional egipcia de preservar a los muertos incluía quitarles la mayoría de los órganos y el cerebro.

—En este caso el proceso era completamente diferente. De acuerdo con lo que decía el papiro, lo esencial era el tiempo. Los que acababan de morir tenían que ser sumergidos inmediatamente en un baño químico que, según se suponía, los sumía en un estado de animación suspendida. Permanecían en el líquido hasta que se restablecían de la enfermedad o de la herida que les había causado la muerte. Posteriormente podían volver a la vida con la energía provista por la figura de Anubis.

—¡Qué locura! —exclamó Beatrice, negando enérgicamente con la cabeza.

—Sí. —Joshua se volvió para mirarla—. La obsesión que tenían con la llamada agua egipcia se convirtió en una forma de locura, por lo menos en lo que a Lancing concernía. Empezó a llevar a cabo experimentos con humanos.

—¡No es posible! —Beatrice se estremeció.

—Escogía a sus víctimas de entre los más pobres y desamparados de la gente de la calle. Cuando Emma descubrió que estaba asesinando a personas inocentes en su búsqueda, quedó horrorizada. Cometió el error de enfrentarse a él. Lancing la hizo su prisionera en su casa. Victor finalmente se dio cuenta de que su hija corría un grave peligro. Me envió a rescatarla. Pero llegué demasiado tarde.

—¿Qué ocurrió?

—Emma intentó escapar —dijo Joshua—. Lancing la atrapó. En su locura pensó que huía para unirse a mí, que ella me quería. Creyó que lo había traicionado. La estranguló. Encontré su cuerpo en el suelo del laboratorio. Lancing apareció. Dijo que Emma había muerto por mi culpa. Dijo que me había estado esperando, que íbamos a morir todos. Provocó la explosión.

—Era una trampa —susurró Beatrice—. Pero usted sobrevivió.

Joshua miraba su bastón.

—Aún hoy, no entiendo cómo llegué a aquel pasillo de piedra a tiempo. Los muros me protegieron de algún modo de toda la fuerza de la explosión. Pero la deflagración se vio seguida de un incendio.

—¿Cómo escapó?

—Los recuerdos que tengo de lo que ocurrió tras la explosión son más bien fruto de sueños febriles. Lancing guardaba montones de productos químicos en su laboratorio, entre ellos ese incienso que anoche respiró usted. La explosión y el fuego liberaron vapores en el ambiente. Utilicé mi camisa para cubrirme la boca y la nariz, pero en el tiempo que agoté para salir de la casa ya estaba sufriendo alucinaciones.

Beatrice estudió la cicatriz.

—Y también perdía mucha sangre. La combinación de ambas cosas enturbiaría los recuerdos de cualquiera. ¿Recuperaron los cuerpos?

—Sí, o al menos así lo supusimos en aquel momento. Las heridas me impidieron volver a la escena del crimen durante semanas. Victor Hazelton fue al lugar con un equipo de operarios, pero tuvieron que esperar durante días hasta que los escombros se enfriaron. Al final encontraron los cuerpos. Ambos estaban quemados hasta tal punto que era imposible reconocerlos. El médico que examinó los cadáveres declaró que uno era de un hombre y el otro, de una mujer. Fin del asunto. Hazelton quedó afligido desde ese día. Sigue afectadísimo, y así seguirá por el resto de su vida.

—¿Fue ese el motivo que lo llevó a retirarse de su papel como señor Smith?

—Era el León, defensor del imperio —explicó Joshua, con tono casi de reverencia—. Pero después de que Emma muriera dijo que el futuro de Inglaterra ya no le interesaba. En lo que a él respecta, está enterrado con Emma.

—¿Lo culpa a usted por esa muerte?

—Nunca lo ha expresado con tantas palabras. Pero sí, ambos sabemos que yo le fallé. La última vez que lo vi fue en el funeral de Emma. Desde entonces no nos hemos hablado ni nos hemos comunicado en modo alguno.

—Un duelo obsesivo puede conducir a la más profunda desesperación —dijo Beatrice—. En estas condiciones, un hombre puede cerrarse incluso a los que le son más queridos.

Joshua volvió a pasear la mirada por los jardines del exterior.

—Sí, lo sé.

Beatrice se puso de pie y fue a colocarse a su lado.

—Y usted sigue culpándose —dijo.

Joshua no respondió.

Incapaz de pensar unas palabras que pudieran confortarlo o consolarlo, hizo lo único que se le ocurrió en ese momento: le tocó la mano cerrada en torno a la empuñadura del bastón. Sintió el cosquilleo de conciencia que brotaba entre ellos y que ya se le hacía familiar. Pensó en si tal vez él sentía lo mismo.

Joshua bajó la mirada para fijarla en esa mano sobre la suya, como si no estuviera seguro de qué hacer con ese gesto sencillo e íntimo. Beatrice casi pudo sentir cómo Joshua se esforzaba en salir del pasado para volver al presente.

—Y ahora está pensando en si es posible que Lancing sobreviviera al fuego —dijo ella.

—Es una posibilidad muy remota, pero hay que tenerla en cuenta. Hay más posibilidades de que alguien haya encontrado sus cuadernos de trabajo y los haya utilizado para la fabricación de ese incienso narcótico. Como quiera que sea, no me queda más remedio que descubrir la verdad, y la búsqueda empieza aquí, en Alverstoke Hall.

—¿Debo suponer que va usted a hablar con el servicio y que va a inspeccionar la lista de invitados?

—Tal vez. Pero primero echaré otro vistazo a la gran sala. Anoche me fue imposible hacer un trabajo a fondo.

—Voy con usted —se apresuró a decir Beatrice.

—No quiero que se involucre en este asunto.

—Usted mismo me ha explicado que ya estoy involucrada, y mucho.

—Voy a organizarlo todo para que pueda estar segura en Londres mientras yo prosigo con la investigación —dijo Joshua.

—Pero ahora mismo no estamos en Londres —repuso ella, con un tono de voz que no dejaba de ser tranquilo y seguro. Joshua no respondería a demandas apasionadas ni a argumentos dramáticos. Lo único que se podía abrir paso en esa cabeza tan dura era la lógica—. Antes ha dicho que yo tenía excepcionales poderes de observación. ¿Qué perjuicio puede suponer permitir que vuelva a la cámara de antigüedades? ¿Quién sabe? Tal vez vea algo que pueda concitar un recuerdo útil...

25

—Pues por lo que veo no sufrí alucinaciones —dijo Beatrice. Miraba a las ardientes huellas de pies en el suelo—. El hombre que mató a Roland estuvo realmente aquí anoche. Esperó ahí, detrás de la gran estatua. Cuando llegó el chantajista, cruzó la estancia hasta el altar y allí lo mató.

—Pero probablemente antes utilizara el incienso para incapacitar a su víctima —observó Joshua—. Y volvió a usarlo cuando llegó usted.

Ambos estaban muy cerca del sarcófago en la gran sala, e intentaban encajar cada una de las piezas para obtener una imagen de lo que había ocurrido durante la noche. Las lámparas estaban encendidas, pero con poca intensidad, a petición de Beatrice. Joshua no había discutido cuando ella había explicado que era más fácil distinguir los evanescentes rastros de la energía en las sombras. Sabía que él no creía que en realidad pudiera distinguir las huellas paranormales del asesino y de su víctima, pero de todos modos estaba dispuesto a dejarla llevar su parte de la investigación como creyera oportuno.

Lo miró y vio que estaba examinando el cuenco de alabastro que contenía los restos del incienso.

—Tenía pendientes dos preguntas que hacerle —dijo Beatrice—. Primero, ¿cómo es que no se vio afectado por el humo la pasada noche?

—Hice lo mismo que el año pasado al salir del laboratorio en llamas. Me cubrí la nariz y la boca con un trapo e intenté no respirar más de lo estrictamente imprescindible. No me ha llevado demasiado tiempo encontrarla y sacarla de esta estancia. Ha sido cuestión de dos o tres minutos, no más.

—¡Hace que parezca tan simple!

—Cuando entré en la sala percibí restos del preparado. Eso me ha concedido tiempo para tomar precauciones.

—En mi caso me ha afectado a todos mis sentidos —dijo Beatrice—. Era una sensación mareante, y además he empezado a tener alucinaciones. Era como si las estatuas adquirieran vida.

—Si vuelve a oler eso en alguna ocasión, no deje de cubrirse la nariz y la boca e intente agacharse para permanecer cerca del suelo.

—¿Por qué?

—Los vapores se comportan como el humo, y el humo sube.

—Claro, es verdad. Tenía que haberlo pensado.

—Para usted todo fue una sorpresa —dijo él muy serio—. Además, hay que añadir la impresión de encontrar el cuerpo. Ese tipo de cosas puede resultar muy desorientador.

Ella sonrió.

—Gracias por su comprensión. Si no me hubiera encontrado cuando lo hizo, sospecho que ahora no estaríamos hablando aquí. —Miró las manchas de sangre en el altar y se estremeció—. Eso me lleva a la segunda pregunta.

Joshua se acercó al altar.

—¿Qué? —preguntó.

—¿Cómo sabía que yo estaba en peligro? Nadie entró ni salió de esta sala. El chantajista fue asesinado antes de que yo llegara y cuando entré el asesino ya estaba dentro. ¿Cómo pudo saber que yo me encontraba en un aprieto?

—A veces uno tiene la sensación de que las cosas que ha planeado han salido mal.

—Sí —dijo ella—, conozco esa sensación. Se llama intuición.

—Si tiene la intención inmediata de decirme que la intuición es un talento propio de la videncia, ahórrese el esfuerzo.

—¿No cree usted que es algo de naturaleza paranormal?

—No, no lo creo —contestó él—. En realidad es una combinación de observaciones, algunas tan ínfimas que ni siquiera somos conscientes de ellas, y también entra en juego la percepción inconsciente de las conexiones entre esas observaciones.

—Alguien podría denominarlo percepción vidente —dijo ella.

Pero él ya no la escuchaba.

—Anoche, cuando vigilaba la puerta de esta cámara, percibí una corriente de aire muy débil, pero detectable, en el pasillo exterior. Procedía de esta estancia.

—Una corriente de aire, ¿verdad? ¿Y eso qué nos indica?

—Eso nos indica que aquí hay otra puerta, más, probablemente, alguna escalera para el servicio.

Ella miró alrededor.

—Pues yo no veo que haya otra puerta.

—Muévase y al mismo tiempo repase conmigo los sucesos de la noche pasada allá donde se produjeron, desde el principio.

Ella obedeció. Cuando acabó la breve narración se detuvo frente al altar.

—Aquí es donde estaba cuando los vapores alteraron mis sentidos —dijo—. Acababa de ver el cadáver y había reparado en las huellas ocultas del asesino. Sentí otra presencia en la sala. Me pareció que una de las figuras venía hacia mí.

—¿Qué figura?

—Era el dios con cabeza de chacal, Anubis, en su forma parcialmente humana. —Beatrice arrugó la nariz—. Sé que ahora parecerá ridículo, pero en ese momento habría jurado que era una estatua que había cobrado vida.

—O un hombre con una máscara —sugirió Joshua.

—Y ¿por qué razón el asesino iba a llevar una máscara?

—Por dos razones: la primera, para protegerse del incienso.

—Sí, claro. ¿Y la segunda?

—Para infundir terror en sus víctimas. Sabe que el incienso está haciendo que las víctimas tengan alucinaciones. La máscara genera todavía más miedo. A algunos profesionales les gusta ese aspecto del asesinato.

Ella tomó aire.

—Entiendo.

—¿Qué más observó? —preguntó Joshua.

—Me temo que no sirva para mucho. Vi que Anubis venía hacia mí. Hablaba con acento ruso. Dijo algo así como: «¿Creías que podías escapar de mí, zorra?» Y luego vi la luz que traía usted, avanzando. El asesino se dio cuenta de que lo habían descubierto y huyó. Eso es todo lo que recuerdo.

—Ahora es cuando tenemos que encontrar el origen de la corriente de aire que detecté. ¿Dice que la voz provenía de detrás de usted?

—Sí.

—El asesino no me superó en su salida, de modo que la segunda puerta tiene que estar en algún lado.

Joshua empezó a caminar hacia la pared más cercana. Beatrice sabía que tenía la intención de llevar a cabo una búsqueda metódica para encontrar el origen de la corriente. Se aclaró la garganta.

—Creo que puedo ahorrarle algo de tiempo —dijo.

Él la miró.

—¿Cómo?

Beatrice bajó la mirada para percibir el rastro de hirvientes huellas que todavía borboteaban.

—Creo que encontrará la puerta allí, detrás de aquella figura de granito.

Él enarcó las cejas. Al principio Beatrice pensó que iba a hacer caso omiso de sus palabras y que seguiría buscando a su manera. Sin embargo, para su sorpresa, cruzó la estancia para ir hacia la gran estatua y desapareció tras ella.

—Aquí hay una puerta de servicio —anunció—. Excelente observación, Beatrice.

—Gracias —dijo ella—. Lo he hecho con mis sentidos metapsíquicos.

Él reapareció de nuevo desde detrás de la estatua de granito y dijo:

—Me inclino más bien a pensar que usted misma sintió la corriente anoche y que ha registrado el emplazamiento aproximado por medio de su sentido común.

—Es usted un hacha ingeniándoselas para explicar normalmente todo lo que es paranormal.

—Eso es porque las explicaciones normales suelen bastar.

—Mmm...

Caminó por el laberinto de antigüedades para reunirse con él. Cuando rodeó la figura de granito vio que la puerta se había diseñado para ser lo más discreta posible. Su situación tras un montón de objetos hacía que fuera casi indetectable desde cualquier lugar de la cámara. Una gran pintura fúnebre se apoyaba directamente en la parte frontal.

—El asesino conocía la existencia de esta puerta —comentó Joshua—. Eso implica que conoce esta gran sala más que si solamente hubiera estado aquí de paso. Clement Lancing se movía en los círculos de los coleccionistas. Seguro que conocía a Alverstoke.

—¿Cree que Lancing es el asesino?

—No —respondió Joshua—. Lancing no es hábil con el cuchillo. Él habría utilizado otros métodos. El más probable sería el veneno.

Joshua cogió el pomo de la puerta y lo hizo girar. La puerta se abrió con cierta facilidad. Beatrice se encontró mirando una sucesión de peldaños de piedra que desaparecían en un mar de noche. Las huellas del asesino vibraban en la escalera.

—Estaba furioso —dijo ella—. Se percibe la rabia que sentía porque lo habían interrumpido antes de poder acabar su trabajo.

Joshua contempló la oscuridad durante un momento.

—Voy por una linterna —anunció—. Vamos a comprobar adónde nos lleva.

26

Poco tiempo después iniciaban el descenso por los viejos escalones. Beatrice sostenía la linterna. La luz se derramaba sobre la antigua piedra mientras avanzaban hacia las profundidades de la vieja mansión.

—Las huellas del asesino se ven en el polvo —dijo Joshua—. Entró en la casa utilizando este pasadizo y salió de la misma manera.

Beatrice aguzó sus sentidos y estudió las huellas calientes.

—Sí, es el mismo hombre que me estaba esperando anoche, el que asesinó a Roland. Estoy segura.

—Es una conclusión bastante obvia.

—Estoy acostumbrada a que la gente cuestione mis facultades —dijo ella—. Creo que eso es una suerte para usted. De otro modo, a estas alturas estaría muy ofendida por su recalcitrante escepticismo.

—No pretendía ofenderla. —En su disculpa había un tono de total sinceridad—. Lo único que ocurre es que tiene usted una imaginación muy viva.

—Y usted, ¿nunca se deja llevar por su imaginación, señor Gage?

—Hago todo lo que puedo por guardarme de las distracciones de ese tipo. En mi opinión, raramente aportan resultados prácticos.

—¿Ni siquiera en ocasiones? —insistió ella.

—Soy humano, si es eso a lo que se refiere.

—Lo dice como si se tratara de un defecto de carácter.

Bajaron unos escalones más y giraron en un recodo tras lo cual se introdujeron en otro húmedo pasadizo. Beatrice sintió que el corazón le daba un vuelco. El corredor que se extendía ante ellos era estrecho y la oscuridad parecía interminable. Sintió que aquel nerviosismo tan familiar se acentuaba en ella. Sostenía en alto la linterna, con la esperanza de enviar la luz muy lejos, más allá de las sombras.

—Anoche —dijo Joshua.

Esa palabra venía de ninguna parte. Beatrice pensó que tal vez, en su lucha por controlar los nervios, había perdido algún detalle de la conversación.

—Perdóneme —dijo—. ¿Qué me está diciendo de anoche? —Se obligó a respirar lenta y acompasadamente. Podía hacerlo. Tenía una linterna. Joshua estaba a su lado.

—Anoche, cuando nos besamos en ese rincón —continuó él—. Esa fue la última vez que me dejé llevar por la imaginación.

—Oh, ya entiendo. —No estaba segura de qué responder a eso. Sabía que estaba volviendo a sonrojarse, y por unos segundos se sintió agradecida por la marea oscura que la rodeaba.

Intentaba dar con una respuesta apropiada cuando Joshua se detuvo de pronto.

—¿Qué pasa? —preguntó, un tanto estremecida.

—El aire ha cambiado. Ahora huele a mar.

Ella inspiró con cuidado, poniendo mucha atención en la atmósfera. Y entonces captó el inconfundible rastro de la sal en el aire. En la distancia se percibía un rumor ahogado. El romper de las olas en una costa rocosa, pensó.

—Este pasadizo lleva al mar. —Miró hacia abajo, en busca de rastros de energía sobre el suelo de piedra—. Cuando llegó aquí ya estaba más calmado, más controlado. Pero seguía sintiendo frustración e ira. No, es más que ira. Es como una rabia obsesiva.

—Esa es una conclusión lógica —dijo Joshua—. Es un profesional en un asunto sangriento. Pero del mismo modo que cualquier profesional, tiene en mucha estima su habilidad y eficiencia. Naturalmente, tenía que estar furioso, porque anoche fracasó.

—Es incapaz de admitir que yo tenga talento para detectar algunos rastros de la energía paranormal que dejó, ¿verdad?

—Usted llegó a su conclusión valiéndose de la lógica y la intuición, lo sepa o no.

—La señora Flint y la señora Marsh realmente tenían razón cuando decían que los clientes son siempre la parte más difícil del negocio.

—¿Está sugiriendo que yo soy su cliente? —preguntó él.

—Eso es exactamente lo que es usted, señor. Usted está pagando a Flint y Marsh por mis servicios. Eso hace de usted un cliente.

—Está muy equivocada. Pero hablaremos de ese asunto en otro momento.

Se puso a andar más rápidamente, y marcaba un ritmo más acelerado con el bastón sobre la piedra. Beatrice se recogió las faldas, aliviada por moverse más deprisa. El movimiento físico la ayudaba a anular la sensación opresiva que la desgarraba.

El sonido de las olas al romper se intensificó, lo mismo que la humedad. Las paredes de piedra del túnel se interrumpieron de repente y dieron paso a una amplia cueva. El agua agitada del mar llenaba la porción inferior de la caverna, arremolinándose y salpicando alrededor de un pequeño muelle de madera diseñado para subir y bajar con la marea. La entrada exterior no era visible desde donde se encontraba Beatrice, pero podía sentir las corrientes de aire fresco.

—Es una vieja guarida de contrabandistas —dijo Joshua. Tomó la linterna y la sostuvo en alto para examinar el embarcadero—. Ese malnacido tenía un bote esperándolo aquí. La cuestión es saber si vino solo o si se trajo a alguien para que se hiciera cargo de los remos. No es del todo imposible que un asesino habilidoso procedente de Londres sea también un remero competente que, además, esté familiarizado con esta costa, pero me parece poco probable.

—Si bajamos al muelle podré contestar a esa pregunta —dijo Beatrice.

Se sentía un poco más tranquila después de haber abandonado los estrechos confines del pasaje. El aire salado y el movimiento del agua ayudaban a disipar la atmósfera opresiva.

Joshua la miró con expresión pensativa. Por un instante, Beatrice creyó que iba a rechazar su oferta. Pero tras un par de segundos simplemente asintió una vez y empezó a bajar por el corto tramo de escalera que conducía al embarcadero.

Cuando llegó abajo se detuvo, se volvió y le tendió la mano para ayudarla a bajar.

—Con cuidado —le dijo—. Los escalones están mojados y resbalan mucho.

A pesar de la situación, pensó que aquel pequeño acto de galantería era encantador. Hasta entonces la relación que se establecía entre ellos parecía ir hacia delante y hacia atrás, de un estado de enojadiza suspicacia a una camaradería prudente. Sabía que el beso apasionado de la noche anterior había sido una aberración, un breve interludio que los había sorprendido a ambos. Pensó en si cabía la posibilidad de que Joshua volviera a permitirse el lujo de dejarse llevar por la imaginación.

Beatrice se preguntó si debía tomarle la mano, temerosa

de resbalar en los peldaños mojados y arrastrarlo a él en su caída. Después de todo, él solamente disponía del bastón para ayudarse a mantener el equilibrio. Luego recordó cómo había acudido a auxiliarla la noche anterior, a pesar del incienso tóxico, y cómo la había llevado en volandas, de vuelta a un lugar seguro.

Le tendió la mano y los dedos de Joshua se cerraron en torno a ella como unos grilletes. Beatrice supo que había reparado en su ligera vacilación.

—No dejaré que se caiga —le dijo con tono ofendido.

Ella contuvo la respiración. Volvían a la fase enojadiza.

—Ya lo sé.

Una vez superados los escalones tiró de la mano para liberarse e intentó adoptar un aire enérgico y profesional. Aguzó los sentidos y miró a los zarcillos de energía caliente que se retorcían en las huellas. Además de los pertenecientes al asesino, vio que también los había de otra clase.

—Aquí han estado dos personas —dijo.

—Sí.

Tan rápido acuerdo de parte de Joshua hizo que Beatrice se volviera para mirarlo. Él había avanzado por el viejo muelle y se había agachado para examinar un objeto pequeño y estrecho.

—¿Qué es? —preguntó ella.

—Un cigarrillo. —Joshua se incorporó—. El remero estuvo fumando mientras esperaba la vuelta del asesino.

—El remero tiene que haber sido un lugareño. ¿Quién más podía conocer el emplazamiento de esta vieja guarida de contrabandistas?

—No habrá sido demasiado difícil contratar los servicios de un hombre sano y con los conocimientos precisos de la costa —razonó Joshua—. Estoy seguro de que en esta zona cualquier hombre, cualquier chiquillo, sabe manejar un bote y conoce el terreno local. El problema está en asegurarse de que el remero mantiene la boca cerrada. Las noticias del asesinato en Alverstoke Hall ya habrán llegado a la aldea. Más pronto o más tarde se sabrá que en la noche del asesinato alguien del pueblo prestó sus servicios para llevar a un extraño a la cueva de los contrabandistas cercana a la mansión.

Beatrice se llevó la mano a la boca.

—Tenemos que encontrar al remero.

—No creo que eso sea un problema —dijo él—. Los cadáveres siempre acaban en la orilla.

27

—¿El viejo pasadizo de los contrabandistas? —Una mueca contrajo las pobladas cejas y patillas de lord Alverstoke—. Me había olvidado de ese túnel hacia la cueva. Originalmente se construyó como vía de escape en previsión de un asedio. Más tarde lo utilizaron para el contrabando. Pero eso fue hace muchos años.

—¿Quién más sabe de la existencia de ese túnel aparte de su señoría? —preguntó Joshua.

Le estaba costando mantener su atención en Alverstoke. No dejaba de mirar el reloj. Beatrice estaba arriba con Hannah y la criada acabando con los preparativos para el viaje de vuelta a Londres. La lógica le decía que esas eran condiciones seguras, pero no le gustaba perderla de vista.

—Bueno, pues resulta un tanto difícil saber quién conoce el túnel hacia la cueva —dijo Alverstoke—. Vamos a ver... Muchos de los sirvientes llevan conmigo décadas. Supongo que ellos lo conocen. Lo que tal vez no sepan es que es un secreto, ¿sabe usted? Esta vieja mansión tiene innumerables pasajes y escaleras que ya no se utilizan.

—Ya entiendo. Pero ¿se le ocurre pensar en alguien en particular, en un visitante, tal vez, que se hubiera interesado por el túnel y su historia?

Interrogar a Alverstoke tal vez careciera de sentido, pensó Joshua. Estaba claro que el anciano no sabía nada del asesinato. Por no saber, ni sabía cómo habían incluido a Hannah en la lista de invitados para la fiesta campestre. «Esas cosas las dejo en manos de mi secretario», había dicho.

Joshua decidió que no disponía de tiempo para hablar con toda la servidumbre de la casa. En ese momento su prioridad era mantener a Beatrice fuera del alcance del asesino. Sin embargo, le sería de mucha utilidad descubrir de qué manera el homicida había obtenido un conocimiento tan detallado de la mansión y de la entrada secreta a la cámara de antigüedades.

—Pues mucho me temo que no —dijo Alverstoke, esta vez con firmeza—. No recuerdo a nadie que mostrara interés por ese viejo pasadizo de los contrabandistas.

—Y ¿qué me dice de los expertos en antigüedades? ¿No habrá invitado a algunos colegas o a otros coleccionistas a hacer visitas prolongadas? ¿Tal vez lo bastante prolongadas para haber descubierto el túnel por accidente?

—Ciertamente, he permitido que otros expertos examinaran mi colección de vez en cuando, pero nunca permanecieron aquí más de un día o dos, y yo siempre los acompañaba cuando inspeccionaban los objetos de la gran sala. —Alverstoke torció los labios—. Excepto en el caso de esa joven tan agradable que me pidió estudiar las antigüedades para escribir un artículo periodístico. Pero eso fue hace más de un año. No veo de qué modo esa visita podría relacionarse con el asesinato de anoche.

Joshua sintió el escalofrío de la certidumbre.

—¿Su señoría permitió que una mujer estudiara sus antigüedades?

—Sé lo que está pensando. Uno no se espera que una fémina pueda poseer un conocimiento profundo de las antigüedades. Pero esa señorita era la excepción. Estaba sorprendentemente bien informada. De hecho, incluso había participado en alguna excavación en Egipto.

—Señoría, esto es muy importante. ¿Cómo se puso en contacto con usted esa experta en antigüedades?

—Me escribió pidiendo permiso para estudiar los objetos. Firmó la carta como E. Baycliff. Yo di por supuesto que se trataba de un hombre, naturalmente. Cuando la conocí me quedé de una pieza al ver que se trataba de una mujer.

—Pero ¿la invitó su señoría a quedarse?

—Iba a decirle que se marchara cuando me imploró que le mostrara algunas de las antigüedades antes de tomar el tren de vuelta a Londres. —Alverstoke le hizo un guiño—. Una señorita muy atractiva. Tan inteligente, tan encantadora... No tuve ningún inconveniente en llevarla a dar una vuelta por la gran sala. Al final cedí y acordamos que le permitiría estudiar algunas de las antigüedades.

—¿Cuánto tiempo estuvo aquí, en Alverstoke Hall?

—No demasiado. Unos cuantos días. La solicitaron de vuelta en Londres antes de que pudiera concluir su investigación. Algo sobre una muerte en la familia, creo.

—¿Le pidió consultar el catálogo?

—Sí, claro —contestó Alverstoke.

—¿Mostró un interés especial por algún artículo en concreto de su colección?

—Por lo que recuerdo insistió mucho en ver dos extrañas joyas de obsidiana. En realidad no eran unos artículos de gran importancia. Los dos estuvimos de acuerdo en que, sin duda, habían pertenecido en su momento a los ojos de una estatua. Alguien los había arrancado en algún momento, con toda probabilidad para venderlos.

—De modo que encontró los malditos ojos —dijo Joshua. Pero hablaba consigo mismo, para reorganizar mentalmente piezas en el tablero de ajedrez invisible de su cabeza—. Eso explica muchas cosas.

—Dígame, pues —dijo Alverstoke frunciendo el ceño—, ¿qué ocurre con esos ojos?

—Creo que puedo ahorrarle algún trabajo con su inventario —contestó Joshua—. Empiece por esas dos joyas de obsidiana. Descubrirá que han desaparecido. Desaparecieron hará cosa de un año, de hecho. Alrededor de la fecha en que esa mujer que se hacía llamar E. Baycliff recibió ese telegrama informándola de una muerte en la familia.

—¿Usted cree que la señorita Baycliff las robó? Pero eso es absurdo... Era una jovencita encantadora, como le he dicho. ¡Encantadora!

—Sí. —La expresión de Joshua se hizo evocadora—. Bella, encantadora y experta en antigüedades.

—Incluso si aceptáramos la posibilidad de que era una ladrona, ¿por qué iba a robar precisamente unos objetos de tan escasa importancia? Esas piedras no son particularmente valiosas.

—Si no me equivoco, esas piedras eran los ojos de Anubis.

—¿Y qué más da eso? Se han descubierto muchas representaciones de Anubis. Yo mismo tengo unas cuantas en mi colección. ¿Para qué iba a querer miss Baycliff los ojos de una estatua en particular?

—Para revivir a los muertos.

28

—Pues no lo entiendo, Josh —dijo Hannah—. ¿Por qué tenéis que bajaros Beatrice y tú aquí, en Upper Dixton? Este tren apenas tardará una hora y media en llegar a Londres. Esto no es nada más que un pequeño pueblo.

Beatrice miró al exterior por las ventanillas del tren mojadas por la lluvia. Solamente tres personas aguardaban en el andén. Todos se refugiaban bajo los paraguas. La lluvia era incesante. Aunque todavía era primera hora de la tarde, la tormenta había traído consigo un avance del crepúsculo.

La noticia de que se había encontrado en la playa el cuerpo de uno de los pescadores lugareños había llegado a Alverstoke Hall en el mismo momento en que ella y el resto se preparaban para salir hacia la estación. Tanto lord Alverstoke como casi todos los demás se habían mostrado consternados por la noticia de otra muerte misteriosa en la vecindad, tan inmediata al asesinato de la sala de antigüedades.

Joshua era el único que no había mostrado ninguna sorpresa. «Se ha librado del remero», fue el único comentario que hizo. Estaba claro que ya se esperaba una noticia como esa.

—La señorita Lockwood y yo nos bajamos aquí porque estoy convencido de que es muy probable que nos estén siguiendo —le dijo Joshua a Hannah.

Estaba de pie y en ese momento bajaba la bolsa negra del portaequipajes. Beatrice esperaba en el pasillo exterior al compartimento privado, con su amplia bolsa en una mano y el paraguas en la otra. Joshua le había informado de que no podían permitirse cargar con su baúl de viaje.

La súbita decisión de Joshua, anunciada unos minutos antes, la había sorprendido tanto como a Hannah y a Sally. No las había informado de sus planes de apearse en Upper Dixton hasta poco antes de llegar a dicha estación. Beatrice pensaba que tal vez había trazado sus planes incluso antes de subir al tren en la estación de Alverstoke, hacía cuarenta y cinco minutos. Realmente, ese hombre necesitaba lecciones de comunicación.

De todos modos, había llegado a la conclusión de que no era el momento adecuado para aleccionarlo sobre el tema. La gélida intensidad que borboteaba alrededor de Joshua la había puesto en guardia. Según él, ella corría peligro, y, sin duda, había llegado a esa conclusión basándose en la fría lógica y en el conocimiento de su oponente. Pero Beatrice sospechaba que hacía caso de su intuición, no tanto de sus razonamientos. De cualquier modo, el resultado era el mismo. Si Joshua temía que alguien pudiera raptarla a las primeras de cambio, lo mejor era darle la razón.

—Le ruego que me disculpe, señor —dijo Sally—, pero ¿cómo puede alguien seguir a un tren?

—Tiene que pensarlo desde el punto de vista del perseguidor —repuso Joshua—. Si alguien nos ha visto comprar los billetes para Londres, tal como sospecho, quien lo haya hecho estará convencido de que conoce hacia dónde nos dirigimos. Bajará la guardia y se dirá que le basta con recuperar la pista en su otro extremo: en Londres.

—Sí, ya entiendo lo que dice, señor —añadió Sally—. ¡Qué pensamiento más escalofriante!

—Le he enviado un telegrama a Nelson antes de que subiéramos al tren —añadió Joshua—. Las irá a buscar a la estación de Londres. Tiene detalladas instrucciones de vigilar cualquier indicio, por pequeño que sea, de que haya alguien sospechoso esperando allí, o de que una persona sospechosa baje del tren.

En los ojos de Hannah se percibía cierta alarma.

—¿Piensas que esa persona que nos vigila está en este momento en este mismo tren?

—Es posible —contestó Joshua—. Por eso Beatrice y yo esperaremos al último momento para bajarnos. Si entonces intenta bajar también para seguirnos, se pondrá en evidencia inmediatamente. Resultará de lo más fácil localizarlo en esa pequeña estación de ferrocarril.

—Eso es algo que él sabrá —apuntó Beatrice—. Tal como ha dicho Hannah, es un pueblo muy pequeño. Muy poca gente descenderá aquí. Los que no sean habituales del pueblo seguramente destacarán.

—Precisamente por eso —dijo Joshua—. Si yo estuviera en su pellejo, permanecería en el tren hasta la próxima parada, y solamente entonces intentaría volver a Upper Dixton en un coche de punto. Para cuando llegue, nosotros ya nos habremos ido.

—¿Y adónde iréis? —preguntó Hannah.

—Alquilaremos un coche de punto para que nos lleve al pueblo más cercano, y desde allí seguiremos hacia Londres. —Joshua esbozó una sonrisa gélida—. Será interesante comprobar si coincidimos con él en la carretera, en sentido opuesto.

—Todo eso me parece complicadísimo —dijo Hannah con incomodidad.

—«El truco para dejar atrás a alguien que te vigila radica en ponerte en un lugar que él no pueda ver —repuso Joshua—. Su ángulo muerto siempre queda por detrás de él.»

—¿Otra cita del señor Smith? —preguntó Beatrice enarcando las cejas.

—Lo siento, pero me temo que sí —repuso Joshua.

La boca de Hannah se tensó en una mueca reprobatoria.

—¡Ese horrible Victor Hazelton!

—Soy muy consciente de la opinión que te merece ese hombre —dijo Joshua. Luego miró a Beatrice—. ¿Está usted lista?

—Sí —contestó.

Él cogió el bastón y se dispuso a salir del compartimento. Hannah puso una mano sobre su brazo para detenerlo, con una expresión muy seria en los ojos.

—¿Te das cuenta de lo que haces al salir de este tren solo con Beatrice? —dijo en voz baja—. Supongo que querrás tomar las medidas indicadas para garantizar su seguridad, sin embargo...

—No tienes por qué preocuparte, Hannah —susurró él—. Sé lo que estoy haciendo.

Hannah lo miró durante unos segundos y luego miró una vez más a Beatrice. Evidentemente satisfecha, volvió a sentarse.

—Tened mucho cuidado, los dos —dijo—. Os estaremos esperando en Londres.

A Beatrice le pareció que se había perdido algo en la conversación, pero no tenía tiempo de analizar por más tiempo la situación. Joshua la urgía a que se moviera con rapidez por el estrecho pasillo. La siguió hasta la puerta.

—Ahora —afirmó.

Bajó los escalones justo cuando el revisor se volvía para encararlos y subir al tren. La miró, y luego miró a Joshua, con la sorpresa pintada en la cara.

—Les ruego que me perdonen, señor, señora, pero esta no es su parada —dijo—. Ustedes van a Londres.

Beatrice se esforzó en dedicarle la sonrisa más tranquilizadora que pudo y levantó el paraguas contra la lluvia.

—Me temo que hemos cambiado de planes.

—Pero... ¿y su equipaje, señora?

Joshua se puso el sombrero y bajó los escalones.

—Ya hemos tomado las medidas oportunas para que recojan el resto de nuestras maletas en Londres. Mi mujer y yo hemos decidido admirar el paisaje aquí, en Upper Dixton.

Las palabras «mi mujer» supusieron un impacto en los sentidos de Beatrice. Cuando ya se sintió recuperada, ella y Joshua estaban en el andén, el revisor había vuelto a subir, la puerta estaba cerrada y el tren abandonaba la estación.

Beatrice se volvió hacia Joshua con incredulidad, alarmada porque empezaba a darse cuenta de los motivos que habían subyacido en la última conversación entre Joshua y Hannah. Ninguno de sus clientes, hasta ese momento, se había preocupado por su reputación. Era una agente de investigación privada, después de todo, y no una señorita de alto rango. El objetivo era hacerla salir de la casa en cuanto se completara la investigación.

Pero Joshua no le estaba prestando ninguna atención. Miraba las puertas de los coches del tren, esperando a ver si alguien decidía salir en el último momento.

El tren tomó velocidad, dejó atrás la estación y desapareció entre la espesa bruma.

—Por lo visto el que nos vigila, si es que tal personaje existe, ha permanecido en el tren —aventuró Beatrice.

—Eso parece —dijo Joshua. Miró hacia el único coche de punto que esperaba en la calle. El cochero se había pertrechado con una gruesa capa y un sombrero bajo. El caballo permanecía estoicamente dispuesto, con un casco levantado y la cabeza bajada ante el persistente aguacero—. Con un poco de suerte ese vehículo nos va a llevar al siguiente pueblo.

El cochero los miró desde la cabina.

—¿Puedo ayudarlo, señor?

—El movimiento del tren estaba mareando a mi mujer, de modo que querríamos ir al siguiente pueblo en coche.

—Lo siento, señor, me temo que no es posible. —El hombre parecía lamentarlo de verdad—. Las carreteras se han convertido en ríos de fango. Nadie sale de Upper Dixton en coche hasta que pare de llover. El próximo tren pasa mañana por la mañana.

—En tal caso, necesitaremos una fonda para pasar la noche —dijo Joshua—. ¿Podría sugerirnos una?

—En el pueblo solamente hay dos, señor. Yo le recomiendo El Zorro Azul. Es limpia y la comida es razonablemente buena.

—Pues vamos a la fonda El Zorro Azul.

Joshua abrió la puerta del coche y echó las dos bolsas al interior. Luego ofreció su mano a Beatrice para ayudarla a subir. Ella recogió el paraguas y entró por la portezuela. Joshua la siguió y se sentó frente a ella. El coche se puso en marcha por la única calle del pueblo.

Joshua miró a Beatrice.

—Lamento todo esto —dijo—. Debería haber previsto la posibilidad de que el tiempo interfiriera en mis planes.

—Como investigadora profesional que soy, hace tiempo que acepté que una no puede prever todas y cada una de las contingencias.

Ella misma se sorprendía por la actitud tan calmada que mostraba. Pero era una profesional y eso, como se esforzaba en recordar, lo explicaba todo.

Joshua soltó aire poco a poco, mientras miraba al exterior por la ventanilla.

—¿Comprende usted que esto implica que tendremos que compartir una habitación esta noche?

—La fonda tal vez disponga de dos habitaciones libres —aventuró.

—Nos estamos haciendo pasar por una pareja casada —le recordó él—. No parecería normal que nos alojásemos en habitaciones separadas. Aparte de esto, esta noche no quiero perderla de vista.

—Entiendo que esté muy preocupado por mi seguridad, pero ese asesino no tiene razones para matarme.

—Tal vez —dijo Joshua, con aire adusto—, pero resulta obvio que se le ha metido en la cabeza secuestrarla.

—Resulta difícil de creer que alguien siga obsesionado con Miranda la Clarividente después de todo el tiempo que ha pasado. No tiene sentido.

—Lancing o quienquiera que tenga sus cuadernos de trabajo la quiere a usted porque está convencido de que sus poderes paranormales son reales.

—¿Qué tienen que ver mis poderes con esto?

—Tengo una teoría —repuso Joshua—. Solamente es una teoría, pero todo hasta ahora indica que es correcta. Creo que Lancing o alguien ha conseguido recrear la fórmula para el agua egipcia.

—Y aunque eso fuera cierto, ¿para qué iba a quererme ese loco?

—Cuando le conté la historia esta mañana no me detuve a explicar un aspecto del caso. Lancing y Emma estaban convencidos de que la estatua de Anubis era la clave para activar las propiedades especiales del agua egipcia.

—Lo entiendo, pero ¿qué tiene que ver eso conmigo?

—Creían que solamente una mujer con poderes paranormales podía canalizar la capacidad de la figura para activar la fórmula.

—¡Madre mía!

—En aquel entonces tenían planeado utilizar a Emma para

concentrar la energía de la estatua —prosiguió Joshua—. Los dos estaban convencidos de que tenía poderes paranormales. Pero ella ha muerto, de manera que Lancing busca a otra mujer que según él cuenta con esos poderes ocultos. Y por alguna razón se ha fijado en usted.

—Pero ¿por qué en mí, por qué ahora? Ha pasado un año. ¿Por qué no lo habrá intentado con otras profesionales? ¡Hay multitud de ellas!

—Supongo que lo habrá intentado con otras sustitutas —Joshua sonrió sombríamente—, pero, sin duda, todas le habrán parecido un fraude. Sea cual sea la razón, está convencido de que usted sí es auténtica.

Ella se estremeció.

—Está realmente loco, ¿verdad?

—Sin duda. Lo que me lleva a pensar que realmente estamos tratando con Lancing. ¿Qué probabilidades hay de que un segundo loco encontrara sus cuadernos?

—No tengo ni idea. Nunca he sido buena en el cálculo de probabilidades.

Sabía que sonaba tensa. No podía evitarlo. El conocimiento de que un loco estaba determinado a secuestrarla ya era lo bastante inquietante. El pensamiento de que iba a pasar la noche en el mismo dormitorio que Joshua tampoco la tranquilizaba demasiado. Pero aquel estado de nervios se veía envuelto asimismo en cierta emoción: ¿Qué iba a pasar?, se preguntaba. Aunque tal vez la pregunta más pertinente fuera: ¿Qué quería ella que ocurriera?

—Por favor, tiene que creerme cuando le digo que no pretendía ponerla en este compromiso —continuó Joshua con calma—. Me doy cuenta de que la perspectiva de pasar la noche en un dormitorio con un hombre que no es su marido tiene que resultar muy alarmante, pero yo le juro solemnemente que nunca...

—¡Oh, por favor, deje ya de disculparse! —exclamó ella—. Soy muy consciente de cómo pueden torcerse las cosas en el curso de una investigación. Y también sé que usted nunca se aprovecharía de las circunstancias. Usted es un hombre honorable, señor, un auténtico caballero. No temo por mi virtud.

«Para lo que me ha servido la virtud hasta ahora...», se dijo Beatrice.

—Su reputación también quedará a salvo —continuó él, como si no la hubiera oído—. Nadie conocerá su auténtica identidad esta noche. Naturalmente, voy a firmar el registro con otro nombre.

—Eso no es ningún problema, señor. Estoy muy acostumbrada a desempeñar un papel.

—Sí, lo sé —dijo él.

Esas nuevas e insoportables formas educadas entre ellos eran tan frágiles como el cristal, pensó Beatrice. No era la única que estaba nerviosa por la perspectiva de compartir la misma habitación esa noche. Por algún motivo, saber que a Joshua también le afectaba aquel plan le resultaba extrañamente tranquilizador, casi divertido.

Siguió otro silencio incómodo. Beatrice buscó un tema de conversación seguro.

—Parece que cada vez llueve más fuerte —se aventuró a decir—. No se ve ni el otro extremo de la calle.

—Es cierto —coincidió Joshua—. Pero mirando el lado positivo, este tiempo también le complicará la vida a quienquiera que nos esté siguiendo.

Permaneció mirando la lluvia por unos instantes.

—Si Lancing está vivo y si está provocando todos estos problemas para encontrarme, incluyendo el riesgo de sacarlo a usted de su retiro, sus buenos motivos tendrá.

—Sí.

Ella lo miró y preguntó:

—Cree que ha conseguido preservar el cuerpo de Emma Hazelton en agua egipcia y que ahora planea revivirla, ¿no es verdad?

—Eso es exactamente lo que creo que está ocurriendo —respondió Joshua.

Ella se estremeció.

—Qué locura.

Joshua guardó silencio. Siguió contemplando la lluvia mientras duró el corto trayecto hasta la fonda El Zorro Azul.

29

Se despertó con un sobresalto. Respiraba demasiado deprisa y el corazón se le había acelerado.

—Beatrice, despierte. No haga ruido.

La voz apremiante de Joshua era un suspiro oscuro y quedo junto a su oído. De pronto fue consciente de aquella mano en su brazo. Había sido ese tacto lo que la había hecho respirar. Abrió los ojos y observó que estaba inclinado sobre la cama. Pero no la miraba a ella. Tenía la vista fija en la ventana que daba a la calle.

El primer pensamiento que la asaltó fue que el mundo a su alrededor se había hecho extrañamente quieto y silencioso. En el ambiente se palpaba un silencio poco natural. Tenía la vaga conciencia de que había dejado de llover.

El segundo pensamiento fue de sorpresa al comprobar que había sido la primera en dormirse. Después de la cena, que tomaron en el comedor privado de la fonda, había subido la escalera con Joshua y le había pedido una sábana de recambio a la mujer del fondista. Cuando se la enviaron a la habitación, ella la prendió al aguamanil, y unió los dos extremos a la pared, con lo que se proveía de algo de privacidad. Joshua no hizo ningún comentario.

Había previsto pasar la noche echada y completamente

despierta a un lado de la cama hasta que amaneciera. Las únicas prendas que se había quitado habían sido el abrigo mojado, el sombrero y las botas. Lo había puesto todo a secar frente al pequeño fuego del hogar.

Joshua había dejado sus propias botas, mucho más pesadas, el abrigo largo y negro y el sombrero cerca de las cosas de Beatrice. Esta había sido consciente de una intimidad sensual en la atmósfera mientras ambos se ocupaban de disponer sus ropas mojadas. «Como si fuéramos un par de amantes sorprendidos por la lluvia», pensó.

Se había recordado con firmeza que en realidad a quienes había sorprendido la lluvia era a dos investigadores profesionales.

Cuando por fin apagaron la lámpara, Joshua ni siquiera había hecho amago de acostarse. En lugar de eso, se había instalado en el único sillón de la habitación y se había puesto a contemplar la noche.

Ahora se hallaba de pie cerca de ella, mirando la ventana con la atención concentrada del cazador.

—¿Qué ocurre? —susurró ella.

—Todavía no estoy seguro —respondió él—. Es muy posible que no sea nada. Pero hace un momento he visto que alguien encendía una cerilla en un zaguán al otro lado de la calle.

—Ninguna persona honesta podría aducir una razón para estar pasando el rato en el zaguán de una casa respetable a estas horas de la noche. ¿Cree que vigilan esta fonda?

—Es una probabilidad. —Joshua se apartó de la cama—. Voy a salir a echar un vistazo. Quiero que usted permanezca aquí y que tenga a mano su pistola hasta que yo vuelva. ¿Me entiende?

—Sí, claro, lo entiendo. —Beatrice se enderezó y balanceó las piernas a un lado de la cama, de modo que las faldas le quedaron arremangadas. Se sacó la pequeña arma de la liga que le ceñía el muslo—. Por favor, vaya con muchísimo cuidado.

—Le doy a usted mi palabra. —Joshua cogió su abrigo y añadió—: Cierre la puerta en cuanto salga.

—Así lo haré.

—No abra a nadie excepto a mí.

—Así lo haré —dijo ella.

Se levantó y lo siguió hasta la puerta. Él salió. Ella cerró la puerta silenciosamente y deslizó el pasador.

Se quedó esperando allí, aguzando el oído por un momento. Le pareció percibir el débil y lejano retumbar del bastón por el pasillo, pero no podía estar segura

A pesar de su vieja herida, Joshua podía moverse con mucho sigilo cuando quería.

30

Una espesa niebla había seguido a la lluvia. Cubría la calle. La luz de las únicas dos farolas del pueblo hacía que la bruma brillara, como provista de una energía misteriosa. La fría luz de la luna añadía al cuadro un halo que no parecía natural.

Últimamente se habían sucedido las ocasiones en que casi se había visto obligado a creer en lo paranormal, pensó Joshua. Pero no era el extraño efecto de las lámparas de gas y de la luna en la niebla lo que le hacía pensar en la existencia de la energía oculta, sino más bien la sensación que experimentaba siempre que estaba cerca de Beatrice, siempre que pensaba en ella. Y eso ocurría durante la mayor parte del tiempo, como se había visto obligado a aceptar. Incluso cuando se estaba concentrando en un asesinato y en un loco, ella se encontraba en todo momento allí, en el límite de su conciencia.

El poco familiar sentido de la mutua intimidad iba más allá de la atracción sexual, más allá de la admiración por el espíritu y la inteligencia de Beatrice, más allá de todo lo que había experimentado nunca con otra mujer. Cuando esa última noche la había besado, había sido como si en lo más profundo de su ser se hubiera abierto una puerta, como si hubiera entrado en un reino en el que las cosas eran diferentes. El mundo al otro lado de esa puerta era de algún modo más brillante y más interesante en todos los sentidos.

Por primera vez desde la explosión de su virilidad juvenil reconocía que era capaz de pasiones intensas.

En el inicio de su relación con Beatrice se había dicho a sí mismo que si no estaba involucrada en la trama de chantaje corría un grave peligro, y que él tenía la responsabilidad de protegerla. Pero algo en su interior le decía que lo que sentía era más que una responsabilidad: era su derecho a cuidar de ella.

Apartó a un lado aquellos pensamientos y miró hacia la acera opuesta amparado en las sombras. Quien estuviera en el zaguán apagó la cerilla y echó a andar hacia la fonda, deslizándose como un fantasma a través de la niebla brillante. Resultaba imposible distinguir sus rasgos en esa niebla espesa, pero estaba claro que se trataba de un hombre alto y delgado y que se movía con la cautela de un predador.

Cruzó la calle y se dirigió con rapidez hacia El Zorro Azul. Sus pisadas resonaban débilmente en el profundo silencio. Iba vestido con un abrigo largo y un sombrero de copa baja calado hasta las cejas. Cargaba con un paquete encima del hombro.

En lugar de subir por la escalera hacia la puerta frontal de la fonda, giró por la estrecha acera de piedra en la que Joshua aguardaba.

Durante unos segundos pareció que no iba a arriesgarse a encender otra cerilla antes de internarse en las profundas sombras que inundaban la calle. Eso facilitaría las cosas, haciéndolas simples y eficientes, según pensó Joshua. Así aquel hombre no vería que había alguien más en la cercanía.

Pero justo antes de que el desconocido se adentrara en el pasadizo, se detuvo. Evidentemente había notado que algo no iba bien, de modo que retrocedió un paso y se llevó la mano al bolsillo.

Las circunstancias estaban lejos de ser las ideales, pero Joshua sabía que no tenía más remedio que moverse con la máxima celeridad. El hombre, que llevaba una bolsa, iba a verlo en cuanto encendiera la cerilla.

Joshua avanzó tan rápida y silenciosamente como le fue posible, pero, a pesar del gran cuidado que puso en la maniobra, el bastón hizo un ruido sordo en la superficie de piedra.

—¿Quién anda ahí? —inquirió con acento inconfundiblemente ruso.

Dejó la bolsa en el suelo y sacó una navaja del bolsillo.

—De ti es de quien me habían advertido, ¿no es así? Tú eres el del bastón. Él me dijo que eras peligroso. Yo le dije que un patán impedido no podía ser un problema para el Hombre Hueso. Por tu culpa tuve que interrumpir mi trabajo la noche pasada. —Avanzó, agazapado. La hoja en su mano relumbró en la extraña luz.

Joshua apoyó una mano en la pared de la fonda y trazó un arco con el bastón dirigiéndolo al brazo en que el Hombre Hueso sostenía la navaja. No disponía del punto de apoyo necesario para asestarle un golpe que le rompiera la mano, pero contaba con el efecto sorpresa. El asesino no esperaba que el bastón fuera a emplearse como arma.

El bastón percutió contra el antebrazo del asesino con fuerza considerable. El hombre lanzó un gruñido, soltó la navaja y retrocedió con la gracia fluida de un bailarín.

De inmediato volvió a deslizarse hacia delante, en un intento de recuperar el arma.

Joshua siguió apoyándose contra la pared y con el bastón barrió la navaja a un lado, hacia unos matojos, fuera del alcance del Hombre Hueso.

El asesino retrocedió. Joshua esperaba que sacara otra navaja. Pero en lugar de eso alcanzó la bolsa y buscó en su interior.

Joshua volvió a avanzar.

El asesino extrajo un objeto de la bolsa y lo arrojó al suelo, a los pies de Joshua. Se oyó un ruido de cristal al romperse y surgió un vapor humeante. Joshua instintivamente contuvo el aliento y retrocedió fuera del alcance de los vapores. Pero no pudo evitar todos sus efectos. Los ojos le lloraban y sentía que la garganta se le cerraba. Solamente esperaba no haber respirado algún veneno mortal.

El sonido de una ventana que se abría en algún lugar sobre la calle reverberó en la noche.

—¡Eh, usted! —gritó Beatrice—. Deténgase o disparo.

Otra ventana se abrió de pronto.

—¡Alerta! ¡Hay un ladrón en la calle!

Joshua logró sustraerse a los vapores y alcanzó una zona en la que el aire no estaba enrarecido, pero el sonido de unos pasos que se alejaban a toda prisa le informaron de que su presa escapaba. No cabía posibilidad de alcanzarlo. Un patán impedido tenía que aceptar sus limitaciones físicas.

En ese momento, todo lo que habría deseado era dar un golpe a la pared más cercana con el maldito bastón. Pero sabía perfectamente, incluso cuando la rabia y la frustración amenazaban con desbordarse, que ceder a un impulso así implicaría probablemente la rotura del bastón. Si eso sucedía, iba a ser todavía más complicado que pudiese proteger a Beatrice.

Y protegerla era todo lo que importaba.

Se abrieron más ventanas. Joshua miró hacia arriba y vio al posadero, en camisa y con su gorro de dormir, asomado hacia la calle. Beatrice y otros huéspedes miraban hacia la calle.

—¿Qué ocurre ahí abajo? —preguntó el posadero—. ¿Tengo que llamar a la policía?

—Haga lo que crea más conveniente —respondió Joshua—. Pero dudo mucho que consiga dar con el criminal.

—Un ladrón, ¿verdad?

—Uno que quería serlo, pero he llegado a tiempo para impedírselo.

—Le agradezco el esfuerzo, señor, pero no tenía que haber intentado ir tras él por su cuenta —dijo el posadero—. Tendría que haberme avisado. ¿Cómo podría un hombre con bastón detener a un criminal?

—Una pregunta excelente —dijo Joshua.

Recogió la bolsa, se la echó a la espalda y volvió, cojeando, a la fonda.

31

—Se diría que esto es más bien obra de Lancing —dijo Joshua—. El plan era sacarnos del hotel por medio del humo, literalmente.

Estaba en mangas de camisa, con los puños recogidos sobre los antebrazos y el cuello abierto. El abrigo y las botas estaban frente al fuego, secándose. La sensación que siempre seguía a un estallido de violencia le hacía hervir la sangre. Saber que Beatrice estaba ansiosa y preocupada por él añadía más combustible a los fuegos que ardían en su interior. «Patán impedido. No eres lo que más le conviene, pero eres todo lo que tiene.»

Se esforzó en concentrarse en los tres frascos que había sacado de la bolsa. Los colocó sobre una mesilla y encendió la lámpara de gas. Estaban hechos de un vidrio oscuro y grueso, cada uno con un tapón de goma.

—No es de extrañar que manejara la bolsa con tantísimo cuidado —afirmó él—. El gas se libera cuando el cristal se rompe.

—¿De verdad tenía la intención de quemar toda la fonda para capturarme? —preguntó Beatrice, horrorizada—. ¡Podían haber muerto tantas personas, y nosotros también!... Eso no tiene sentido, a menos que la persona que me persigue desee mi muerte. Tal vez nos equivocábamos cuando dábamos por sentado que me necesita por alguna razón estrambótica.

—No. —Joshua levantó uno de los frascos para observarlo al trasluz—. Estoy seguro de que su intención era secuestrarla esta noche. Estos frascos generan humos desagradables y un vapor espeso que se parece al humo. El efecto es el del fuego, pero sin que existan llamas. Si hubiera sido capaz de lanzar los cuatro frascos en el interior de la fonda, habría provocado una situación de pánico. Todo el mundo habría salido corriendo a la calle, pensando que se había declarado un incendio. Su plan consistía en aprovecharse de la confusión para secuestrarla.

—Pero sabía con seguridad que iba a tener que enfrentarse con usted antes de conseguirlo.

—Me dijo que le habían advertido sobre mí. —Joshua colocó el frasco de vidrio con gran cuidado sobre la mesa—. Pero no creía que yo pudiera representar ningún problema.

—¿Por el bastón?

—Sí.

—Supongo que a estas alturas ya habrá reconsiderado su opinión —dijo Beatrice—. Le he visto manejar el bastón. En sus manos se convierte en un arma.

La satisfacción que se percibía en su voz tuvo un efecto sorprendente en él. Saber que ella tenía una fe tan grande —aunque tal vez inmerecida— en él, elevaba en cierto modo su estado de ánimo.

—«Todos los objetos son armas potenciales —dijo—. Solamente requieren que uno los vea con la luz adecuada.»

—¿Otro aforismo del señor Smith? —preguntó ella con una sonrisa.

—Mucho me temo que sí —contestó él—. No sé si el encuentro de esta noche habrá hecho que el Hombre Hueso haya modificado la opinión que tenía sobre mí. Si ha huido ha sido por su amenaza de disparar sobre él. Pero la próxima vez que nos encontremos seguro que estará mejor preparado.

—No quiero ni considerar la posibilidad de que vuelva a encontrarse con él.

—Es solo cuestión de tiempo.

—¡Qué pensamiento más terrorífico! —Beatrice hizo una mueca de espanto—. Y ¿cómo cree usted que habrá podido encontrarnos?

—La conversación que hemos tenido él y yo no ha sido demasiado extensa, pero creo que se puede afirmar que ese tipo había previsto que bajaríamos del tren antes de la última parada en Londres. O, de otro modo, lo que tal vez sea más probable, alguien que sabe cómo pienso ha podido prever esa maniobra.

—¿Clement Lancing?

—Lancing y yo trabajamos juntos durante mucho tiempo —explicó Joshua—. Nos adiestramos juntos. Ambos sabemos lo que piensa el otro. Era consciente de que existía cierto riesgo cuando nos detuvimos aquí, en Upper Dixton, hasta que la tormenta pasara, pero no teníamos muchas más salidas.

—Sí, lo sé —dijo Beatrice—. Y por eso ha insistido en mantener la guardia esta noche, ¿no es así?

—Sí.

—Y gracias a que ha sabido mantener realmente la guardia, ha sido capaz de obstaculizarle el camino al asesino —concluyó con viveza—. Me ha salvado. Es la segunda vez que lo hace.

Joshua no dijo nada. No quería que supiera lo cerca que habían estado del desastre esa noche. Saberlo solamente habría hecho que la ansiedad de Beatrice aumentara.

—¿Dónde se supone que pudo adquirir los frascos de humo el Hombre Hueso? —preguntó Beatrice—. Su plan original consistía en secuestrarme en Alverstoke Hall. No parece probable que cargara con esos frascos solo por si acaso.

—Dudo mucho de que fuera suya la idea de tener un plan alternativo por si el primero fallaba. Pero Lancing me conoce. Tal vez haya previsto la posibilidad de que así ocurriera.

—¿Qué piensa usted hacer ahora? —preguntó Beatrice.

—Ya es hora de dejar de evitar el encuentro con el enemigo. Tengo que plantarle cara en su terreno. Conozco a Lancing tan bien como él me conoce a mí. Lo único que sé es que si sigue con vida estará en un laboratorio, en algún lugar. Quiero conocer la opinión de la señora Marsh sobre los contenidos de estos frascos.

—Pero a usted ya le han parecido obra de Lancing. ¿Qué puede decirle la señora Marsh que no sepa ya?

—Espero que pueda indicarme qué comercios disponen de los productos químicos utilizados para preparar lo que estos frascos contienen.

La comprensión iluminó la expresión de Beatrice.

—Claro, ya lo entiendo. En la fórmula para preparar el humo, sin duda se requieren algunos ingredientes poco habituales.

—Lo mismo que para las fórmulas del incienso y del agua egipcia. No es posible que haya muchos comercios de productos químicos en Londres que puedan proporcionar los ingredientes raros y exóticos que Lancing necesita.

—Y usted cree que un boticario lo conducirá a él.

—Creo que es nuestra mayor esperanza en este momento. Pero también hay otra estrategia que quiero poner en práctica.

—Por lo que entiendo, viajaremos a Londres en el tren de la mañana, ¿no es cierto? —preguntó ella.

—Sí. Las respuestas que necesitamos las encontraremos allí.

—En tal caso, usted necesitará dormir.

—No es imprescindible.

Ella lo miró con expresión divertida y seria a la vez.

—Ya ha pasado más de un día sin dormir. Necesita descansar.

La rabia lo azuzó desde algún lugar, muy adentro.

—El hecho de que necesite utilizar un maldito bastón para andar no significa que no pueda sobrevivir a unas cuantas horas sin dormir.

—Estoy segura de que puede hacerlo, pero no hay necesidad. Me mantendré alerta mientras descansa.

—Yo me encargaré de protegerla, Beatrice —prometió él. La voz sonaba ronca, casi como un gruñido, incluso a sus propios oídos.

—No lo dudo —repuso ella—. Pero además de estar falto de sueño, acaba de salir de una pelea a vida o muerte. No se requiere de ningún don sobrenatural para saber que necesita tiempo para recuperarse y fortalecerse ante lo que pueda suceder más adelante.

Él abrió la boca para responder, pero volvió a cerrarla. Tenía razón. La lógica y el sentido común dictaban que tenía que intentar descansar algo.

—Está en lo cierto cuando dice que necesito fortalecerme —dijo por fin—. Un rato de sueño despierto no sería mala idea.

—¿Qué es eso de «sueño despierto»?

—Es una forma de meditación, un trance autoinducido, que me permitirá obtener los beneficios del sueño sin por eso desconectar mis sentidos.

La expresión de Beatrice se dulcificó.

—Puede confiar en mí. Mantendré la guardia mientras descansa.

—Lo sé —dijo él, sin dejar de pensar.

Solo después de pronunciar aquellas palabras fue consciente de todo su significado. Podía confiar en Beatrice. ¡Qué demonios! Confiaba ciegamente en ella, así había sido casi desde el principio, incluso cuando la lógica le había advertido que no era lo más aconsejable. Había roto una de sus reglas cardinales: no confiar nunca en una persona involucrada en un caso. Todo el mundo escondía algo.

Sin embargo, a partir de un punto en concreto había hecho una excepción con Beatrice, una excepción que no podía justificarse por la lógica ni por la fría razón. Había permitido que lo guiaran las pasiones, y no le importaba.

Era un descubrimiento sorprendente, y con seguridad quería pensar detenidamente en él, pero no era el momento de hacerlo.

Con cierto retraso se dio cuenta de que Beatrice lo miraba con mucha intensidad.

Ella se aclaró la garganta.

—Perdóneme —dijo—, no quisiera inmiscuirme, pero ¿está usted en algún tipo de trance en este momento? Parece petrificado.

Él se despabiló.

—Sí, estaba petrificado. Aunque todavía no he llegado al trance.

Avanzó cojeando hasta la cama y se tendió sobre la colcha. Cerró los ojos y empezó a contar hacia atrás, a partir de mil.

32

Volvió a la superficie desde las profundidades del trance, consciente de que se sentía tranquilo y revigorizado. Beatrice tenía razón. Estaba necesitado de descanso.

Abrió los ojos y volvió la vista hacia la ventana. La niebla era más espesa que nunca, pero ahora la iluminaba la primera luz del amanecer.

Beatrice estaba sentada en el sillón, mirando hacia la calle. Se había soltado el pelo, que le caía sobre los hombros. ¿Cómo era posible que una mujer pareciera inocente y delicada y al mismo tiempo imbuida de tanta energía? Eso era algo que intrigaba a Joshua. Esa mezcla, en todo caso, resultaba cautivadora y profundamente excitante.

Pero no era momento de perderse en pensamientos tan agradables.

Se incorporó para quedarse sentado a un lado de la cama.

—Estoy despierto.

Lo dijo quedamente, pues no quería asustarla.

Pero ella ya se estaba volviendo en su sillón y lo miraba inquisitivamente. Fuera lo que fuese, lo que vio debió de satisfacerla, porque una sonrisa de aprobación iluminó su expresión.

—Tiene un aspecto mucho mejor —dijo.

Él se inclinó hacia delante y apoyó los antebrazos en los muslos.

—¿Quiere eso decir que tenía muy mal aspecto antes de provocarme el trance?

—¡Pero bueno! —contestó ella, con cierto enfado—, ¿no puede evitar tergiversar mis palabras?

—Bien, sí —dijo él, sobresaltado—, intentaré no ser tan susceptible en lo que respecta a mis limitaciones físicas.

—Yo lo que le sugeriría en lugar de eso es que no fuera tan melodramático. Y ya que estamos, ¿cómo va su pierna?

—Mi pierna está bien —contestó él, consciente de que volvía a parecer susceptible.

—¿Le queda todavía algo del tónico de la señora Marsh?

—Sí.

—¿Está en su bolsa? —preguntó ella poniéndose de pie—. Yo se lo alcanzo.

—¡Quieta! —ordenó él—. ¡No se mueva!

Ella se detuvo, con expresión de alarma.

—¿Qué ocurre? ¿Qué he hecho mal?

Joshua se puso de pie y cogió el bastón. En un momento se ubicó delante de ella.

—Si da usted un paso más hacia esa bolsa —dijo con parsimonia— chocará conmigo, en cuyo caso puede pasar una de dos cosas.

—¿Sí? —dijo ella con un parpadeo.

—El impacto me hará perder el equilibrio y caeré al suelo, o bien...

—Eso es poco probable —lo interrumpió ella, con ojos brillantes—. ¿Cuál es la otra posibilidad?

—O bien tendré que agarrarme a usted en un esfuerzo desesperado por no caer.

—Oh —musitó ella, y se quedó mirándolo durante lo que pareció una eternidad. Joshua sintió que le hervía la sangre.

La atmósfera en aquel espacio reducido se cargó como si se estuviera preparando una tormenta. No se atrevía a moverse.

—Tal vez no sea capaz de soltarme.

Beatrice dio dos pequeños y muy cautelosos pasos hacia delante. Cuando se detuvo estaba a unos centímetros de él. Las faldas del vestido le rozaban los pies desnudos. Levantó un dedo y lo apoyó con delicadeza en el pecho de Joshua.

Él sintió el profundo, conmovedor y sobrecogedor estremecimiento que siempre lo asaltaba cuando ella lo tocaba. Sabía que esa sensación era producto de su imaginación, pero aun así era maravillosa, verdaderamente maravillosa.

—¿Cree que de algún modo podría sentirse inseguro sobre sus propios pies? —preguntó ella, esbozando una sonrisa misteriosa.

—Cuando estoy cerca de usted, siempre encuentro difícil mantener el equilibrio —respondió él, mientras pensaba que esa era la sencilla realidad.

Ella le puso la mano en el hombro.

—Entonces tal vez quiera sostenerse en mí, señor. No querría que se cayera.

Él levantó su mano libre y le tocó el cabello, cuya textura tan sedosa era irresistible.

—No creo que tenga otra salida.

Afirmó la mano en el bastón y envolvió a Beatrice con el brazo libre. La atrajo hacia sí con lentitud deliberada. ¡Era tan ligera, tan suave! Ella le puso la otra mano sobre el hombro y lo miró fijamente con sus maravillosos ojos. Él supo que Beatrice tenía que haber sentido el arrebato de deseo que también recorría su interior.

Aspiró su esencia y luego la besó en la boca.

Quería utilizar el beso para prender un fuego que quemara muy despacio. Iría despacio, tal como se había prometido. Había pasado un año muy largo en el campo... Un año muy largo sin una mujer. Pero podía controlarse. Quería seducir a Beatrice, y complacerla, y hacer que lo deseara tanto como él la deseaba.

Ella respondió del mismo modo que la noche anterior, con curiosidad y una pasión suave que le encendió la sangre. Suspiró y se arrimó más a él. Los dedos apretaron, sujetándolo por el hombro. Él se dio cuenta de que se estremecía un poco. Desplazó la boca hacia la oreja.

—¿Tiene frío? —le preguntó con suavidad.

Ella apoyó la frente contra su hombro. Cuando contestó, su voz se había convertido en un susurro.

—No, no tengo frío —respondió.

Él le apartó la melena y besó la curva del cuello.

—¿Me tiene miedo?

—¿Miedo de usted? ¡Eso nunca!

—Pues se estremece.

Beatrice levantó la cabeza y esbozó una sonrisa indecisa.

—He oído decir que la pasión puede generar algo parecido a la fiebre, pero nunca me lo había podido creer. Siempre he creído que esas cosas eran un producto absurdo del romanticismo. Como mucho creía que se podía tratar de licencias poéticas.

—Yo tampoco lo creía posible —dijo él—. Pero ahora sé que los poetas tienen razón. En todo esto hay mucho fuego involucrado.

—Espero que no se le ocurra detenerse para analizar la sensación de una manera lógica.

—La única fuerza en la faz de la tierra que ahora podría detenerme es usted, mi dulce Beatrice.

Ella le rodeó el cuello con los brazos. Esta vez su sonrisa era menos vacilante. Expresaba, en cambio, la radiante maravilla de una mujer que ha tomado la decisión de abandonarse a la pasión.

—No tengo ninguna intención de detenerlo, señor Gage. De hecho, he estado esperando toda la vida este momento. Empezaba a temer que tal vez nunca fuera a experimentar emociones tan intensas. Si ahora me detuviera, sé que iba a lamentarlo durante el resto de la vida.

—Pues le aseguro —respondió él sonriendo— que yo lo lamentaría todavía más y durante el mismo tiempo, señorita Lockwood.

Un humor sensual y una pasión arrolladora iluminaban los ojos de Beatrice. Cuando Joshua la condujo a la cama, ella lo siguió de buena gana.

Él dejó a un lado el bastón, afirmó la pierna buena contra el lateral de la estructura de cuatro postes y empezó a desabrochar los pequeños corchetes que cerraban la parte anterior del vestido. El proceso de abrir el corpiño resultó todo un desafío. Y no era que él no contase ya de cierta experiencia, pensó, divertido por su propia torpeza. Pero en esta ocasión era diferente. Beatrice era diferente.

Por fin consiguió desabrochar el vestido. Le bajó las mangas y las faldas se deslizaron hasta los tobillos, dejándola en camisa, con las medias y las enaguas.

Ella se desató las enaguas, que también cayeron. En la semipenumbra de la luz del amanecer, él podía distinguir el sonrojo de su cara. Los pechos, pequeños y firmes, se percibían tersos bajo la fina tela de la camisa.

—¡Qué perfecta es! —susurró él. Deslizó las manos a los lados de las caderas y luego las deslizó hacia arriba para acoger en ellas los túrgidos senos—. Es como si la hubieran hecho para mí.

—Me hace sentir bella —dijo Beatrice.

El rubor se hizo más intenso. Él podría haber asegurado que había cierta radiación en aquellos ojos. Era un efecto de la luz. ¡Qué bonito efecto!

Con mucho cuidado ella se dedicó entonces a desabrochar la parte anterior de su camisa, con dedos temblorosos. Él pensó que iba a perder el control antes de que por fin acabara. Pero cuando puso las palmas sobre sus pechos desnudos, pensó que aquella dulce tortura había valido la pena.

—Puedo sentir la fuerza en usted —dijo ella. Miró su tórax, fascinada—. No solamente la fuerza física, sino también la otra, esa fuerza más importante que proviene del interior.

—¡Ah, Beatrice, la fuerte eres tú!

Se sentó a un lado de la cama y la atrajo hacia sí. Cuando estuvieron cerca, Beatrice se lanzó hacia él con un entusiasmo que prendió en todos los rincones adormecidos en Joshua desde hacía tanto tiempo.

La besó hasta que sintió que se abandonaba sobre él, hasta que empezó a emitir gemidos hambrientos y desesperados.

Los muslos de Beatrice quedaron al descubierto, revelando la delicada liga.

—Nunca se me había ocurrido que las armas pudieran ser un atractivo sensual —dijo él—. Pero en este caso me provoca un efecto curiosamente estimulante. Tiene algo que ver con el lugar en que la llevas, supongo.

Ella soltó una carcajada.

Joshua deslizó la liga y la pequeña pistola muy despacio y puso ambas cosas sobre la mesilla que había junto a la cama. Luego posó una mano sobre la piel desnuda y sedosa que se extendía por encima de las medias.

Beatrice emitió un suspiro agudo y sorprendido ante ese tacto íntimo, pero no lo rechazó.

—Tan suave... —susurró él contra su cuello.

—Con lo fuerte que es y me trata como si fuera de cristal. No soy nada frágil, ¿sabe?

Él le tocó la comisura de los labios.

—Ya sé que tienes tu propia clase de fuerza, pero un hombre podría aplastarte con facilidad si no fuera con cuidado.

—¡Creo que me subestima, señor! —exclamó ella con ojos risueños—. Pero no es culpa suya. Es algo que ocurre siempre. Realmente, esa apariencia infantil y tímida es la marca de la casa. Es una de las razones por las que soy una investigadora de éxito. Pero usted tendría que saber mejor que nadie que las apariencias son a menudo engañosas. No soy la clase de inocente en la que parece estar pensando.

—¿Intentas decirme que eres una mujer de mundo?

—Mis diversas ocupaciones me han enseñado más sobre el mundo de lo que muchas mujeres sabrán nunca en su vida.

Él la besó en el hombro.

—¿Hablas en serio?

—Sí —respondió ella—. Y ahora mismo soy muy consciente de lo que estoy haciendo.

—Entonces, ¿eres consciente de que te estoy seduciendo?

—Sé que le estoy permitiendo que me seduzca. —Frotó sus labios con los de él—. Y que, en correspondencia, estoy haciendo lo que puedo para seducirlo. Espero de verdad tener algún éxito.

Joshua sintió una oleada de regocijo. Soltó un gruñido y se echó hacia atrás para tenderse en el lecho, con el brazo rodeándole la cintura. Ella se tendió sobre él, con las piernas enredadas en las de Joshua.

—¿Puedo tomarme eso como un sí, señor Gage?

—Sí, sí que puede, señorita Lockwood. —Le cogió el rostro entre las manos—. Y ¿qué hay de mis propios esfuerzos de seducción? ¿Puede decirse que tienen algún efecto?

—¡Oh, sí, claro! Realmente, diría que tiene usted un don oculto para la seducción, pero como no cree en lo paranormal, no hay gran cosa de la que hablar.

Él le tocó la nariz con la punta del dedo.

—Sí, es cierto que no creo en los poderes paranormales.

Pero sí que creo, en cambio, en el mérito que tiene practicar una habilidad hasta que se perfecciona.

—Y yo.

Ella volvió a besarlo, a explorarlo, a saborearlo. Cuando acabó con su boca, se concentró en la oreja y luego recorrió el cuello con sus cálidos labios.

—Huele bien —susurró.

—Bueno... —Joshua hizo una mueca—. Diría que huelo como huele un hombre que acaba de tener una pelea y que ha tenido que conformarse con lavarse con una esponja.

—Tal vez debería haberle dicho que huele de una forma muy interesante. —Le besó el pecho—. Caliente. Excitante. Viril.

—¿Viril? —Aquella palabra despertó una profunda carcajada en él, una que le surgió desde lo más profundo del pecho.

Beatrice también rio, pero su risa era etérea, encantadora. Se incorporó apoyándose en los codos y lo miró con expresión burlona.

—Me ha parecido que me estaba gruñendo, señor.

—No, eso nunca.

Él se incorporó de pronto y rodó sobre ella. La apresó bajo su cuerpo y abrió la parte delantera de la delgada camisa. Con parsimonia, le besó los pezones.

—Tú sí que hueles bien —dijo—. Eres una droga para mis sentidos.

—Y yo creo que es usted el hombre más romántico que he conocido.

—No soy ningún romántico, pero estoy hambriento de ti de un modo que nunca he sentido por ninguna otra mujer. Jamás he creído en los fenómenos paranormales, pero sí que tiene que existir algo parecido a la magia. Creo que me has hechizado, Titania.

Ella hundió los dedos en su cabellera.

—Si eso es cierto, entonces se puede decir que realmente yo he caído en el mismo hechizo.

—Y por eso yo solo puedo dar las gracias.

Volvió a ponerle una mano en la pierna y acarició el muslo por la parte interior. Cuando llegó al centro la encontró húmeda y caliente. Estaba preparada para él, pero Joshua quería que estuviera algo más que simplemente dispuesta. Quería que ardiera de deseo del mismo modo que él ardía de deseo por ella.

Introdujo los dedos por entre los rizos que custodiaban su sexo y encontró el núcleo sensible. Ya estaba terso, pero él lo acarició hasta que estuvo más henchido todavía. Beatrice jadeaba y se agarraba a él, rodeándole la cadera con una pierna.

La acarició hasta que sintió que la mano estaba húmeda, y entonces fue él el que ya no pudo más. Un paso en falso y estaría perdido. Pero estaba ansioso por superar esa fase.

Beatrice le clavaba las uñas en los hombros.

—No puedo soportar más esta presión en mi interior —le dijo—. Haz algo.

Él se quitó los pantalones y volvió a ella. Utilizó una mano para guiarse hasta su entrada. Se introdujo en ella hasta que sintió la delicada barrera.

—Hasta aquí ha llegado tu experiencia mundana —dijo.

Ella le tomó la cara con ambas manos y lo miró. En ese momento Joshua tuvo la certeza de que sus ojos ardían con el fuego de una fiebre devastadora. Pensó que tal vez sus propios ojos habían cobrado ese aspecto encendido. Lo más probable era que se debiera a un efecto de la luz del amanecer, volvió a decirse. Era la única explicación razonable.

—Acabe con esto, señor Gage —ordenó ella—, o nunca se lo perdonaré.

—Como usted ordene, señorita Lockwood.

Hizo acopio de fuerzas, retrocedió ligeramente y luego se hincó con fuerza y profundidad en su angosto cuerpo.

Sintió la onda expansiva que la invadió, porque él la sintió también al mismo tiempo. Por unos segundos se sintió confuso y desorientado. Era como si se hubiera sumergido en un mar hirviente de energía pura.

«Imposible.»

Advirtió que Beatrice se había puesto tensa debajo de él. Se le abrieron los labios y hundió las uñas. Le cubrió la boca rápidamente, ahogando su grito de sorpresa, dolor y agravio. Tuvo que echar mano de toda su voluntad para quedarse muy quieto. Estaba sudando a mares.

Cuando el agravio pareció haberse reducido a una queja, Joshua levantó la cabeza y le apartó el pelo de la frente mojada.

—Lo siento —dijo. Apoyó su frente sudorosa en su frente—. Lo siento, no quería hacerte daño.

—Sí, bueno, ha sido culpa mía. —Beatrice trató de recuperar el aliento—. He sido yo quien ha insistido. Creía que sabía lo que hacía, pero supongo que nadie puede prepararse de verdad para algo que nunca ha experimentado.

—No —convino él—. Comprendo que ahora no estarás de humor para oírlo, pero las cosas serán mucho más cómodas la próxima vez.

Ella se relajó un poco más y le rodeó el cuello con los brazos.

—¿Y eso cómo puede saberlo, señor Gage?

—Es algo que me dice la lógica —respondió él—. ¿No crees que va siendo hora de que me tutees?

Ella rio, moviéndose un poco debajo de él, que hizo una mueca y contuvo la respiración.

Beatrice dejó de reír enseguida.

—¿Ocurre algo?

—No estoy seguro —dijo Joshua entre dientes—, pero sería de gran ayuda que no te movieras.

—Y entonces, ¿qué sentido tiene todo esto?

—Esa es una pregunta excelente. —Contuvo la respiración—. Lo que ocurre es que si sigues moviéndote, yo también me veré obligado a moverme.

—Ya entiendo. —Beatrice volvió a moverse, pero apenas—. Tal vez sea cierto. La cosa es bastante más confortable, ahora. Lo de ahí abajo es enorme, ¿verdad? ¿Es algo normal?

Él gimió.

—Ya te lo advertí, Beatrice.

El calor volvió a los ojos de ella.

—Sí, lo hiciste —susurró—. Está bien, Joshua. No voy a romperme en tus manos.

Él retrocedió despacio y luego volvió a hincarse con cuidado en ella. Ella levantó las caderas para facilitarle las cosas. Aquello fue demasiado. Joshua empezó a moverse más rápidamente, porque era lo único que podía hacer. La necesidad de llegar al clímax era ahora su objetivo. Ni el fin del mundo podría pararlo. Tenía que hacerle saber a Beatrice que ambos debían estar juntos, porque se pertenecían el uno al otro.

—Joshua —dijo ella, aferrándose a él con fuerza—. ¡Joshua!

El cuerpo de Joshua se estremeció. Y luego ella, entre convulsiones, echó hacia atrás la cabeza y cerró los ojos con fuerza.

Él quería saborear la intensidad del clímax de Beatrice, pero las pequeñas pulsaciones que se hallaban en las profundidades de esa mujer lo estaban llevando a un torbellino. Era algo completamente diferente de lo que había experimentado nunca. Volvió a mecerse una vez más y se derramó en su interior, apretando los dientes para contener el aullido exultante que surgía de lo más profundo de su ser.

Cuando acabó, se desplomó sobre ella. Su último pensamiento semicoherente fue que tal vez se había equivocado.

Quizás había algo de cierto en la noción de energía paranormal, después de todo. Nada más podía explicar esa sorprendente sensación de conexión que había experimentado.

Durante toda su vida adulta había velado por mantener el equilibrio en todos los aspectos, especialmente cuando se referían a las pasiones más oscuras.

Otra regla que infringía por el bien de Beatrice. Y sabía que no sería la última.

33

Por reacio que fuera a salir del lujurioso descanso posterior, finalmente se sentó a un lado de la cama. Miró por la ventana y vio que la niebla se estaba levantando. Alcanzó sus pantalones y sacó el reloj. Tenían dos horas antes de que el tren matutino hacia Londres parara en la estación de Upper Dixton.

En el extremo opuesto de la habitación, Beatrice se movía detrás de la cortina que había improvisado alrededor del aguamanil. Joshua oyó el ruido del líquido al verterse y supo que estaba lavando la evidencia física de la pasión mutua compartida.

Durante unos instantes permaneció así, sentado y en silencio, preguntándose qué podía decir. Nunca había compartido la intimidad con una virgen. Se puso los pantalones. Luego agarró el bastón y se apoyó en él para incorporarse.

—¿Estás...? ¿Estás bien? —preguntó.

—¿Cómo? —Beatrice se asomó por la parte superior de la sábana. Llevaba el pelo recogido de manera algo descuidada, y por lo que podía ver de sus hombros estaba parcialmente desnuda. Su expresión revelaba extrañeza. Luego esbozó una sonrisa y dijo—: Sí, claro que sí. Estoy muy bien. Perfectamente bien. Siempre he gozado de buena salud.

—Vaya, pues tienes mucha suerte —dijo él sonriéndose.

Beatrice lo miró, preocupada.

—¿Y qué me dices de ti? ¿Te duele la pierna?

Él levantó una mano para imponer el silencio.

—Perdona —dijo ella rápidamente—. Simplemente me preocupaba que tanto ejercicio pudiera hacer que la vieja herida despertara.

Joshua le lanzó una mirada severa.

Beatrice se calló, sonrojándose. Volvió a ocultarse tras la sábana y reemprendió sus abluciones.

—Bien, entonces ¿cuándo nos vamos? —preguntó tras una pausa.

—Pronto.

—Muy bien —dijo Beatrice—. Mi principal preocupación ahora mismo es ponerme ropa limpia. No veo el momento de llegar a casa.

Se oía el frufrú de las ropas, con lo que Joshua supo que se estaba vistiendo.

—Beatrice, hay algo que siempre he querido preguntarte, desde que te conocí.

—¿Sí? —respondió ella al cabo de un breve silencio, con enorme cautela.

—Me parece que puedo explicarme que hayas acabado trabajando como agente para Flint y Marsh. Pero lo que no logro entender es cómo llegaste a la Academia de lo Oculto del doctor Fleming.

Se produjo otra pausa. Joshua tuvo la impresión de que no era esa la pregunta que ella se había esperado.

—Ya sabes lo que ocurre cuando una mujer se encuentra sola en el mundo —dijo con despreocupación—. Después de la muerte de mis padres acabé en un orfanato. Las oportunidades de progresar parecían bastante limitadas, como te imaginarás.

—Sí, lo sé —repuso él—. El mundo es un lugar muy duro para una mujer que está sola.

—Me enviaron a mi primer trabajo como institutriz cuando tenía dieciséis años. Me temo que no lo hice demasiado bien. Los dos hijos de mis patronos eran dos pequeños monstruos y yo no disponía de la experiencia ni el conocimiento para mantenerlos en cintura. Así que dejaron de contar conmigo. Me las arreglé para entrar a servir en la casa de un viudo muy guapo. Parecía que él se tomaba cierto interés en mi bienestar. Mucho me temo que, debido a mi ingenuidad, confundiera su simpatía con una emoción más fuerte, más íntima...

—Te enamoraste de él.

Volvió a asomar la cabeza por encima de la sábana.

—Tenía dieciséis años, Joshua. Todo lo que sabía del amor era lo que había leído en las novelas y en los libros de poesía. Pero no pasó mucho tiempo antes de que me diera cuenta de lo absurdo de mi manera de proceder. Durante los dos meses que dediqué a especular con fantasías románticas, él estaba ocupado buscándose una esposa conveniente.

—¿No tenías conocimiento de que planeara casarse?

—No. —Beatrice emergió de detrás de la sábana, completamente vestida. Le sonrió con complicidad—. Imagínate mi sorpresa cuando anunció que iba a contraer matrimonio con una señorita muy rica y muy encantadora cuya familia pertenecía a los mejores círculos sociales.

—Y supongo que dejaste el trabajo por esa boda. ¿Me equivoco?

—Bueno, podría haber ocurrido así, porque yo estaba destrozada. Me decía a mí misma que no soportaría vivir bajo el mismo techo que él y su nueva esposa. Pero a fin de cuentas no tuve que dar ese paso tan drástico. La novia de mi patrón dejó muy claro que quería que me echaran antes de que ella se mudara. Ni que decir tiene que él se mostró amable hasta el final. Me ofreció la posibilidad de instalarme en una casita, en un barrio tranquilo.

—En otras palabras, que intentó convertirte en su amante.

—Sí.

Él echó un rápido vistazo a las manchas en la colcha.

—Y, obviamente, rechazaste la oferta.

—Ya había sido suficiente que me rompiera el corazón. Era demasiado insulto. Estaba furiosa. Le lancé el contenido de un jarrón de flores. Estoy segura de que le arruiné la chaqueta... Tengo mi carácter.

—Eres una pelirroja —dijo Joshua—. Se supone que tenéis un carácter fuerte. Tendrías que haberle roto el jarrón en la cabeza.

—Sí, bueno, pero suelen arrestar a la gente por infligir ese tipo de lesiones. Estaba muy enfadada, pero no soy tan inconsciente.

—Una decisión muy acertada, dadas las circunstancias... —dijo él, conteniendo la risa—. ¿Has vuelto a ver a ese tipejo?

A Beatrice le divertía esa reacción.

—No es que fuera realmente un tipejo, sino que simplemente se trataba de un hombre rico que actuaba de acuerdo con las convenciones de su posición. Para ser justa, diría que realmente me apreciaba, pero como es natural no podía casarse con una institutriz. De eso él se daba perfecta cuenta, pero yo no. Y sí, volví a verlo. Nos cruzamos por la calle una tarde, un año después. Iba con su nueva esposa. Ni me vio.

—Pero —dijo Joshua, sorprendido— ¿cómo es posible que no te viera?

—Realmente se puede decir que en el fondo eres un romántico, Joshua Gage —dijo Beatrice entre risitas—. No me vio porque en ese momento ya había olvidado absolutamente todo lo que me concernía.

—En mi opinión eso es algo inconcebible.

Ella le sonrió, juguetona.

—¿De verdad?

—Aunque no volviera a verte nunca más, no te olvidaría. Y siempre sabré si estás cerca.

Los ojos de Beatrice se oscurecieron hasta convertirse en estanques inescrutables.

—Tal como te decía, eres un auténtico romántico.

Un tanto incómodo, Joshua agarró con mayor fuerza la empuñadura de su bastón.

—Todavía no me has dicho —insistió— cómo acabaste en la Academia de lo Oculto del doctor Fleming.

—Ah, sí —dijo ella, pestañeando—. En realidad no hay mucho más que contar. Cambié de ocupación y me convertí en dama de compañía. No en la Agencia Flint y Marsh, sino en otra. Tuve la suerte de obtener un puesto entre el servicio de una mujer que estaba fascinada por todo lo paranormal. Compartimos intereses.

—Por supuesto —dijo él, sonriendo.

—Una tarde la acompañé a la Academia para asistir a las demostraciones del doctor Fleming. Mi patrona reservó una cita privada, y allí fue donde Roland reconoció en mí algún tipo de poder y me ofreció contratarme como vidente profesional. Mi patrona me urgió a aceptar. Me dijo que eso me permitiría una vida más confortable que la de dama de compañía. Y la verdad es que tenía razón, por lo menos hasta la noche en que asesinaron al pobre Roland.

—Después de lo cual te reinventaste como investigadora privada.

—Bueno, eso no fue inmediato —dijo Beatrice—. No tenía ni idea de que semejante profesión existiera. Sin embargo, cuando llegué a la conclusión de que no tenía más remedio que volver a mi anterior profesión de dama de compañía, empecé a hacer la ronda por diversas agencias. Oí rumores sobre una agencia exclusiva en Lantern Street que pagaba muy bien. Se decía de las propietarias que eran extremadamente selectivas, pero decidí que no tenía nada que perder si solicitaba un puesto de trabajo. La señora Flint y la señora Marsh me ofrecieron uno de inmediato. Me dijeron que poseía cierto talento para un trabajo de ese tipo.

—Ya sé que te lo habré dicho alguna otra vez —comentó Joshua, sonriendo—, pero no importa, volveré a hacerlo: eres una mujer sorprendente, Beatrice.

—Una hace lo que puede para sobrevivir —repuso ella.

Él pensó por un momento en las ocasiones en que había permanecido en el borde de los acantilados en su casa de campo, mirando al mar enfurecido y oscuro. Siempre había acabado por volver cojeando a la casa, diciéndose que no podía tomar ese camino de salida porque tenía responsabilidades.

Ahora, sin embargo, pensaba que tal vez la razón que le había hecho apartarse del mar era, sencillamente, que en lo más profundo de su ser seguía ardiendo una pequeña llama de esperanza.

—Sí —dijo él. Atravesó la habitación para detenerse frente a ella. Le tomó la barbilla con la punta de los dedos, inclinó la cabeza y la besó suavemente en los labios—. Y yo le aseguro, señorita Lockwood, que estoy muy contento de haber sobrevivido durante el tiempo suficiente para conocerla.

Ella sonrió. Los ojos le brillaban.

—El sentimiento es mutuo, señor Gage.

No era eso exactamente lo que Joshua hubiera querido oír, pero no era el momento de seguir con el tema. La soltó y fue en busca de su abrigo.

—Vamos a desayunar algo. Luego tomaremos el tren hacia Londres. Le enviaré un telegrama a Nelson indicándole que nos venga a recoger y que nos lleve a las oficinas de Flint y Marsh. Me muero de ganas de hablar con la señora Marsh.

Comprobó que Beatrice seguía sonriendo, pero ahora los ojos traslucían ciertas ganas de echarse a reír.

—¿He vuelto inesperadamente a divertirla, señorita Lockwood? —preguntó.

—¡Oh, no es nada! —le aseguró ella.

—¡Quiero saberlo! —exigió él, con el rostro crispado.

—Bien, si tanto quieres saberlo, te diré que a mi entender te encanta esta vida de conspiraciones e intrigas clandestinas. Naciste para esta clase de trabajo, Joshua. Realmente, nunca tendrías que haberte retirado.

34

Nelson se encontró con ellos en la estación de Londres. Los tres estuvieron pendientes de todas las personas que bajaban del tren, pero ninguna les pareció particularmente sospechosa.

—Eso no significa que no estuviera en el tren —afirmó Joshua—. Pero, en cualquier caso, con esta niebla le va a ser imposible seguirnos.

Nelson los escoltó a través de la espesa niebla hasta un callejón cercano en el que los esperaba un coche cerrado. Cuando Beatrice aguzó brevemente sus sentidos pudo percibir el calor en las huellas de Joshua.

—Tengo novedades, tío Josh —dijo Nelson mientras le abría la portezuela a Beatrice.

—Estupendo —respondió Joshua—. En cuanto estemos de camino nos lo cuentas.

Ayudó a Beatrice a subir al coche y luego se sentó a su lado. Nelson tomó asiento frente a ellos.

Joshua utilizó el bastón para dar dos golpes al techo del carruaje. El vehículo empezó a desplazarse a un paso vivo.

Solo con mirarlos, Beatrice supo que, dejando de lado algunas menudencias, estaba ante la misma imagen rejuvenecida de Joshua. Así debió de ser su aspecto en los días anteriores a las cicatrices, tanto físicas como emocionales, que lo habían cambiado, pensó.

Los hombres de la estirpe de los Gage no eran guapos en el sentido clásico de la palabra, pero sí fascinantes a su manera. Tal vez fuera la fuerza masculina de sus auras lo que atraía la atención de una mujer, pensó Beatrice. En cualquier caso, la energía incontenible de Nelson, combinada con la intensidad del aura más madura de energía controlada de la que hacía gala Joshua, producían tanto calor que le daban ganas de abanicarse.

—No se preocupe, señorita Lockwood —dijo Nelson—. Nuestro cochero, Henry, es de lo más experimentado, gracias a mi tío. Él se asegurará de que nadie nos siga hasta el despacho de sus patronas.

—No tengo ninguna duda —repuso Beatrice.

—Y tal como apuntaba tío Josh, la niebla va a hacer más difícil todavía que puedan identificarnos —añadió Nelson.

Beatrice lanzó una mirada de curiosidad a Joshua.

—¿Era este el coche que usaste la noche que nos conocimos para llevarte al señor Euston del jardín?

—La verdad es que sí, es el mismo. —Joshua asintió. Luego miró a Nelson—. Dime qué has averiguado.

—He hecho lo que me pediste —respondió Nelson—. Hablé con todas las personas localizables que vivieran o trabajaran en la calle de la Academia de lo Oculto en el momento de la muerte de Fleming.

—¿Cómo es eso? —preguntó Beatrice mirando a Joshua—. No me habías dicho que estuvieras investigando el asesinato de Roland.

—¿No te lo comenté? —dijo Joshua frunciendo el ceño—. Lo siento. Últimamente tengo otras cosas en la cabeza.

—¿Por qué le pediste a Nelson que llevara a cabo esa investigación? —preguntó ella.

—Porque la raíz de este asunto hay que buscarla en lo que ocurrió esa noche —explicó Joshua, sin ocultar la impaciencia que sentía ante preguntas que se apartaban de su centro de interés. Miró a Nelson con expresión severa—. ¿Qué es lo que has descubierto?

Nelson sacó un cuaderno y buscó alguna información en él. Se detuvo en una página.

—Tal como predecías, encontré numerosas incongruencias en relación con los recuerdos que tiene la gente de lo que ocurrió en ese tiempo, pero había unas cuantas cosas en las que todos coincidían. Había varios que sospechaban que las fuerzas paranormales habían participado desde ultratumba en el asesinato. Naturalmente, no hice caso de esa teoría.

—Desde luego —dijo Joshua, desechando esa posibilidad con un gesto de desprecio—. ¿Qué más?

—Siento decir —continuó Nelson, mirando a Beatrice con una expresión de solidaridad— que muchos de los residentes en esa calle han llegado a la conclusión de que la mujer conocida como Miranda la Clarividente era la asesina.

—No hace falta que te disculpes —dijo ella suspirando—. Ya leí los diarios en esos días. Saber que la policía me buscaba fue uno de los motivos por los que cambié de profesión. Nadie se espera que una mujer haga tal cosa.

—Exacto —repuso Nelson. Volvió otra página—. Pero aquí tengo un material interesante. Dos tenderos y un vendedor de patatas asadas que trabaja por ese barrio recordaban a un sujeto poco habitual en la zona que estuvo merodeando por allí durante un par de días antes del asesinato. Según me dijeron, ese tipo los inquietaba. Los tenderos pensaban que tal vez fuera un bandido que preparaba un robo y observaba el terreno.

—Y estaban en lo cierto, pero lo que planeaba era un asesinato y un secuestro, no un robo.

—Lo interesante del asunto fue que en todos los casos la descripción de ese hombre era sorprendentemente similar. Dicen que hablaba muy poco, pero que cuando lo hacía tenía un acento extranjero marcadísimo.

—Las personas que viven en vecindarios pequeños siempre recuerdan a los forasteros, especialmente los de acento extranjero —observó Joshua—. ¿Te dieron más detalles?

—En general todo era bastante vago —contestó Nelson—. Pero el vendedor de patatas asadas dijo que el extraño tenía una cara que podía hacer que un niño tuviese pesadillas. Le recordaba a una calavera, según dijo. Los tenderos también estuvieron de acuerdo en este punto.

—Eso confirma mi conclusión —dijo Joshua—. Lancing utiliza a un asesino profesional. Ahora lo que tenemos que hacer es localizar al hombre con rostro de calavera.

—¿Y cómo lo hacemos? —preguntó Beatrice.

—Sí —convino Nelson, que parecía muy interesado—, ¿cómo hacemos eso, tío Josh?

—Un asesino profesional, y especialmente uno con marcado acento extranjero, no puede pasar inadvertido en el inframundo de los delincuentes —dijo Joshua—. Ese también es un vecindario pequeño.

—¿Y cómo podemos introducirnos en ese mundo para investigarlo? —preguntó Nelson.

—Tengo un socio que alardea de saber absolutamente todo lo que pasa en ese medio. Y resulta que me debe un favor o dos.

—Ahora sí que estoy sorprendida —dijo Beatrice. Sonrió—. Me sorprende oír que está usted en contacto con individuos de esa calaña, señor Gage.

Nelson se echó a reír. Joshua esbozó, como a regañadientes, una sonrisa.

«De tal tío tal sobrino», pensó Beatrice.

—Me muero de ganas de ir a casa a darme un baño y ponerme ropa limpia —dijo ella.

Joshua le dirigió una mirada seria.

—No vas a ir a casa. Todavía no. Es demasiado peligroso. Existe la posibilidad de que a estas alturas el asesino haya descubierto tu dirección. Tal vez esté vigilándola. Solamente hay un lugar en Londres en el que puedo garantizar tu seguridad.

—¿Cuál?

—En casa de un viejo amigo. Siempre que pueda conseguir que acepte ayudarnos, claro está.

—¿Tal vez te deba un favor, como tu socio experto en el hampa? —preguntó Beatrice.

—No. Soy yo quien se lo debe a él —contestó Joshua.

35

—¿Qué os traéis entre manos tú y el señor Gage? —preguntó Sara.

Estaba sentada en una silla en el pequeño dormitorio mientras miraba a Beatrice ponerse unas enaguas y un vestido limpios.

—¿A qué se refiere? —dijo Beatrice—. Ya le he explicado lo que ha ocurrido en Alverstoke Hall y después. —Acabó de abotonarse el vestido y se sentó frente al fuego del hogar para secarse el cabello—. El señor Gage cree que un loco llamado Clement Lancing intenta secuestrarme.

Se sentía con renovadas fuerzas tras el baño. Poco después de su llegada a la puerta trasera de Flint y Marsh, tanto ella como Joshua encontraron acomodo en las habitaciones privadas de la planta superior de la casa. Habían enviado a George a la casa que Beatrice compartía con Clarissa. Le habían dado instrucciones para que le dijera al ama de llaves que habían llamado a Beatrice para un encargo especial en Flint y Marsh y que requería cambiarse de ropa y algunos elementos de aseo. Había vuelto con una bolsa que contenía los artículos que habían solicitado y unos cuantos más que podían resultar útiles según la señora Rambley: un cepillo para el pelo, horquillas, un camisón y mudas de ropa interior.

Había sido de agradecer que Sara y Abigail hubieran hecho pocas preguntas cuando encontraron a Beatrice y a Joshua en la puerta. Enseguida había quedado claro que la comida y los baños tenían máxima preferencia. Beatrice le había resumido a Sara lo sucedido, pero en ese momento se hacía evidente que esta no había quedado enteramente satisfecha.

—Sabes muy bien —dijo mirándola con aire severo— que a lo que me refiero es a tu relación personal con el señor Gage.

Beatrice quiso resguardarse.

—Creía que ya le había explicado que el señor Gage ha querido convertirse más o menos en mi guardaespaldas hasta que encuentre a Clement Lancing. Pero yo no llamaría a eso una relación personal.

—Tonterías. Se ve a la legua, por su manera de mirarte, que Gage, además de convertirse en tu guardaespaldas, se ha convertido en tu amante.

Beatrice hizo una mueca y tomó el cepillo para el pelo.

—¿Tan obvio resulta?

—Sí —respondió Sara, con expresión algo menos dura—. En otras circunstancias, no desearía por nada del mundo interferir en tus asuntos privados. Eres una mujer que ha cuidado de sí misma desde hace ya bastante tiempo. No eres ninguna chiquilla ingenua e inocente. Más aún: eres una agente de Flint y Marsh, y, como tal, una señorita de considerables aptitudes. Si no fueras capaz de cuidarte no estarías trabajando para nosotras. Pero el señor Gage tiene poco que ver con los hombres que hayas podido conocer.

—Soy muy consciente de eso, Sara.

Sara suspiró.

—Supongo que eso es parte de su atractivo, ¿no?

—Sí —respondió Beatrice sonriendo—, supongo que sí.

Ahora que lo pensaba, el diagnóstico de Sara tal vez era el correcto. Había estado preguntándose por la razón que la llevaba a sentirse atraída por Joshua desde el momento en que se había levantado de la cama que habían compartido al amanecer.

Durante toda la mañana se había dicho que la pasión entre ellos se había visto impulsada, en parte, por la excitación que el peligro generaba. Además, Joshua la atraía. Por su parte, existía el factor de su retiro durante el año que había pasado inactivo en el campo. Y luego ambos se habían encontrado a solas en un dormitorio. Todos esos factores se habían combinado en una mezcla explosiva. El encuentro sexual que había tenido lugar en el hostal había sido, por tanto, visto así, enteramente previsible.

Sin embargo, no estaba del todo segura de que todas esas razones explicaran el poderoso vínculo metafísico que había sentido entre Joshua y ella esa mañana. Era como si hacer el amor hubiera establecido un vínculo invisible entre los dos. Se recordó a sí misma que si tal conexión existía realmente, era muy posible que ella fuera la única en sentirla.

Por otra parte, la sensación de un vínculo íntimo podía ser simplemente la fantasía de una imaginación enfebrecida, urdida para explicar esa pasión desatada. No había duda: se había visto arrastrada por una fiebre de los sentidos.

—No me entiendas mal —continuó Sara—. El señor Gage siempre ha gozado de toda mi admiración. Pero proviene de un mundo social muy diferente, tal como estoy segura que entiendes muy bien. Todavía no se ha casado, pero no puede tardar demasiado en hacerlo, por el buen nombre de su familia.

—Sé muy bien todo esto que me está diciendo, Sara. —Beatrice asió con más fuerza el cepillo—. Tal como me acaba de decir, no soy ninguna ingenua. Soy muy consciente de que no existe la posibilidad de un futuro para mí con Joshua. Pero también sé que nunca más tendré la posibilidad de experimentar tantos sentimientos y sensaciones con otro hombre. Él es... único.

—Lo mismo que tú, Bea. —Sara se puso en pie y fue hacia la puerta—. Bajo circunstancias normales, no acostumbro a ponerle objeciones a la pasión. Pero según mi experiencia, las agentes de Flint y Marsh que se enamoran de una persona conectada con un caso suelen lamentarlo. Te recomiendo que protejas tu corazón mientras el señor Gage te protege de ese loco.

36

—Nos percatamos de que por el momento tiene los intereses de la señorita Lockwood en mucha consideración —dijo Abigail Flint.

Joshua estaba a punto de coger otro pequeño sándwich, pero se detuvo y se volvió hacia Abigail con una ceja levantada.

—«Por el momento» implica que en alguna circunstancia y lugar futuros tal vez no tenga los intereses de la señorita Lockwood en tal consideración —respondió él.

Abigail lo miró con severidad.

—No, no quería implicar nada de lo que usted dice. Pero lo que sí deseo es dejar claro que la señorita Lockwood, a pesar de ser una agente con experiencia, no deja de ser una mujer joven con muy poca práctica en lo que respecta a las emociones y pasiones extremas que pueden generarse cuando dos personas se enfrentan juntas al peligro.

—En otras palabras, me está advirtiendo de que no me aproveche de ella.

—En la mayoría de los casos, las agentes de Flint y Marsh realizan sus investigaciones sin que las demás personas, y entre ellas incluyo a los caballeros, reparen en ellas —dijo Abigail—. En su papel como damas de compañía resultan invisibles entre el resto del servicio. Pero hay unas cuantas excepciones.

No es usted el primer hombre que se da cuenta de que un agente de Flint y Marsh es, en virtud de su profesión, alguien con mucha experiencia en las cosas de la vida.

—Uno da por sentado que una de las señoritas de Lantern Street sabe cuidar de sí misma.

—Señor Gage, nuestras agentes tienen todas una cosa en común, y es que vienen a trabajar para nosotras porque, debido a una serie de factores, se encuentran empobrecidas y dependen solamente de ellas mismas. No tienen ninguna familia que las proteja. En este sentido, ambos sabemos que eso las hace vulnerables.

—Así que usted y la señora Marsh se encargan de velar por sus agentes. —Joshua se hizo por fin con el sándwich y le hincó el diente—. Eso es algo que las honra.

—No nos gusta ver a ninguna de nuestras señoritas seducida y abandonada. Son cosas que complican terriblemente nuestro negocio.

Joshua sintió que la templanza lo abandonaba. No se decidía entre sentirse divertido u ofendido por el interrogatorio y el aviso que estaba recibiendo. Sí, de acuerdo, era culpable de haber seducido a Beatrice, pero no tenía ninguna intención de abandonarla. Se daba cuenta de que en realidad no había pensado demasiado en el futuro que podían compartir. Durante el año anterior se había desprendido del hábito de hacer cualquier tipo de planes a largo plazo. Llevaba una vida mortalmente aburrida.

—¿Es algo que ocurre a menudo? —preguntó—. Me refiero a eso de que seduzcan y abandonen a sus agentes.

—La señora Marsh y yo hacemos todo lo que está en nuestra mano para reducir al mínimo este tipo de comportamiento. —Abigail sonrió, pero la dureza de su expresión no se suavizó—. Lo que puedo asegurarle es que he usado la información obtenida en el curso de una de nuestras investigaciones como advertencia para más de un hombre que pensaba que podía divertirse con una señorita de Lantern Street.

—Ah, sí, chantaje. Siempre resulta muy útil.

—Tal como le decía, la señora Marsh y yo somos en la mayor parte de los casos toda la familia que tienen nuestras agentes. Como patronas suyas, tenemos la responsabilidad de cuidarlas.

—Beatrice lleva una pistola y unas sales aromáticas muy fuertes, pero, aun así, a ustedes les preocupa que no pueda protegerse —dijo él.

—La pasión puede hacer que una mujer olvide sus defensas.

—Pues tendrá que permitirme que le diga algo, señora Flint. En un hombre puede tener el mismo efecto. ¿Ha considerado la posibilidad de que no haya interpretado bien la situación? ¿Qué ocurre si yo soy el que está en peligro de que le rompan el corazón? ¿Cuidarán ustedes de mí si de repente me encuentro abandonado?

Abigail soltó un bufido.

—Usted no me preocupa en absoluto. El Mensajero del señor Smith es muy capaz de cuidar de sí mismo.

—No esté tan segura de eso, señora.

Ella lo miró con dureza.

—Le hablo muy en serio, señor Gage. Soy consciente de que Sara y yo estamos en deuda con usted. De hecho, supongo que la mitad de Londres se encuentra en la misma situación.

—La mitad no.

—Pero quiero —continuó, ignorando la contestación— que me dé su palabra de que no permitirá que Beatrice alimente sueños que nunca pueden convertirse en realidad.

—Y ¿qué pasa con mis sueños, señora Flint? —preguntó él.

—Creo que puedo imaginarme cómo son sus sueños, señor Gage. —Miró con cierto descaro la cicatriz en el rostro de su interlocutor, y luego su bastón—. Dado lo que sé de su pasado, sospecho que no deben de ser particularmente agradables.

Abigail no esperó a que respondiera. Se levantó y fue hacia la puerta.

Joshua la contempló hasta que cerró la puerta a sus espaldas. Estaba solo en la habitación.

—Pues últimamente mis sueños han mejorado muchísimo —dijo para sí.

37

Beatrice esperó a que Abigail y Sara entraran en el laboratorio de esta. Entonces abordó a Joshua. Él cargaba al hombro el paquete con los frascos de humo.

—¿Es posible que te hayan dado una lección sobre el tema de tus propósitos honestos respecto a mí? —susurró.

Él respondió con una educada expresión, como si encontrara sorprendente la pregunta.

—¿Por qué lo dices?

—Porque a mí me han estado hablando de los hombres que se creen capaces de jugar con los sentimientos de afecto de las jóvenes señoritas. Algo muy aburrido, por no decir algo peor.

—¿Aburrido? ¿Los hombres o la lección?

—No es nada divertido, Joshua.

—Perdóname. —Se detuvo junto a la puerta y la dejó entrar primero—. Sí, me han dado una lección.

—Ya me lo temía. Me disculpo en nombre de mis patronas. Lo hacen con buena intención, ¿sabes?

—Nunca lo he dudado.

—¿Qué has contestado? —preguntó Beatrice frunciendo el ceño.

—He señalado que llevas una pistola y esas sales tan potentes y que pareces muy capaz de cuidar de ti misma.

Ella sonrió, satisfecha.

—Excelente respuesta.

—Y tú, ¿cómo has respondido al aviso sobre mis intenciones?

—He dejado muy claro que como ya no soy inocente, la lección llega demasiado tarde para mí.

Beatrice salió, ignorando la risa ahogada de Joshua. Realmente, pensó, aquel hombre tenía un sentido del humor de lo más particular.

Sara y Abigail los esperaban. Sara se estaba poniendo un amplio delantal de cuero. Su laboratorio ocupaba el sótano de la casa. Los diferentes bancos de trabajo estaban provistos de una gran variedad de instrumentos científicos, desde delicadas balanzas hasta una máquina generadora de electricidad. En los armarios acristalados que cubrían las paredes se desplegaban muestras de minerales y gemas. En otros se ordenaban botellas y cajitas que contenían diversos productos químicos.

—Vamos a ver qué encontramos en esos ingenios productores de humo, señor Gage —dijo Sara. El entusiasmo y la curiosidad brillaban en sus ojos y eran evidentes también en su voz. Señaló un banco de trabajo cercano—. Puede dejarlos en esa mesa. ¿Me ha dicho que son volátiles?

Joshua fue hacia el banco de trabajo y dejó sobre este el paquete que cargaba.

—El hombre que utilizó esta sustancia como arma contra mí lo provocó arrojando uno de los frascos a mis pies. De allí surgió una gran cantidad de humo, pero ninguna llama. —Procedió a abrir el paquete y sacó de él los tres frascos que quedaban.

Sara se puso unos anteojos y se ató una mascarilla que le cubría la nariz y la boca. Finalmente, tras calzarse unos guantes resistentes, se acercó a la mesa.

—Apártense, por favor —ordenó.

Nadie discutió. Beatrice y los demás se alejaron del banco de trabajo. Todos contemplaron con interés cómo Sara tomaba uno de los frascos y lo examinaba con cuidado.

—Interesante —dijo—. Vamos a ver qué hay dentro.

Quitó el tapón con cuidado. Un olor químico muy intenso se extendió por la estancia. Beatrice arrugó la nariz.

—¡Uf! —Abigail agitó la mano frente a su cara y retrocedió rápidamente unos cuantos pasos.

—¡Mmmm! —dijo Sara.

Con la ayuda de un cuentagotas extrajo una muestra del contenido. El fluido era claro. Colocó unas cuantas gotas en un tubo de ensayo y fue repitiendo la misma acción hasta que tuvo preparadas diversas muestras. Luego volvió a colocar el tapón en el frasco.

Miró a Beatrice, a Joshua y a Abigail.

—Voy a tardar un rato —anunció—. No puedo trabajar con tanta gente pendiente de cada movimiento que hago. Vayan arriba y tómense otro té. Los avisaré en cuanto tenga noticias que darles.

Beatrice y los demás, obedientes, retrocedieron y subieron la escalera. Abigail los condujo al pequeño salón. Joshua se acercó a la ventana y se quedó observando la niebla del exterior. Beatrice advertía su impaciencia, lo mismo que Abigail.

—Si se sienta, el resultado será el mismo, señor Gage —dijo esta—. No ganará nada mirando hacia la calle.

—Ya, supongo que no. Además, con esta maldita niebla no veo tres en un burro. —Con desgana, se apartó de la ventana y, finalmente, se sentó en una silla—. Pero es que tengo la sensación de que el tiempo se acaba. De no ser así, Lancing no se habría arriesgado a atraerme hasta este caso. Tengo que encontrar al suministrador de esas sustancias químicas cuanto antes. Y luego tengo que encontrar al asesino.

—Lo entiendo —dijo Abigail—. Pero, entretanto, ¿cuáles son sus planes para esta noche? Tanto usted como Beatrice pueden quedarse con nosotros, si quieren.

—Gracias, pero no —repuso Joshua—. Beatrice estará más segura en otro lugar que tengo en mente. Necesito cercioraname de que está a buen recaudo mientras prosigo con mi plan para hacer que el asesino a sueldo de Lancing quede al descubierto. El Hombre Hueso es un obstáculo que quiero superar cuanto antes.

—Pues a mí me parece —dijo Beatrice, mirándolo— que la manera más fácil de hacer caer en una trampa al asesino sería utilizarme como anzuelo.

—No —repuso Joshua. Y esa única palabra no admitía más que una sola interpretación.

—¿Acaso tienes un plan mejor? —preguntó ella con suavidad.

—Digamos más bien que es una estrategia alternativa.

A ella no le gustó cómo sonaba aquella expresión.

—¿Qué te propones?

—Parece evidente que Lancing me utilizó para encontrarte, pero ahora me he convertido en un problema para él —dijo Joshua.

Abigail enarcó las cejas y asintió en un gesto de comprensión.

—Lancing sabe que usted es un obstáculo en el camino —intervino—. Aunque consiga hacerse con Beatrice, es consciente de que seguirá siendo un problema.

—Porque no dejarías de buscarme —terció Beatrice con tranquilidad.

—Nunca —dijo Joshua.

Abigail lo miró con intensidad.

—¿Cree que el primer objetivo de Lancing es librarse de usted?

—Ciertamente, esa sería la estrategia que seguiría yo en su lugar. Él sabe cómo pienso, pero eso también es cierto a la inversa. Conozco sus costumbres, del mismo modo que él conoce las mías. Después de todo, a ambos nos formó el mismo hombre.

—Pero con quien tienes que enfrentarte primero es con el asesino, no con Lancing —observó Beatrice.

—El asesino es el punto vulnerable de Lancing —dijo Joshua—. El hombre con rostro de calavera es la única persona que sabe cómo llegar a Lancing. Es la particularidad de los asesinos a sueldo: hay que seguir pagándolos puntualmente. Y eso implica que existe un punto de encuentro. Cuando lo tenga, tendré a Lancing.

—Pero primero tienes que atraer al asesino —observó Beatrice—. Si no me utilizas a mí como señuelo, ¿cómo lo conseguirás?

—Conmigo mismo. Arderá en deseos de venganza después de los dos fracasos. El orgullo puede hacerlo descuidado.

Beatrice contuvo el aliento.

—Joshua —dijo por fin—. Tengo que decirte que no me parece un buen plan si...

El sonido ahogado de una explosión en el sótano detuvo la conversación en ese punto.

—¡Válgame Dios! —exclamó Abigail. Se levantó de un salto y corrió hacia la puerta—. Sara, ¿estás bien? ¡Sara!

Beatrice y Joshua siguieron a Abigail hasta el vestíbulo y luego hasta la planta. Se detuvieron en lo alto de la escalera del sótano. Volutas de humo y el aroma de productos químicos muy fuertes, procedentes de más abajo, flotaban en el ambiente.

—¡Sara! —llamó Abigail con ansia—. ¡Sara, contéstame!

Sara apareció en la base de la escalera. Subió muy deprisa, a través de los vapores. Cuando llegó al umbral superior se arrancó la máscara y las lentes y los miró con una sonrisa triunfante.

—Tengo buenas noticias, señor Gage —dijo—. Creo que conozco el nombre del boticario que suministró los productos químicos para los artefactos fumíferos, y muy probablemente también para el agua egipcia que usted nos ha descrito. En Londres solo hay una persona a la que acudir cuando se trata de obtener productos químicos raros y exóticos como estos.

—¿Solo una? —preguntó Joshua.

—Por lo que sé, la señora Grimshaw, en Teaberry Lane, es la única boticaria especializada en la preparación de compuestos y fórmulas con propiedades paranormales.

38

—Si vuelves otra vez con eso de «¡Te lo dije!», te aseguro que me veré forzado a tomar medidas drásticas —le advirtió Joshua.

—Tus amenazas no me dan ningún miedo —respondió Beatrice, sacudiendo con ademán de desdén la mano enguantada. Sí, pensó, reconocía que estaba regodeándose, pero es que simplemente no podía resistirlo—. Confío en que la próxima vez que te informe de que hay evidencias de naturaleza paranormal prestes mayor atención a mis conclusiones.

Estaban sentados en el coche de Joshua. Henry, el cochero, se había detenido en la entrada de Teaberry Lane, porque el antiguo pasaje adoquinado era demasiado estrecho para el vehículo.

La niebla cubría el callejón. Era imposible ver el distintivo sobre la tienda de la boticaria, pero sí se apreciaba un leve brillo en la ventana, lo que indicaba que el establecimiento estaba abierto al público.

Beatrice era intensamente consciente de la energía que hormigueaba en la cabina del vehículo. La fría anticipación, firmemente controlada, del lobo en su cacería, emanaba de Joshua. Sabía que no iba a creerle si le decía que tenía un calor oscuro en los ojos, de manera que no lo mencionó.

—No creo que la señora Marsh haya identificado el origen por los trazos de energía paranormal en los componentes químicos —dijo Joshua—. Pero siempre he respetado sus dotes como científica. Ni por un instante he dudado de su capacidad de observación, que ha permitido, por ejemplo, que sacara sus conclusiones estudiando el fluido.

—Pero estás seguro de que eso que detectó no era de naturaleza paranormal —apuntó Beatrice.

—Creo que en más de una ocasión he mencionado que no hay necesidad de recurrir a lo paranormal para encontrar una explicación.

—Como digas —murmuró Beatrice—. Naturalmente, el experto cuando se trata de investigación criminal eres tú.

Joshua la miró con suspicacia. Ella sonrió con dulzura y pestañeó repetidamente.

—Uf —dijo él, negando con la cabeza al tiempo que abría la portezuela—. Puedes ahorrarte los aires de inocencia. Conmigo no funcionan, ¿recuerdas?

—¡Ay, es verdad! ¡Siempre me olvido de ese detalle!

—Vayamos entonces a entrevistarnos con la señora Grimshaw —gruñó él.

Apoyó el bastón en el pavimento, por debajo de los escalones, y salió del coche. Se volvió para darle la mano a Beatrice. Ella sentía un intenso estremecimiento de conciencia cada vez que percibía la fuerza de aquella mano en su palma. Lo miró furtivamente por debajo del ala del sombrero, buscando en su rostro una señal que permitiera suponer que él también había percibido esa corriente de energía que fluía entre ambos. Pero la expresión de Joshua solamente revelaba una disposición neutra de planos y ángulos. Si de verdad sentía algo inusual e inexplicable cuando estaban tan cerca, estaba recurriendo a su formidable capacidad de autocontrol para ocultar tal reacción.

Henry, en el pescante, se inclinó hacia Joshua.

—Esperaré aquí, señor.

—Gracias —respondió Joshua. Luego, mirando hacia el callejón envuelto en niebla, añadió—: Supongo que lleva su silbato encima, ¿verdad?

—Claro, señor. Estaré alerta, como en los viejos tiempos. Si veo algo sospechoso, soplaré dos veces para avisarle. ¿Piensa que va a tener problemas en esa botica, señor?

—No, pero últimamente me equivoco en mis predicciones. Me estoy haciendo viejo, Henry.

—Señor —dijo Henry, conteniendo la risa—, todavía le falta mucho para ser tan viejo como yo.

Joshua tomó a Beatrice del brazo y echó a andar hacia la botica. El sonido de sus pasos y los leves golpes del bastón de Joshua resonaron de un modo siniestro en la niebla. Beatrice miró hacia atrás y vio que Henry y el coche ya no eran más que sombras difusas.

Un frío gélido los alcanzó cuando llegaron a la puerta. La sensación incómoda hizo que se le erizara el vello de la nuca. Sabía que Joshua también había sentido aquella señal de alerta, porque se había detenido de inmediato, haciéndola detenerse a su vez.

—¿Qué ocurre? —preguntó Joshua.

—No estoy segura —respondió ella.

Aguzó los sentidos y examinó el escalón de la entrada del establecimiento. La energía depositada allí por un número indeterminado de personas a lo largo de los años había dejado un miasma grueso y agitado de corrientes paranormales. Muchas de esas huellas quedaban ensombrecidas por la enfermedad, el dolor, la adicción y la muerte inminente. Al fin y al cabo, se trataba de una apoteca. La mayoría de las personas que franqueaban su umbral lo hacían para obtener una cura o, cuando menos, un alivio temporal para sus males.

Sin embargo, algunas de las huellas recientes quemaban con otro tipo de calor, con esa energía que, de hecho, ya le resultaba demasiado familiar.

—Joshua —susurró—. Ha estado aquí hace poco, pero se ha ido.

Joshua ni le preguntó a quién se refería. Le apretó el brazo en un aviso silencioso. Ella lo miró, sorprendida, y observó que estaba estudiando las ventanas.

—Han bajado las persianas —dijo en voz muy baja. Miró hacia las ventanas superiores de la tienda—. Y esas también. Saca la pistola.

Ella no dudó ni un segundo. Se recogió las faldas y las enaguas y sacó la pistola de la liga.

—Ocúltate ahí, en ese umbral —dijo él, señalando la entrada abovedada del edificio contiguo—. Y no dudes en disparar con esa pistola si a alguien se le ocurre mirarte dos veces. ¿Me has entendido?

—Sí, pero ¿qué estás planeando?

—Vete. Vete ahora mismo.

Ella corrió a guarecerse en la entrada contigua. Desde allí vio que Joshua cogía con su mano enguantada el pomo de la puerta. Vio también que encontraba resistencia. La puerta estaba atrancada.

Pensó que tal vez iba a intentar forzar la cerradura. Pero los métodos de Joshua eran más eficientes que eso. Con la empuñadura de ébano y acero del bastón golpeó uno de los cristales de la puerta.

El cristal se rompió. Joshua introdujo el brazo por la apertura y abrió la puerta.

Desapareció en el interior.

Segundos después, una botella grande de cristal salió volando por la puerta y aterrizó en medio del callejón, rompiéndose con violencia. Se oyó una pequeña explosión y un silbido.

Unas llamas que ardieron con blanca intensidad durante un breve lapso antes de extinguirse.

Siguió un profundo silencio. Beatrice contuvo la respiración.

Joshua apareció en el umbral.

—Ya puedes entrar. —Miró la pistola que Beatrice empuñaba—. ¿Te importaría guardar eso? O por lo menos, ¿podrías dejar de apuntarme?

—Oh, lo siento. —Beatrice se levantó las faldas y volvió a sujetar aquella pequeña arma en la delicada liga.

Corrió hacia la entrada de la tienda y miró por detrás de Joshua. El cuerpo de una mujer de edad avanzada estaba tendido en el suelo. El leve pero inconfundible olor del cloroformo impregnaba el ambiente.

—¡Madre mía! —susurró Beatrice—. ¿Está...?

—No, sigue viva —dijo Joshua—. Hemos llegado a tiempo. Esa bomba incendiaria iba unida a un mecanismo temporizador. Estaba programado para que estallara dentro de diez minutos. Quería disponer de tiempo para alejarse de la escena cuando el fuego empezara.

39

—Gracias al cielo que han venido ustedes —dijo la señora Grimshaw—. Su intención era matarme. Dijo que así parecería que yo había causado una explosión accidentalmente al mezclar sustancias químicas volátiles, que la policía nunca iba a saber lo que había pasado.

Podía percibirse un temblor tanto en la voz como en las manos de aquella señora. Beatrice le puso delante una taza de té bien caliente y la inspeccionó con detenimiento. La boticaria seguía bajo los efectos de una fuerte impresión.

—Tome un poco de té —le dijo Beatrice con gentileza.

La señora Grimshaw pareció animarse al ver el té. Extrajo un paquetito de su delantal y vació la mitad de su contenido en la taza. Luego se inclinó e inhaló los vapores. Resultó evidente que tenían un efecto terapéutico en ella. Se mostró más tranquila y dejó de temblar.

Frunció el ceño, con el asombro todavía percibible en la expresión.

—¿Cómo han podido descubrir que corría peligro?

—No lo sabíamos —respondió Beatrice—. O por lo menos no teníamos ninguna certeza de que así fuera. —Se sentó a la pequeña mesa y vertió el té en la taza de Joshua y en la suya propia—. Pero hoy la intuición del señor Gage nos ha guiado hasta aquí. Tenía la sensación de que era imperativo que la encontráramos inmediatamente.

La señora Grimshaw se había llevado un susto mayúsculo, pero aparte de eso había salido ilesa de la experiencia. Beatrice había preparado un té mientras Joshua salía para explicarle a Henry lo ocurrido y para enviarlo a hacer un breve recado. No conocía la naturaleza de este, pero Henry había salido enseguida.

La señora Grimshaw miró a Joshua con aire pensativo.

—Diría que posee usted poderes paranormales de algún tipo. Esto podría explicar que supiera que yo me encontraba en peligro.

—Eso precisamente es lo que no dejo de decirle. —Beatrice miró a Joshua esbozando una sonrisa.

Él le devolvió una mirada de irritación y luego miró fijamente a la señora Grimshaw.

—Si hemos acudido a su puerta esta mañana no ha sido por ninguna intuición paranormal, sino por un razonamiento deductivo y lógico, al que se ha añadido, tengo que admitirlo, un poco de buena suerte.

La señora Grimshaw dirigió una mirada interrogativa a Beatrice.

—El señor Gage no cree en los fenómenos paranormales —dijo.

—Ah —repuso la señora Grimshaw, con expresión más despejada—, eso lo explica todo. Bueno, no será el primer hombre con poderes que niega su propia capacidad, y me atrevería a afirmar que no será el último.

Beatrice intentó disimular una sonrisa, pero sabía que Joshua la percibiría. Parecía apenado, pero no quiso insistir más en ese tema.

—Lamento no dejarle más tiempo para recuperarse de esta experiencia terrible, señora Grimshaw —dijo—, pero este asunto es de la mayor urgencia. Tenemos que movernos con celeridad si queremos evitar la muerte de otras personas. ¿Podría, por favor, explicarme lo que ha ocurrido aquí hoy?

—Ciertamente, señor Gage, pero me temo que ni yo misma lo sé. Todo lo que puedo decirle es que poco antes de que usted llegara uno de mis clientes habituales, uno que siempre me compra un compuesto especial de sales, entró en la tienda y me pidió que le preparara la cantidad habitual. No me pareció raro, y fui a preparar la fórmula. Cuando estuvo lista y empezaba a ponerlo todo sobre el mostrador, sentí de pronto que estaba detrás de mí. Se movía como un gato en la noche, así se movía... Me puso un trapo mojado en la cara. Recuerdo que olí el cloroformo y que oía que me decía que iba a morir en un gran incendio... Y luego nada más, hasta que ustedes me han despertado.

Joshua apretó los labios.

—Ha sido culpa mía, señora Grimshaw. El malhechor al que persigo temía que usted pudiera llevarme hasta él. De manera que la quería muerta, pero no sin antes conseguir una nueva entrega de sales.

La señora Grimshaw se mostró confusa.

—No lo entiendo. ¿Quién es ese malhechor del que me habla?

—El hombre que ha intentado asesinarla e incendiar su tienda trabaja para él —explicó Joshua—. Su nombre es Lancing. Es un científico que lleva cerca de un año recurriendo a los servicios de un asesino profesional.

—¡Oh, cielos! —susurró la señora Grimshaw, perpleja.

—¿Puede describirnos al hombre que compró las sales y que intentó asesinarla?

—Sí, claro —repuso la señora Grimshaw, haciendo acopio de fuerzas—. En ningún momento me dio su nombre, solamente me decía que lo habían enviado a comprar las sales y otros productos químicos muy raros que solamente yo podía proporcionar. Nunca me gustó, pero siempre pagaba de inmediato, no pedía crédito. Una no puede mostrarse demasiado quisquillosa cuando se trata de clientes.

—Eso es muy cierto —dijo Beatrice—. ¿Qué más puede explicarnos?

—Oh, era un tipo muy particular. Extranjero, de eso no cabe duda. Hablaba con un acento muy marcado. Era alto. Llevaba siempre un sombrero de copa baja, pero casi podría asegurar que era calvo. Tenía la cara como una calavera, y los ojos más fríos que he visto nunca.

—Sí —dijo Joshua—. Su descripción corresponde con la de ese asesino profesional.

—Y cree usted... —La señora Grimshaw se estremeció—. ¿Cree usted que volverá cuando se dé cuenta de que ha fallado?

—No, porque comprenderá que correr ese riesgo no tiene sentido —respondió Joshua—. De todos modos, voy a pedirle a un antiguo socio que mande aquí a un par de sus hombres para que la tengan a usted y a su tienda a buen recaudo hasta que el asunto se resuelva.

—¿Se refiere a guardaespaldas? —preguntó la señora Grimshaw con lo ojos como platos.

—Exactamente. He enviado a nuestro cochero con un mensaje hace un rato. Sus vigilantes llegarán enseguida. No la dejaremos hasta que lleguen.

La señora Grimshaw soltó un resoplido de alivio.

—Se lo agradezco muchísimo, señor Gage. Pero de verdad, no entiendo por qué motivo ese Lancing tendría que enviar a su sirviente para que me asesinara. Tal como le he dicho, en ninguna otra botica de Londres pueden suministrarle los productos químicos que necesita.

—Creo que Lancing está convencido de que no va a necesitar por mucho tiempo un suministro tan continuado de esos productos tan raros —dijo Joshua—. Cree que está acercándose al final de su gran experimento.

40

—No tenía ni idea de que los señores del crimen se pasearan con tanto estilo —dijo Beatrice, maravillada ante el precioso coche que se acercaba.

—El señor Weaver controla una porción muy provechosa del submundo londinense —explicó Joshua—. Se ha especializado en establecimientos de juego y tabernas. Pero también proporciona servicios financieros a quienes no pueden obtenerlos de bancos respetables.

—A intereses bastante altos, supongo.

—Por supuesto; es un auténtico hombre de negocios —repuso Joshua.

Contemplaba el brillante carruaje negro, tirado por dos magníficos caballos negros, que se detuvieron frente a la entrada de Teaberry Lane. Descendieron dos hombres. Todos los matones de Weaver tenían cierto parecido, pensó. Eran corpulentos e intimidatorios, iban armados y vestían bien. Sus corbatas negras eran muy conocidas en el mundo del hampa.

La pareja miraba a Joshua, a la espera de instrucciones.

—Por favor, vigilen a la boticaria —les pidió Joshua—. No dejen entrar a nadie, ni por la puerta principal ni por la trasera. El establecimiento está cerrado hasta nuevo aviso. Me preocupa la seguridad de la propietaria.

—Cuidaremos de ella —dijo uno de los hombres.

Tras despedirse llevándose la mano a los negros sombreros se introdujeron con presteza en el callejón.

Un lacayo con librea negra descendió para abrir la puerta del carruaje y desplegar los escalones. Un hombre de gran corpulencia miraba hacia la calle desde el interior del coche.

—Llevábamos un tiempo sin vernos, Joshua —dijo Weaver. Observó la cicatriz y el bastón con expresión pensativa—. Me habían dicho algo sobre un accidente...

—Las noticias corren —repuso Joshua—. Permíteme que te presente a la señorita Lockwood, una buena amiga. Beatrice, este es el señor Weaver, un antiguo socio.

—Señor Weaver... —dijo Beatrice con una sonrisa.

Joshua hizo un esfuerzo por no sonreír. No podía pensar en ninguna otra señorita de su círculo de conocidos capaz de saludar a un destacado personaje del hampa con tanta gracia y encanto. Resultó evidente, por la sorpresa que reflejaron los ojos de Weaver, que este tampoco estaba acostumbrado a que un miembro de la clase respetable lo saludara con tanta cordialidad.

—Es un placer, señorita Lockwood —dijo Weaver. Miró a Joshua enarcando las cejas y luego hizo un ademán con la mano enguantada—. Espero que no tengan inconveniente en compartir conmigo el espacio de este coche mientras conversamos. A mí es que los espacios abiertos no me convienen.

Joshua ayudó a Beatrice a subir al coche y luego se unió a ella. Se sentaron sobre los cojines de terciopelo negro.

Beatrice examinó a Weaver con educada curiosidad. Había mucho de Weaver que examinar, pensó Joshua. Ese hombretón ocupaba la mayor parte del asiento opuesto. Sus ojos claros reflejaban una inteligencia fría y calculadora. Iba muy bien vestido, según los dictados de la última moda. El sastre había hecho todo lo que estaba en su mano para camuflar el hinchado cuerpo de Weaver, pero eso solamente era posible hasta cierto punto. Y lo que no podía ocultarse era el aura de mala salud que lo rodeaba, pensó Joshua. No tenía buen color, y su respiración era mucho más entrecortada que en la última ocasión en que habían coincidido.

—Lo admito: tengo curiosidad por saber qué te lleva a solicitar mi ayuda después de un año de silencio —dijo Weaver.

—Es una historia bastante larga, y todavía no puedo explicarte el final —contestó Joshua—. Es algo que tiene que ver con ese accidente que mencionas. Creo que una de las personas que se creía que habían muerto en ese mismo accidente sigue con vida. Y ese hombre se ha convertido en un problema bastante serio para la señorita Lockwood.

—Entiendo. —Weaver inclinó la cabeza hacia Beatrice—. Me apena oír eso, señorita Lockwood. —Volvió a mirar a Joshua—. Me complace poder ayudarte en esta ocasión, pero dos centinelas no van a saldar la deuda que tengo contigo. Confío en que acudirás a mí cuando vuelvas a necesitarlo.

—Tengo una pregunta —dijo Joshua—. ¿Has oído hablar de un individuo que va por libre cuyos servicios incluyen el rapto y el asesinato? Es un forastero que habla con marcado acento ruso. Según los testigos es completamente calvo, y su rostro parece una calavera. Se hace llamar el Hombre Hueso.

—Parece el personaje de una novela gótica. —Weaver entornó los ojos—. Pero lo que dices me resulta familiar. Hará cosa de un año oí rumores sobre un hombre como ese. Se decía que acababa de llegar a Londres y que era un profesional con mucha experiencia.

—¿Profesional en qué? —preguntó Beatrice.

—En el asesinato —respondió Weaver.

—Ah, ya entiendo —intervino Beatrice.

—Hice saber que estaría interesado en los servicios de un

experto como ese, pero luego no se puso en contacto conmigo. De hecho, desapareció casi de inmediato.

—Eso es que había encontrado a quien lo contratara —opinó Joshua.

—Y creo que esa otra persona es de tu círculo, Joshua, porque si alguno de mis competidores lo hubiera contratado, con seguridad lo habría sabido.

—Su nuevo patrón es un loco que responde al nombre de Clement Lancing —dijo Joshua.

Weaver asintió.

—Y supongo que tendrás un plan, ¿verdad?

—La debilidad del Hombre Hueso parece ser su orgullo profesional —manifestó Joshua—. Lo que quiero es valerme de ello para tenderle una trampa, pero necesitaré tu ayuda.

—Cuenta con ello.

Joshua le explicó la naturaleza de su petición. Weaver tomó buena nota.

—No será ningún problema —dijo—. En cuanto vuelva a mi despacho lo organizaré todo.

—Gracias —dijo Joshua—. Y, por favor, considera tu deuda saldada por completo.

—No —gruñó Weaver—. Nunca seré capaz de pagar una deuda como esa.

Joshua abrió la puerta del coche y se apeó. Acto seguido ayudó a bajar a Beatrice. Se quedaron en la acera, contemplando el coche negro desaparecer en la niebla.

—¿Puedo preguntarte qué clase de favor le hiciste al señor Weaver? —preguntó Beatrice.

—Uno de sus competidores en los bajos fondos raptó a su hija cuando era adolescente y le pidió un rescate —dijo él—. Conseguí encontrarla y devolvérsela sana y salva.

—Ya entiendo. Por eso siente que nunca podrá acabar de pagar la deuda.

Había algo en el tono de voz de Beatrice que le hizo pensar que estaba preocupada por algo.

—¿Qué quieres decir? —le preguntó Joshua.

—El señor Weaver es un hombre muy enfermo —dijo en voz baja—. Se está muriendo.

—Por lo que me han dicho es el corazón. Durante años ha mantenido la tregua en el mundo criminal. Será interesante ver qué ocurre cuando no esté.

41

En la biblioteca de Victor Hazelton reinaba la energía oscura y sombría de un duelo prolongado. Pero había algo más, pensó Beatrice, tal vez una rabia silenciosa y angustiada. Victor mantenía una apariencia estoica, pero Beatrice podía ver las corrientes oscuras en sus huellas. Sospechaba que gran parte de aquella rabia que sentía, tan controlada, la dirigía hacia sí mismo. Después de todo, él era el legendario señor Smith a quien se le había encomendado la misión de mantener el país a salvo de terroristas y conspiradores. Pero algo había fallado a la hora de proteger a su propia hija de un loco.

Victor era un hombre con melena leonina, ojos oscuros de mirada feroz y presencia imponente. Aparentaba cincuenta y tantos, pero se movía con la fluidez atlética de una persona mucho más joven. No resultaba demasiado difícil imaginarlo como un legendario maestro de espías, al corriente de secretos de las más altas instancias del gobierno y de la sociedad, enviando a agentes de confianza para que localizaran a los traidores y para que aplastaran a los conspiradores.

Su sorpresa al verlos había resultado evidente cuando los condujeron hasta la biblioteca, pero, aun así, les había dado la bienvenida. Beatrice notaba cierta tirantez entre Joshua y Victor, pero también palpitaba la inconfundible energía de unos lazos profundos y duraderos.

Los tres estaban sentados, con Victor tras la enorme mesa de despacho.

La estancia, de techos muy altos, era un santuario dedicado a Emma Hazelton. En un anaquel cercano se ordenaban sus cuadernos de notas. En otro, sus diarios. Sus acuarelas, enmarcadas, decoraban diversas paredes. Sobre el fuego del hogar, en el lugar más privilegiado, se exhibía su retrato. Todo ello adornado con seda negra.

Emma había sido una belleza excepcional, pensó Beatrice. En aquel retrato resplandecía. Con la finura de sus rasgos, el pelo y los ojos oscuros, seguramente había llamado la atención de cualquier hombre. Pero el artista también había conseguido transmitir la inteligencia, la elegancia y el encanto que la caracterizaban.

—Hemos de asumir que Lancing está vivo, Victor. —Joshua recogió las manos sobre la empuñadura del bastón—. A estas alturas, seguro que habrá enloquecido.

Victor se quedó muy quieto. Las plateadas cejas se le unieron sobre la nariz aguileña.

—¿Crees que sobrevivió a la explosión?

—Sí. Sé que esto será algo difícil de escuchar para ti, pero creo que se las arregló para hacerse con el cuerpo de Emma.

Victor palideció. Tomó aire entrecortadamente y entornó los ojos.

—¿Estás seguro? —preguntó en un susurro agrio.

—Tan seguro como uno puede estarlo sin pruebas reales —respondió Joshua.

—Pero en los escombros encontramos dos cuerpos —dijo Victor—. El de un hombre y el de una mujer.

—Carbonizados e irreconocibles. Víctimas de sus experimentos, supongo. Recuerda que ese día Lancing me amenazó con matarme y destruir todas las pruebas en un gran incendio. Creo que posiblemente ya tuviera dispuestos esos dos cuerpos antes incluso de que yo llegara.

Victor parecía profundamente conmovido.

—Pero, entonces, ¿Emma...?

—Son especulaciones —prosiguió Joshua—. No obstante, estoy casi seguro de que durante todo este tiempo ha conservado el cuerpo en la fórmula.

—¿Qué pudo llevarlo a hacer una cosa así?

—Sabes cuál es la razón —dijo Joshua. La tensión se le marcaba en la mandíbula—. Está loco. Se ha convencido a sí mismo de que puede devolver la vida a Emma.

Victor respiró hondo y cerró los ojos por un momento. El dolor que sentía se percibía como una fuerza violenta y triste en el ambiente de aquella estancia.

—Lancing era un científico brillante —dijo. Abrió los ojos—. Él más que nadie debería saber qué es posible y qué no.

—Sigue siendo un científico brillante —agregó Joshua—. Pero eso no implica que no esté loco. Sabes lo obsesionado que estaba con Emma. Cuando ella intentó escapar de él, la mató. Es posible que el sentimiento de culpa y la misma tristeza lo hayan empujado más allá del límite. Por cierto, he descubierto que posee los ojos de Anubis. Emma los encontró para él poco antes de que la matara. En el curso del año pasado, Lancing adquirió unas sales muy raras necesarias para preparar el agua egipcia a una boticaria de Teaberry Lane.

—Estas noticias son inauditas. —Victor se levantó, se acercó a la ventana y se quedó mirando el jardín—. Estoy aturdido.

—Lo siento —dijo Joshua—. Sé muy bien que es doloroso para ti, pero me temo que las noticias desagradables no se acaban aquí. La señorita Lockwood está en grave peligro.

Victor se volvió para mirarlos, con los rasgos tensos por el dolor.

—¿Cómo es eso?

—Parece evidente que Lancing está convencido de que ella posee los poderes paranormales necesarios para activar los de la estatua —dijo Joshua—. Cree que la necesita para llevar a término su gran experimento. Ha dejado muy claro que está dispuesto a lo que sea con tal de secuestrarla.

Victor miró a Beatrice con franca curiosidad.

—¿Tiene usted poderes psíquicos, señorita Lockwood?

—Sí —respondió ella—. Aunque el señor Gage no crea en lo paranormal, ya me ha explicado que no es el caso de Clement Lancing.

—De eso no hay duda. —Victor unió las manos tras la espalda—. Lancing estaba convencido de que existe un espectro completo de fuerzas paranormales que se extienden más allá de lo normal. De hecho, creía que mi hija poseía esos poderes en alguna medida. Era una de las razones por la que ella lo obsesionaba. Estaba seguro de que poseía la capacidad de desencadenar los efectos revitalizantes del agua egipcia.

—Pero como Emma ha muerto, necesita a otra mujer con poderes —dijo Joshua—. Ha enviado a un criminal profesional que se hace llamar Hombre Hueso para secuestrar a Beatrice.

—¡Vaya! —repuso Victor enarcando una ceja—. Me alegra comprobar que sus esfuerzos han resultado inútiles.

Beatrice miró a Joshua.

—Gracias al señor Gage —dijo.

Victor sonrió con melancolía y también con cierta expresión paternal. En su mirada se percibía la calidez de los recuerdos.

—Siempre fuiste mi mejor agente, Josh. Por lo visto ni las heridas han podido cambiar esa evidencia. Y ahora supongo que has acudido a mí porque tienes un plan, ¿no es cierto?

—He planeado una trampa para el asesino —dijo Joshua—. Con suerte caerá en ella esta noche. Entretanto, te estaría muy agradecido si permitieras a Beatrice quedarse contigo aquí, en un lugar en el que sé que estará segura.

—Por supuesto —dijo Victor—. Cuéntame cuál es tu estrategia.

42

—Ya sé que no crees en los poderes paranormales, así que en la capacidad de leer el futuro tampoco creerás, ¿verdad? Pero ambos estamos de acuerdo en que existe algo llamado intuición —dijo Beatrice.

Estaban solos y paseaban por el amplio invernadero adosado a la mansión de Hazelton. Otra noche cualquiera, el escenario habría favorecido el romance, pensó Beatrice. La luz de la luna penetraba por las paredes y el techo de cristal para iluminar un impresionante despliegue de vegetación que incluía desde helechos y palmeras hasta orquídeas de todas las variedades imaginables. Era la única estancia de la casa que no se veía invadida por la tristeza. Aquel espacio desbordaba de vida. Victor Hazelton hubiera debido pasar más tiempo en su invernadero.

La cena había resultado algo desabrida. El comedor, lo mismo que la biblioteca, reflejaba el profundo duelo que se vivía en aquella casa. De las paredes colgaba más seda negra. Un retrato de Emma con un elegante vestido contemplaba a los comensales por encima de la repisa de la chimenea. El cariacontecido lacayo que los había servido, con una banda negra en el brazo, se había mantenido en hermético silencio en sus idas y venidas desde la cocina.

Beatrice sabía que no habría disfrutado de la comida aunque el ambiente hubiera sido más alegre. Durante toda la tarde la había azorado aquella sensación de incomodidad, que con la irrupción de la noche no había hecho más que crecer.

—A pesar de las apariencias, puedo cuidar de mí mismo, Beatrice —dijo Joshua.

—Lo sé muy bien. Pero eso no significa que uno no tenga que prestar atención a su intuición. ¿Qué te dice la tuya?

Él se detuvo junto a unos frondosos helechos. Dejó el bastón a un lado y la atrajo hacia sí.

—Ya te he advertido que el tiempo se agota —dijo—. No puedo arriesgarme a esperar. Tengo que encontrar al Hombre Hueso esta noche y valerme de él para dar con Lancing. Ya no hay tiempo para concebir otro plan.

Beatrice habría querido discutírselo, pero sabía que era inútil. Si hubiera tenido una estrategia alternativa que ofrecerle, habría podido convencerlo, pensó. Pero no podía pensar en ninguna.

Le agarró las solapas del abrigo y le dijo:

—Prométeme que tendrás cuidado y que volverás a mí.

—Lo prometo —contestó él.

Joshua la estrechó entre sus brazos y la besó. La ansiedad, el miedo que sentía por él acicatearon a Beatrice. Aferrándose a sus hombros le devolvió el beso con desesperación, como si temiera no volver a verlo nunca más.

Él respondió con una oleada de deseo que los arrastró a ambos.

La condujo a una pila de telas de arpillera y le subió las faldas a la cintura. Encontró la costura abierta del calzón pantalón y la acarició hasta que la sintió húmeda y palpitante. Se desabrochó los pantalones. Ella tomó su miembro con una mano y lo guio hasta su interior.

—No puedo detenerme —le advirtió apoyando el rostro

en el cuello de Beatrice—. Esta noche no. Haces que me hierva la sangre.

—Está bien —susurró ella—. No pasa nada, amor mío.

«Amor mío.»

Y entonces Beatrice supo, sin sombra de duda, que era cierto. Amaba a Joshua.

Ignoraba si la había oído, pero en cualquier caso no reaccionó a sus palabras. Una pasión febril, desbordante, lo consumía.

Se hundió en ella con profundidad y dureza: una vez, dos veces, y luego apretó los dientes para ahogar un rugido exultante. Ella mantuvo su fuerte abrazo hasta que cesaron las oleadas del derrame.

Por un momento se derrumbó sobre ella. Cuando el ritmo de la respiración se hizo normal, gruñó y rodó a un lado del montón de arpillera. Se quedó mirando la luna a través del techo de cristal del invernadero. Le tomó la mano y la besó en la palma.

—Perdóname —dijo al cabo de un rato—. No te he esperado. No podía. Ha sido una descortesía por mi parte.

Ella sonrió y se incorporó apoyándose en un codo para mirarlo. Los ojos le brillaban.

—Tú asegúrate de volver sano y salvo para que yo pueda acabar lo que has empezado aquí esta noche —dijo con un tono burlón.

Él no respondió a ese intento de quitarle importancia al asunto. En lugar de eso, su mirada se hizo ardiente. Le envolvió la nuca con la mano y la atrajo hacia su cara, hasta que sus dos bocas casi se rozaron.

—Te doy mi palabra de que así lo haré —dijo.

Y volvió a besarla para sellar su promesa.

Veinte minutos más tarde lo vio salir a la noche y subir a un coche que lo llevaría de vuelta a lo más profundo de las oscuras calles de Londres. Cuando el vehículo desapareció en la bruma sintió el gemido silencioso de su propia intuición. Pero no había nada que ella pudiera hacer.

Victor la tomó del brazo y la condujo con suavidad de vuelta al interior. La miró con ojos llenos de comprensión.

—No se preocupe —le dijo—. Josh siempre ha sido mi mejor agente. Incluso en su estado actual, estoy seguro de que sabrá cuidar de sí mismo.

43

—Esta casa debe de parecerle un lugar muy lúgubre, señorita Lockwood. —Victor vertió brandy en una copa—. Algunos de mis viejos amigos me han comentado que ya he prolongado el luto demasiado. Según ellos es hora de que siga adelante con mi vida.

—Sé que existen determinadas reglas sociales que conciernen al duelo —dijo Beatrice con delicadeza—. Pero soy de la opinión de que cada uno pasa el duelo a su manera. Eso sí, también reconozco que no puede existir una pérdida mayor que la de un hijo.

Habían vuelto a la biblioteca. El ama de llaves, vestida de negro, les había llevado el café. Victor había servido dos tazas y luego había añadido unas gotitas de brandy a cada una, pero Beatrice no había tocado la suya.

Se había sentido cada vez más nerviosa desde el momento en que Joshua se había marchado en busca de una confrontación con el asesino. Ya era pasada la medianoche. Luchaba por mantener el control de sus nervios. Se decía a sí misma que Joshua sabía lo que se hacía. Pero la sensación de pánico era cada vez mayor.

—Emma era todo lo que tenía después de que su madre muriera —explicó Victor. Apoyó el antebrazo, cubierto por ropas negras, sobre la blanca repisa de la chimenea y miró al retrato que tenía encima—. La sociedad espera que un viudo se vuelva a casar al cabo de pocos meses, especialmente si no ha tenido descendencia masculina.

—Sí, lo sé —dijo Beatrice.

—Pero yo quería a mi Alice, y sentía que no podía traicionar su memoria trayendo a otra mujer a esta casa. Tenía a mi brillante y preciosa hija, y eso me parecía más que suficiente.

—Lo entiendo.

Las reglas y los rituales del duelo eran complicados, pero la carga más pesada recaía sobre las mujeres. Todo, desde el papel con orla de luto que se utilizaba para anunciar una muerte hasta el período de tiempo prescrito para llevar vestidos negros primero y luego grises, era una cuestión de gran preocupación para las mujeres. Se miraba a una mujer de luto muy de cerca, se la sometía a un implacable escrutinio. Los hombres, en cambio, se limitaban a adornar con una banda negra su sombrero y, como mucho, llevaban un brazalete negro durante los dos meses posteriores al fallecimiento. A las viudas se les desaconsejaba que volvieran a casarse. Un segundo matrimonio se consideraba una falta de sensibilidad. A los hombres, sin embargo, se les recomendaba tomar una nueva esposa tan pronto como fuera posible.

—En mi vida también había dos hombres jóvenes que eran como hijos para mí —continuó Victor—. Realmente, viví mi momento más feliz cuando Emma me dijo que quería casarse con uno de ellos.

—Clement Lancing —dijo Beatrice.

—Sí. Mi hija era muy guapa. Podía haber obtenido al hombre que hubiera deseado. Yo sabía que tanto Joshua como Clement la amaban, pero al final pensé que Lancing era la elección adecuada, porque compartía con Emma la pasión por la egiptología. —La mandíbula de Victor se tensó—. Fue una de las pocas veces en mi vida en que me equivoqué de lleno en mi juicio sobre un hombre... Y ese error me costó a Emma.

—¿Conocía la obsesión de Lancing por la fórmula para el fluido egipcio?

—¡Claro que la conocía! —exclamó Victor—. Emma también estaba fascinada por ese asunto. Hablamos del tema en muchas ocasiones. Estaban emocionados con la posibilidad de que los antiguos hubieran descubierto una manera de preservar a quienes habían muerto hacía poco en un estado de animación suspendida. Lancing estaba convencido de que, una vez en ese estado de sueño profundo, la fórmula ejercía un efecto sanador en los órganos. En cuanto se completara el proceso, los individuos podrían ser devueltos a la vida con éxito.

—Tal como le dije al señor Gage, me sorprende que científicos tan brillantes como Clement Lancing puedan creer realmente que son capaces de despertar a los muertos —dijo Beatrice.

—A veces puede resultar harto difícil trazar la línea entre genio y locura. —Victor hizo una pausa—. Le advierto que Lancing no pensaba que el agua egipcia pudiera tener resultado alguno en un cadáver de tiempo atrás, sino solamente si la muerte había tenido lugar horas antes de sumergirlo en la solución. Entonces sí que, según él, cabía tener todas las esperanzas de recuperar la vida. Por eso empezó a llevar a cabo experimentos terribles.

—El señor Gage ya me puso al corriente de ese aspecto del asunto.

—Cuando mi hija descubrió lo que estaba ocurriendo, quedó horrorizada. Se enfrentó a él y... Bueno, seguro que Josh ya le habrá contado el resto.

—Sí.

Victor negó con la cabeza, con los labios apretados.

—Ya resulta muy difícil aceptar que Lancing sobreviviera a la explosión. La posibilidad de que pueda tener el cadáver de mi hija conservado en una sustancia química resulta todavía más increíble. Todos estos meses...

—Solo puedo imaginar lo inquietante que esa idea debe de ser para usted.

—Joshua nunca se tomó el trabajo de Emma y Lancing en serio, porque no cree en los fenómenos paranormales.

—Sí, eso ya lo ha dejado muy claro.

Victor asintió.

—Todos tenemos nuestros puntos débiles. En el caso de Josh es ese gran deseo de vivir mediante la lógica fría y la razón. Siempre ha temido que hacerlo de otro modo implique poner en peligro su sentido del control.

—Lo conoce usted muy bien, señor Hazelton. Pero eso no tendría que suponer ninguna sorpresa. Por lo que tengo entendido, usted le sirvió de guía en un momento crucial de su vida.

—Hice lo que pude —repuso Victor—. Aprecio mucho a Joshua. Lo que ocurrió hace ahora casi un año nos causó un profundo dolor a ambos. Me doy cuenta de que los dos hemos dedicado este año a pasar el duelo. Ahora que lo sé, pienso que podríamos haber hablado más. —Miró el reloj—. Va a ser una noche muy larga.

Ella sintió otra punzada de angustia. El pánico súbito que la asaltó hizo que se pusiera de pie. De pronto necesitaba alejarse de la atmósfera fúnebre de esa estancia, salir de esa casa parecida a un mausoleo. La energía negativa que se respiraba en ella le estaba afectando los nervios.

—¿Le importaría mucho si subo a mi habitación mientras espero a Joshua? —preguntó.

Victor puso cara de extrañeza.

—¿Se encuentra bien, querida? Tiene mal aspecto.

—Estoy muy tensa. Me temo que en este momento no soy una buena compañía.

—Sí, claro, claro. —Victor la estudió con honda preocupación—. Veo que no se ha tomado el café con brandy. ¿Quizá desea solamente una copa de brandy? La ayudaría a calmarse.

—No, así estoy bien, gracias. Por favor, avíseme en el instante mismo en que vuelva Joshua.

—La avisaré, le doy mi palabra.

Victor le abrió la puerta. Ella se apresuró para cruzar el vestíbulo hasta la gran escalinata. El alivio que había sentido al salir de la biblioteca se reveló efímero. Otra oleada de miedo la estremeció mientras subía la escalera. Cuando llegó a su dormitorio estaba acercándose peligrosamente a un ataque de pánico. De pronto sentía que lo que más necesitaba era respirar el aire fresco de la noche.

Tenía que salir de aquella casa. Tal vez unos minutos en el jardín le permitieran recuperar el ritmo normal de la respiración.

Abrió la puerta del dormitorio, tomó la capa y una vela y se deslizó de nuevo hacia el vestíbulo. La larga alfombra que cubría los escalones amortiguaba sus pasos. No quería alarmar a Victor. Sabía que si se daba cuenta de que iba a salir sola y a esas horas de la noche, se alarmaría.

La casa se hallaba sumida en el silencio. Los sirvientes ya habían bajado a sus estancias hacía un buen rato.

La escalera del servicio, al final del vestíbulo, era la ruta más corta hacia los jardines. Abrió la puerta que daba a dicha escalera, intentando hacer el menor ruido posible.

Oyó los pasos de Victor en la escalera principal justo cuando cerraba la puerta. Encendió la vela y empezó a bajar. La estrechez de los escalones hizo que su corazón se acelerara. La necesidad de aire fresco se le hacía abrumadora. Era como si la casa intentase ahogarla.

No había ninguna razón lógica para los ataques de pánico que la invadían, pero durante demasiado tiempo había sobrevivido gracias a su intuición, y ahora no podía ignorar esas sensaciones.

Llegó a la planta baja y se detuvo para apagar la vela. Los candelabros de la pared también estaban casi apagados, pero la luz era suficiente para distinguir una puerta que tenía el aspecto de servir como entrada de suministros de la casa.

Por encima de su cabeza oyó el crujido ahogado del entarimado. Victor cruzaba el vestíbulo para dirigirse a la habitación principal. Los leves chasquidos de los tablones no deberían aterrorizarla, pero lo hacían. Los recuerdos de la noche en que había permanecido junto a Roland mientras agonizaba, cuando había oído a su asesino volver a la escena del crimen, la trastornaban. El miedo acuciante surgía de su propio interior.

Sin embargo, no había sido Victor Hazelton quien había matado a Roland, pensó. ¿Por qué, entonces, estaba tan asustada? Tal vez los sucesos de los últimos días habían sido demasiado para su equilibrio nervioso. Era una persona fuerte, pero todo el mundo tiene su límite. Y ahora cualquier sombra la asustaba.

Se dirigió en silencio hacia la entrada de servicio. Sus dones se aguzaban como reacción al miedo. En la luz mortecina podía percibir la bruma oculta creada por las huellas de las muchas personas que habían atravesado esa puerta: comerciantes que traían los pedidos, carpinteros y pintores citados para llevar a cabo reformas, cocheros, jardineros y todos los que habían llamado a la mansión en la esperanza de obtener un trabajo.

Las décadas de huellas habían formado una sombría capa

de energía que se arremolinaba en el suelo. Pero una de las series de huellas destacaba por encima del resto. Brillaban con terrible iridiscencia. Las reconoció enseguida.

El hombre con una calavera por cara había entrado por aquella puerta, y no una, sino varias veces en los últimos meses.

El hecho de que hubiera utilizado la entrada de servicio le dijo todo lo que tenía que saber. Trabajaba para Victor Hazelton.

Se oyó otro crujido en la planta superior y luego se hizo un silencio angustioso. Era imposible asegurarlo desde donde se encontraba, pero la intuición le decía que Victor se había detenido ante la puerta de su dormitorio.

Se sacó la pistola y abrió la puerta de servicio, casi con la expectativa de encontrarse cara a cara con el asesino. Pero al otro lado no había más que la noche iluminada por la luz de la luna.

Joshua pensaba que había tendido una trampa, pero estaba equivocado. Era él quien iba a caer en una.

44

Corría por las calles desiertas, con los sentidos alborotados. Todos los umbrales, todas las callejuelas le parecían sumidas en una oscuridad amenazadora. No se atrevía a tomar atajos a través de los parques: su pequeña pistola no serviría de nada ante una banda de ladrones.

Le pareció que pasaba una eternidad hasta que consiguió detener un cabriolé. Sabía lo que el cochero pensaba cuando se recogía las faldas y se subía al pequeño vehículo. Las mujeres respetables no iban por ahí en cabriolés. Solamente las mujeres promiscuas se permitían ser vistas en esos birlochos ligeros y ágiles. Y solamente una prostituta podía tener un motivo para rondar sola por la ciudad a esa hora de la noche.

—Lantern Street —dijo con viveza—. Y dese prisa, por favor.

—Te está esperando un cliente, ¿verdad? —le preguntó el cochero, jocoso. Pero obedientemente hizo restallar el látigo. El caballo se lanzó al trote.

Veinte minutos más tarde llegaban a las puertas de Flint y Marsh. Beatrice se apeó y pagó al cochero. El cabriolé desapareció en la oscuridad.

Subió los escalones que conducían a la entrada principal

de la Agencia. No era sorprendente que las luces estuvieran apagadas. Llamó con la aldaba una y otra vez, pero no obtuvo respuesta.

El instinto le indicó que tenía que echar mano de la pistola. Con cuidado, intentó abrir la puerta, y se sorprendió al ver que el pomo giraba con facilidad en su mano. Era muy extraño: a la señora Beale nunca se le olvidaba tener aquella puerta bien cerrada durante la noche.

Enseguida supo que había cometido un terrible error, pero a esas alturas ya era demasiado tarde. Percibió una bocanada del sutil aroma del incienso.

—La he estado esperando, Beatrice —dijo Victor desde las sombras del vestíbulo—. Le ha llevado mucho tiempo llegar hasta aquí. Pero siempre resulta difícil conseguir un coche a estas horas de la noche, ¿verdad?

Ella empezó a retroceder, con la intención de volverse y huir.

—Si no entra, las mataré a las tres —añadió Victor—. Ya no tengo nada que perder, ¿entiende? Y en este mismo momento puedo garantizarle que las tres siguen con vida.

Victor encendió la lámpara. Beatrice vio a Abigail y a Sara tendidas en el suelo ante él. Las dos iban vestidas con sus camisones. Las dos estaban inconscientes.

—El ama de llaves está en la otra habitación —agregó Victor—. No tengo intención de matarlas, pero sus vidas están en sus manos. Esta noche obtendré su colaboración, cueste lo que cueste.

—¡Oh, cielos! —exclamó Beatrice—. Realmente cree que Clement Lancing puede devolverle la vida a su hija, ¿no es eso?

—Ella es todo lo que tengo —dijo Victor—. Haré lo que sea con tal de salvarla.

—¿Y eso incluye enviar a Joshua, a quien según usted mismo me decía era como su hijo, a la muerte en las manos de un asesino?

—Tranquilícese. Joshua puede sobrevivir a ese encuentro. En otros tiempos tenía muchos recursos con que enfrentarse a esos retos. Es cierto, ha perdido gran parte de su velocidad y agilidad, pero sigue siendo formidable. Si fuera un amante del juego, apostaría por él. Pero al final da igual cuál de los dos sobrevive.

—Porque lo que importa es asegurarse de que Joshua está ocupado mientras usted se ocupa de raptarme.

—Efectivamente.

—Sobrevivirá —dijo Beatrice—. Y vendrá por mí. Siempre encuentra lo que busca.

—Tal vez la encuentre, pero le llevará algún tiempo... Un par de días, por lo menos. Para entonces ya no la necesitaré. Los asuntos que nos ocupan habrán concluido este mismo amanecer. Y ahora deje esa ridícula pistola en la consola y vuélvase hacia la pared.

—¿Por qué tengo que volverme?

—Hágalo.

Dejó la pistola sobre la mesa y se volvió muy lentamente. Victor se movió a una velocidad increíble para ponerse detrás de ella, inmovilizarla con el brazo alrededor del cuello y apretarle un paño húmedo contra la nariz y la boca.

Ella percibió el olor del cloroformo. Intentó no respirar, pero al final no le quedó más remedio que hacerlo.

La oscuridad se la tragó por entero.

45

La primera oleada de rumores tuvo lugar en la taberna El Perro Rojo poco después de la medianoche. Joshua estaba solo en un aposento de la parte trasera. Vestía como el resto de parroquianos, con las prendas hoscas y las pesadas botas características de un hombre que se gana la vida de maneras oscuras y peligrosas. La cicatriz había resultado una baza en lugares como la taberna El Perro Rojo y otros establecimientos que había visitado aquella misma noche.

Había oído voces procedentes de la estancia contigua, y estaba seguro de que habían pronunciado el nombre de Weaver, pero no había captado los detalles. Cuando se menciona al señor del crimen, siempre se hacía en un susurro.

Había hecho la ronda por los garitos, tugurios y tabernas cercanos a los muelles, preparando el escenario para la trampa. También se sucedían las habladurías sobre el Hombre Hueso, pero no eran en absoluto fiables. Nadie parecía conocer la identidad de quien había contratado sus servicios, pero se especulaba con que trabajaba para un aspirante a señor del crimen que tenía la intención de retar a Weaver y a los demás miembros de la vieja guardia que controlaban el submundo criminal.

Cuando la camarera, una atractiva rubia de mirada acerada, se acercó con la jarra de cerveza, Joshua sacó unas cuantas monedas adicionales y las dejó sobre la mesa. La mujer miró el dinero, interesada pero cautelosa.

—¿Qué tengo que hacer para ganármelo? —preguntó.

—Dame noticias sobre Weaver.

Ella miró alrededor con desconfianza y se inclinó para dejar la jarra sobre la mesa. Bajó la voz.

—Nadie puede afirmarlo con seguridad, pero en la calle se dice que ha muerto.

Joshua la miró estupefacto.

—¿Lo han matado?

—No, eso es lo raro. Se comenta que le ha fallado el corazón.

Joshua pensó en lo que Beatrice había dicho esa misma tarde: «Se está muriendo.»

—¿Explican esos rumores cuándo ha muerto? —preguntó Joshua.

—Es muy extraño. Según lo que cuentan, fue a encontrarse con alguien, y cuando volvió a su despacho el lacayo que le abría la puerta del coche se encontró con que se había quedado seco. También se dice que sus matones quieren mantenerlo en secreto durante tanto tiempo como sea posible, para poder hacerle una última visita a todos sus negocios esta noche y cobrarles la protección.

—Dinero que los matones guardarán para ellos. —Joshua se puso en pie y tomó su bastón.

Había desperdiciado aquella noche. Weaver no había vivido lo suficiente para tender la trampa.

—¿No se toma su cerveza, señor? —le gritó la camarera.

Joshua no contestó. Se abrió paso a través de la estancia abarrotada, desesperado por llegar a la puerta. La mano se había convertido en un puño alrededor de la empuñadura del bastón. Se sentía frustrado y furioso. Tenía la vaga sensación de que la gente se apartaba para dejarlo pasar, pero no prestó demasiada atención: lo único que quería era salir de allí.

Sabía que en ese mismo momento los tentáculos de Lancing se estaban estrechando alrededor de Beatrice. ¡Cuánto tiempo perdido!

«Hazelton la protegerá», pensó. Pero incluso al intentar tranquilizarse sabía que ya no podía estar seguro de nada. Se había equivocado demasiado a menudo en ese asunto, y Beatrice iba a pagar las consecuencias.

Finalmente logró salir a la calle. El aire frío de la noche y el hedor del río lo ayudaron a concentrarse. Se obligó a controlar la respiración y a dominar las emociones. Su mente era un caos de pensamientos evocados por una imaginación febril.

No tenía sentido lamentarse por las horas que había perdido. La estrategia inicial no había funcionado. Tenía que idear una nueva, y pronto, o no tendría esperanzas. Esta vez el tiempo se había acabado de verdad.

Caminó calle abajo, dirigiéndose a la esquina donde Henry lo esperaba con el coche. El golpeteo del bastón y la cadencia de su cojera eran los únicos sonidos que rompían el silencio de la noche.

Estaba tan concentrado en la confección de un nuevo plan que no advirtió la presencia del asesino hasta que el hombre con cara de calavera se abalanzó sobre él.

Aquel golpe era mortal de necesidad, o lo habría sido si en el último instante no hubiera oído el leve jadeo del asesino antes de asestárselo.

Los viejos hábitos y el largo entrenamiento lo llevaron a volverse rápidamente para enfrentarse al atacante. La maniobra le hizo perder el equilibrio, pues la pierna mala cedió bajo su peso, con lo que cayó al suelo... y accidentalmente salvó la vida.

Llevado por el impulso, el asesino dejó atrás a Joshua unos cuantos pasos, hasta que pudo detenerse y volverse para intentar un nuevo ataque.

Joshua luchaba para ponerse en pie. Advirtió que seguía agarrando el bastón por la empuñadura. Lo agitó trazando un semicírculo para defenderse del asesino.

El Hombre Hueso había previsto ese movimiento. Soltó una patada y conectó con el bastón.

Con la fuerza demoledora del golpe, el bastón de acero y ébano salió despedido e impactó sobre el pavimento, unos metros más allá.

El asesino avanzó decidido. Los ojos eran pozos de noche vacía. La hoja que sujetaba en la mano relumbró a la luz de una cercana farola de gas.

No se percató de que Joshua había sacado del bastón un afilado puñal y se lo había lanzado hudiéndoselo en la garganta.

El Hombre Hueso gruñó y dio unos trompicones, hasta detenerse. La sangre regurgitaba en su boca. Miraba a Joshua con incredulidad.

Cayó de rodillas, se inclinó a un lado y por fin se desplomó de espaldas.

Un silencio implacable inundaba la calle. Joshua se incorporó. Fue cojeando hasta donde había caído el bastón, sobre los adoquines de la calzada, y se agachó decidido a recuperarlo.

Se acercó al cuerpo yacente y utilizó el bastón para apartar el cuchillo del Hombre Hueso de su mano flácida. Las precauciones nunca eran excesivas.

Se apoyó en el bastón para inclinarse y sacar el pequeño puñal de la garganta del cadáver. Limpió la hoja en las ropas del Hombre Hueso y volvió a deslizar el arma a su lugar en el bastón.

Fue hacia el pequeño y ligero coche que lo esperaba en la esquina, sin dejar de pensar en una de las máximas que había aprendido de Victor: «Todos tenemos nuestros puntos débiles.»

«Tú eras el mío, Victor.»

46

Nelson se encontraba en su pequeño estudio, con una copa de brandy en la mesa que tenía al lado. Hacía ya un buen rato que había perdido el interés por el libro que estaba leyendo y ahora se dedicaba a darle vueltas a su tema preferido: la consideración de su aburrido futuro. El hecho de haber llevado a cabo aquellas recientes investigaciones le había abierto el apetito. Era como si de pronto hubiese encontrado su auténtica vocación. Pero no era lo bastante tonto para imaginar que su tío Josh fuese a pedirle que lo ayudara en un futuro. Después de todo, sabía sobradamente que su tío se había retirado.

Estaba pensando en visitar el Oeste americano, donde, según la prensa, le esperaba la aventura, cuando el sonido de la aldaba rompió el silencio de aquella avanzada hora de la noche.

Dudó de si le convenía o no responder a la llamada. El visitante debía de ser uno de sus amigos, a esas horas ya completamente bebido y deseoso de compañía para una incursión en los barrios más peligrosos. Por primera vez en meses la perspectiva de una noche de borrachera y garitos no le parecía la respuesta a su frustración.

Volvieron a llamar a la puerta, más fuerte esta vez. Gruñó y se puso en pie, recorrió el pasillo y abrió la puerta principal.

—Esta noche tendrás que ir solo —dijo—. No estoy de humor...

Se interrumpió cuando vio a Joshua en el umbral.

Realmente, la visión de su tío lo dejó sin palabras por unos cuantos segundos. En sus ojos había una luz terrible. Nelson pensó que tal vez estaba ardiendo de fiebre. Pero eso no explicaba la oscura energía que parecía emanar de él. Era como si Joshua regresara del infierno y esperara volver a visitarlo pronto.

—¡Tío Josh! —Nelson tragó saliva—. ¿Estás bien?

—La ha raptado —dijo Joshua—. Ha sido culpa mía. He faltado a la primera norma de una investigación. He confiado en alguien involucrado en ella.

—¡Espera, espera! ¿Te refieres a la señorita Lockwood? ¿Quién la ha raptado?

—Hazelton. Ha estado trabajando con Lancing todo este tiempo. Van a intentar revivir a Emma, y creen que para hacerlo necesitan a Beatrice.

—¡Demonios! Los dos se han vuelto locos, ¿no es eso?

—Es la única explicación que se me ocurre —convino Joshua—. Necesito que me ayudes.

—Sí, claro, pero ¿cómo sabes que Victor está implicado con Lancing?

—Ve por tu pistola y acompáñame. Te lo explicaré todo por el camino.

A Nelson solo le llevó un momento coger la pistola, que guardaba en un cajón de su estudio. Salió corriendo de la casa y subió al pequeño coche para sentarse junto a Joshua. En ese momento era consciente del fuego que ardía en su propia sangre. La excitación, la resolución y un sentido que guiaba su vida le conferían una energía que nunca hasta entonces había sentido. Esa noche no iba a salir a emborracharse y a jugar sin sentido. Esa noche iba a hacer algo importante. Esa noche iba a rescatar a una señorita.

Henry hizo restallar el látigo. Y el coche se puso en marcha.

—Primero tienes que decirme cómo supiste que Hazelton está involucrado en este asunto —dijo Nelson.

—Envió al asesino tras mis pasos anoche... —explicó Joshua—. Daba por hecho que si yo sobrevivía iba a seguir con mi propio plan, sin sospechar nunca de él. No podía saber que Weaver no viviría lo suficiente para ayudarme a tender la trampa. Hazelton era la única persona, aparte de Beatrice, que sabía que esta noche iba a estar en la taberna El Perro Rojo. Él era la única persona que podía habérselo dicho al Hombre Hueso.

—Ha traído a un extranjero para que se encargara de sus asesinatos y secuestros: debe de ser alguien a quien conocía de sus años como señor Smith. Y lo ha hecho así porque sabía que si utilizaba a un hombre del hampa londinense, cualquier conocido tuyo de ese ambiente, cualquiera de esos muchos que te deben favores, te avisaría o bien se encargaría de eliminar el problema por su cuenta.

—Exactamente —dijo Joshua—. Victor deseaba quitarme de la circulación, pero no quería correr el riesgo de intentar matarme. Si fallaba, quizá no habría esperanzas de revivir a Emma.

—Él es quien te había entrenado. Sigue respetando tus facultades, a pesar de las lesiones.

—Eso parece. Pero al final si vivía o moría esta noche no tenía importancia. De lo único que quería asegurarse era de distraerme el tiempo suficiente para raptar a Beatrice.

—Pero nosotros vamos a encontrarla, ¿verdad? —dijo Nelson.

—Sí. Pero primero tenemos que detenernos en mi casa para hacernos con el material que guardé hace un año.

—Tío Josh, no querría parecer pesimista, pero no es posible que sepas qué ha hecho Victor con la señorita Lockwood. ¿Adónde se la ha llevado? ¿Cómo vamos a encontrarla?

—La buscaremos en el lugar más indicado.

47

Despertó percibiendo la esencia de la muerte y un intenso olor de productos químicos. Por un instante permaneció quieta, temerosa de moverse, temerosa de abrir los ojos, temerosa de lo que pudiera ver.

—Creo que nuestra invitada ha despertado.

Aquella voz masculina no le resultaba familiar, pero no cabía duda de que una emoción malsana formaba parte intrínseca de ella, como una oscura amenaza.

—Sí, ha despertado —dijo Victor—. Lo menos que podemos hacer es ofrecerle una estimulante taza de té bien cargado para ayudarla a superar los efectos de la droga.

Advirtió que estaba echada en un camastro. Una extraña letargia le pesaba en los sentidos. Se sentía vagamente mareada. Una escena borrosa se abría paso en su mente, como la imagen de un sueño. Por un momento veía los cuerpos de la señora Flint y de la señora Marsh tendidos en el suelo del recibidor de su casa, inconscientes. Y recordaba entonces el penetrante y asfixiante olor del cloroformo.

Instintivamente puso sus sentidos en alerta, luchando por superar la confusa apatía en la que estaba sumergida.

Abrió los ojos y se vio mirando el cielo nocturno a través de una cúpula de cristal y acero. Brillaba una luna blanca y gélida, parcialmente oculta por las nubes. La cúpula era de diseño moderno y la estancia estaba iluminada por lámparas de gas, pero las paredes de piedra que había alrededor eran muy antiguas.

Apareció una figura entre ella y la vista del cielo nocturno. Nunca había coincidido con él, pero sabía que solo podía tratarse de un hombre.

—Clement Lancing —dijo por fin. Le había costado pronunciar aquel nombre. Sabía que por su voz se hubiera dicho que todavía estaba medio dormida, o tal vez algo ebria.

—Su té, señorita Lockwood —dijo Clement—. Nos ha puesto las cosas muy difíciles. Hemos tenido que recurrir a medidas extremas para encontrarla, pero aquí está por fin. Eso es lo que cuenta.

Clement Lancing era alto, ancho de hombros y estaba dotado de un físico atlético. Llevaba el cabello castaño oscuro muy largo, de una manera muy pasada de moda, como si llevara muchos meses sin cortárselo. Se lo peinaba hacia atrás, de manera que le enmarcaba una frente alta, una nariz aristocrática y unos penetrantes ojos grises.

—Es extraño —susurró Beatrice con voz narcotizada—. No parece loco.

Había pensado que el comentario iba a hacer que montara en cólera. En lugar de eso, la sorprendió con una sonrisa triste y comprensiva.

—¿Eso es lo que le ha dicho Gage? —preguntó—. ¿Le ha dicho que estoy loco? Bueno, entiendo que lo diga, claro está. Porque el loco en este asunto es él. Él fue quien asesinó a mi preciosa Emma.

—Tonterías. Fue usted quien la mató.

—Eso… —En los ojos de Clement brilló una luz perversa—. Eso es una mentira.

—Ya basta, vosotros dos —intervino Victor—. No nos queda demasiado tiempo. Tenemos que concluir con el asunto esta misma noche.

Beatrice se incorporó con cuidado y colocó las piernas a un lado del camastro. Instintivamente buscó la fuente de aquel fuerte olor a productos químicos y vio el gran sarcófago en el otro extremo de la estancia. Enseguida supo que el olor procedía de allí. Sintió que la invadía una oleada de terror. La muerte goteaba desde aquella antigua caja de cuarzo. La sentía cruzar la estancia hasta llegar a ella.

Una alta figura de Anubis, con cuerpo humano y cabeza de chacal, se levantaba junto al sarcófago. Alrededor del cuello del dios se enrollaba un largo alambre dorado. Los ojos de obsidiana brillaban en la luz resplandeciente. Beatrice podía sentir la energía paranormal que emanaba de aquella escultura.

A excepción de la vieja caja funeraria y de la figura de Anubis, el resto de la estancia era similar al laboratorio del sótano de la señora Marsh. Los bancos de trabajo cubiertos con gran variedad de tubos de ensayo, matraces y demás aparatos se desplegaban en la habitación. Los estantes de las paredes estaban llenos de cajas y frascos que muy probablemente, pensaba, contuvieran productos químicos.

Recurriendo a sus facultades paranormales, Beatrice comprobó que aquella letargia tan poco natural menguaba. Vio que las faldas del vestido estaban arrugadas y que alguien le había quitado la capa, pero comprobó con alivio que por lo menos seguía completamente vestida. Cuando miró hacia abajo vio que faltaba el pequeño frasco que contenía las sales aromáticas especiales fabricadas por la señora Marsh.

No conseguía aguzar los sentidos plenamente, pero podía ver las huellas calientes que cubrían el suelo de aquella cámara.

Miró a Clement.

—Tal vez piense que es el único cuerdo en este asunto, pero por las huellas metapsíquicas está claro que está muy loco.

Otro chispazo extraño encendió los ojos de Clement. Pero consiguió ignorarlo de algún modo.

Fue Victor quien contestó a su observación.

—Como le he dicho, puede resultar muy difícil establecer la línea entre genio y locura —dijo con tranquilidad—. Créame, Beatrice, he estado intentando encontrarla todo el año pasado. Pero al final, por lo visto, uno tiene que apoyarse en su propia fe, y nada más que en eso.

Clement le ofreció una taza.

—Tómese un té. Eso le servirá para recuperarse, señorita Lockwood.

—No, gracias —dijo ella—. Seguro que entenderá que piense que cualquier té que usted me prepare estará envenenado. —Miró hacia el sarcófago—. Como todo lo demás en este lugar.

—Está usted muy equivocada, señorita Lockwood —dijo Clement—, aquí no hay ningún veneno. Al contrario, lo que va a presenciar es un triunfo de la ciencia de la química. En realidad, esta noche va a ser más que una testigo de la historia. Esta noche va a hacer usted una gran contribución.

Beatrice miró alrededor.

—Joshua tenía razón. Decía que si estaba usted vivo, había que buscarlo en un laboratorio.

—Gage me conoce bien —asintió Clement—. No ha sido fácil ocultarse de él durante el último año. Tuve la suerte de que escogió recluirse después de asesinar a mi amada, pero en un sentido muy real yo también he estado en prisión, porque no me atreví a abandonar este lugar. Pero todo eso se ha acabado. Lo que cuenta ahora es que por fin está usted aquí, en mi laboratorio. La he estado buscando durante meses.

—¿Por qué yo? —preguntó Beatrice.

—Porque solamente una mujer con poderes paranormales genuinos puede liberar la energía de la figura de Anubis.

—Pero en Londres hay miles de médiums...

—En su inmensa mayoría son fraudulentos —la interrumpió Clement—. Yo necesito un talento auténtico.

—Y ¿cómo me ha identificado como la persona que buscaba? —preguntó ella.

—Eso fue cosa de Victor.

Victor tocó la tapa del sarcófago con gesto reverente.

—Estábamos cada vez más desesperados. Sabía que teníamos que correr algunos riesgos. Utilicé a Hannah Trafford para localizarla.

—No lo entiendo —dijo Beatrice.

—Hannah siempre se ha considerado estudiante de lo paranormal —explicó Victor—. Josh nunca ha creído en esas cosas, de modo que siempre ha desechado los intereses de su hermana. Yo, por otra parte, soy muy consciente de que los fenómenos paranormales existen. Tengo ciertos poderes ocultos.

—¿Y eso le hace buen estratega? —preguntó Beatrice con frialdad.

Victor inclinó la cabeza.

—Sí, realmente. Porque con motivo de mi larga y cercana asociación con Josh dispongo de mucha información sobre su familia. Durante mis años como señor Smith me tomé como una obligación informarme cuanto fuera posible de la vida personal de mis agentes.

—En otras palabras, espiaba a sus espías.

—Naturalmente. Hannah es una experta en el tema de lo paranormal, aunque no estoy seguro de que lo sepa. No me sorprendería que ella misma tuviera poderes, también. Después de que asistiera a unos cuantos seminarios de Fleming en la Academia de lo Oculto y de que reservara ciertas visitas con usted, informó a los miembros de su pequeño círculo de investigadores de que era usted una mujer con cualidades de médium.

—Contrató los servicios del Hombre Hueso para secuestrarme —dijo Beatrice—. ¿Qué necesidad había de asesinar a Roland Fleming?

—La muerte de Fleming fue lamentable, pero no tenía otra salida. Sabía que si usted simplemente desaparecía, Fleming iría a la policía y pediría una investigación.

Beatrice se puso de pie.

—Así que le dijo al Hombre Hueso que lo silenciara.

—Pero esa noche usted se escapó —prosiguió Victor—. Primero no pensé que fuera difícil encontrarla, pero al final creí que se había volatilizado, literalmente. Fue algo sorprendente, a decir verdad.

—El Hombre Hueso encontró la bolsa esa noche, ¿verdad?

—Sí, y me la trajo. No tenía interés en todos esos asuntos al principio, pero luego, cuando me di cuenta de que no podría localizarla, me decidí a correr el mayor de los riesgos.

—Le hizo chantaje a Hannah y luego hizo que pareciera que yo era la extorsionista. Sabía que eso arrastraría a la cacería también a Joshua.

Victor suspiró.

—A esas alturas ya estaba desesperado. Temía que nunca fuese a encontrarla.

—¿Había algo en la colección de Roland que pudiera involucrar a Hannah?

—No. Pero Hannah y Josh no podían saber eso de ninguna manera.

—Sin embargo, usted tenía información sobre el hombre que había muerto en la cocina de Hannah —dijo Beatrice—. ¿Cómo lo descubrió?

—Josh guardaba muy bien ese secreto, y no me lo había contado ni a mí, que era la única persona en quien confiaba aparte de la familia. Pero tal como decía, tuve a bien mantener vigilados a mis agentes. No había manera de introducir un espía en la casa de Josh, pero el ama de llaves de Hannah fue mi informadora involuntaria. Había sido testigo de la escena aquella noche, y la había impresionado. Le confió la experiencia a su hermana, que había trabajado para mí desde poco después de que empezase a adiestrar a Josh. En ese tiempo no tenía ningún interés particular en la muerte.

—Pero cuando usted se dio cuenta de que tenía que enviar a Joshua en mi busca, sabía que disponía del anzuelo perfecto —razonó Beatrice—. Sin embargo, chantajear a Hannah usted mismo habría sido demasiado peligroso.

—Eso me habría traído directamente a Josh —dijo Victor—. Necesitaba una distracción que estuviera a su altura.

—Y encontró a un criminal barato y en cierto modo inepto que estaba encantado de intentar obtener dinero por extorsión de personas ricas. Usted falsificó un par de páginas de un diario inexistente en el que se insinuaba la muerte en la cocina de Hannah.

—Ese inepto necesitaba una cantidad considerable de consejos, pero al final mi estrategia funcionó —repuso Victor.

—Y ordenó al Hombre Hueso que matara a su chantajista cuidadosamente escogido en Alverstoke Hall.

—No podía permitir que ese extorsionista viviera después de cumplir con su función. Sabía demasiado, ¿entiende? Siempre existía la posibilidad de que, incluso si había puesto cuidado en mantener en secreto mi identidad de cara al chantajista, Josh fuera capaz de encontrarme siguiendo la pista.

—Imagino que serán conscientes de que Joshua estará buscándome incluso en este mismo momento —dijo Beatrice.

—Eso siempre que sobreviva al encuentro con el Hombre Hueso —repuso Victor—. De todos modos, para entonces todo habrá acabado. Mi hija ya se habrá despertado.

—Pero ustedes no pueden correr lo bastante deprisa para escapar de Joshua, tienen que saberlo.

—No tengo ninguna intención de correr —replicó Victor mirando hacia el sarcófago—. Lo único que me preocupa es Emma.

Clement soltó un resoplido.

—Y yo le aseguro que Gage no va a sobrevivir a las próximas veinticuatro horas. Incluso si escapa al cuchillo del Hombre Hueso, morirá en esta casa en cuanto venga a buscarla.

—Ya han intentado matarlo y han fallado —dijo Beatrice—. ¿Qué le hace pensar que esta vez van a conseguirlo?

Los ojos de Clement se encendieron en una locura salvaje.

—Las cosas no estaban enteramente bajo nuestro control en las ocasiones previas. Pero si Josh vuelve aquí a buscarla, estará en mi terreno.

Ella miró de nuevo alrededor.

—¿Se refiere a esta habitación?

—La escalera y el pasadizo que conducen a este laboratorio están provistos de una serie de trampas. Cada una contiene un frasco de mi vapor productor de pesadillas. Solamente Victor y yo conocemos la ruta segura hacia esta habitación. Cualquier otra persona que intente subir la escalera sufrirá una muerte lenta y terrible.

—¿Por qué no me explican con una mayor precisión lo que esperan que haga para ustedes? —dijo ella.

—Sí —dijo Victor, con tono cortante—. Ya es hora.

—Acompáñeme, señorita Lockwood —ordenó Clement.

Se volvió y se acercó al sarcófago. Ella lo siguió lentamente, intentando suprimir sus sentidos. Pero por mucho que intentara neutralizar sus poderes, le resultaba imposible escapar a las huellas de descomposición y muerte que llenaban la atmósfera alrededor del antiquísimo ataúd.

Clement rodeó el sarcófago y se puso frente a ella desde el lado opuesto.

—Contemple a mi amada —dijo—. Esta noche la despertará.

Beatrice había intentado prepararse para lo que podría ver cuando apartaran la tapa del sarcófago. Temía lo que aquella visión podía mostrarle, pero se esforzaba en recordar que aquella no iba a ser la primera vez que veía un cadáver.

Fue una sorpresa descubrir que la tapa del sarcófago estaba formada por un gran panel de cristal transparente. Bajo aquella superficie flotaba en un líquido traslúcido el cuerpo perfectamente preservado de una mujer. Iba vestida con un camisón blanco y fino cuyos bajos estaban asegurados a los tobillos para impedir que flotara. Los cabellos oscuros enmarcaban su bonita cara. Tenía los ojos cerrados.

Beatrice se detuvo a una corta distancia y contuvo la respiración.

—Oh, cielos —susurró—. Es Emma.

—Sí —dijo Victor—. Está durmiendo un sueño muy profundo. Ahora tal vez entienda por qué he llegado hasta estos extremos para revivirla.

Clement miró a la mujer muerta.

—Es una belleza, ¿verdad?

Beatrice tragó saliva con dificultad e intentó eliminar la sensación incómoda en su estómago. No solo se había preservado la belleza de Emma con exquisitez. Las marcas en el cuello eran tan vívidas como si la hubieran estrangulado el día anterior.

—Realmente era preciosa —comentó Beatrice en voz baja.

Los ojos de Clement volvieron a encenderse.

—Es preciosa. ¡Sigue siéndolo!

—Está muerta —dijo Beatrice con claridad—. No hay nada ni nadie que pueda devolverla a la vida.

Los ojos de Victor se oscurecieron por la desesperación y por una inexorable determinación.

—No está muerta.

—Está dormida —terció Clement—. Es un sueño muy profundo, pero al fin y al cabo un sueño. A esto se le llama animación suspendida.

—Confieso que estoy sorprendida por los efectos conservantes de la fórmula, pero la muerte es la muerte —sentenció Beatrice.

—¡Maldita! —exclamó Clement con desprecio. Caminó hacia ella rodeando el sarcófago—. Usted no es científica. No sabe nada de química.

Temblando por la furia, con los ojos encendidos, quiso lanzarle las manos al cuello.

Beatrice se echó hacia atrás tan rápido que un tacón se le enganchó en el borde del vestido. Cayó pesadamente al suelo.

Victor se movió con presteza para interponerse en el camino de Clement.

—¡Deja ya de comportarte así! ¿Acaso has olvidado que necesitamos la ayuda de la señorita Lockwood?

Clement se detuvo. Pestañeó dos veces, claramente confuso, respiró hondo y se recompuso con un visible esfuerzo. Los fuegos de la locura le destellaban en los ojos, pero no en el aura.

—Sí, claro —contestó con aspereza.

Beatrice se puso en pie. Clement no era el único que luchaba por respirar. Sentía el corazón desbocado por el terror.

Retrocedió ante los dos hombres y topó de espaldas con un banco de trabajo. Oyó el ruido de instrumentos de metal detrás de ella, pero hizo caso omiso e intentó encontrar la manera de huir de la estancia.

La única salida era la puerta en el extremo opuesto de la habitación. Victor y Clement le cerraban el paso. No tenía más remedio que continuar ganando tiempo con la esperanza de que Joshua la encontrara. Y eso implicaba no provocar a Clement ni permitir que su furia asesina despertara.

—Tienes razón, Victor —dijo Clement, que volvía a dominarse—: No voy a matar a la señorita Lockwood ahora. Ese placer vendrá más tarde.

—No hay necesidad de que hoy muera nadie —repuso Victor.

Hablaba con un tono tranquilizador, como si se tratara del celador de un manicomio que intenta calmar a un enfermo. Estaba claro que no era la primera vez que hablaba a Clement tras un acceso de locura.

Beatrice pensó en el sonido metálico que había oído al topar con el banco de trabajo. Miró por encima del hombro para ver qué había causado ese ruido.

Allí, sobre el banco, había una serie de brillantes instrumentos quirúrgicos: escalpelos, abrazaderas y jeringas. En una estantería cercana había una fila de frascos de vidrio que contenían ratas muertas flotando en un líquido.

Victor seguía calmando a Clement. Tenía que aprovechar la oportunidad. Podía ser la última. Deslizó la mano por detrás y palpó con cuidado. Los dedos se cerraron alrededor del mango de uno de los escalpelos. Deslizó la hoja en el bolsillo oculto del vestido, el destinado a contener el pañuelo.

Clement se enderezó. Volvía a guardar la compostura, pero seguía teniendo los ojos incandescentes.

—Ya hemos perdido bastante tiempo —dijo. Fue hacia la estatua que se levantaba junto al sarcófago—. Trae a la señorita Lockwood, Victor.

Victor dirigió una mirada displicente a Beatrice y echó a andar hacia ella.

—No será necesario que vuelva a ponerme las manos encima —dijo ella con el tono más frío que fue capaz de articular.

Victor se detuvo, a la espera.

Ella retrocedió despacio hacia el sarcófago.

—Sigo sin entender lo que según ustedes tengo que hacer para ayudarlos en esta locura —dijo con tranquilidad.

—En el proceso del despertar hay dos pasos —explicó Clement, con el tono propio de un profesor—. El primero requiere liberar la energía infundida a la figura de Anubis. —Tomó el extremo del alambre dorado que envolvía el cuello del dios—. Este es tu trabajo. La energía se conducirá por este cable hasta el agua egipcia. Esto causará una reacción química que invertirá el estado de animación suspendida.

Beatrice pensó en la conveniencia de volver a decirle que estaba loco; pero, vista su reacción anterior, tal vez no fuera lo más acertado.

—¿Cuál es el segundo paso del proceso? —acabó por preguntar.

—Una vez que se haya encendido el agua egipcia será necesario añadir sangre fresca a los productos químicos. Así se conseguirá mantener el proceso durante el tiempo suficiente para conseguir el despertar. Mi preciosa Emma era una mujer de talento extraordinario. Resulta evidente que otra mujer de capacidades mentales notables será la mejor proveedora de sangre.

Beatrice miró los instrumentos quirúrgicos situados en el banco de trabajo.

—Yo.

—Sí, señorita Lockwood —dijo él, sonriendo—. Usted.

—No se trata de ningún sacrificio, señorita Lockwood

—terció Victor—. Clement me ha asegurado que el proceso no requiere una gran cantidad de sangre, basta con una pequeña cantidad para desatar la energía del agua.

Beatrice fijó la vista en los ojos enloquecidos de Clement.

—Usted le ha mentido al señor Hazelton, ¿no es así? Esta noche va a asesinarme.

—Tonterías —dijo Clement—. Tal como dice Victor, el proceso solo requiere una pequeña cantidad de sangre.

Estaba claro que mentía, pero discutir no tenía sentido.

—¿Qué ocurrirá si no puedo despertarla? —preguntó.

—En ese caso no me será de mucha utilidad, ¿verdad? Usted vivirá en la medida en que me resulte útil. Bueno, ya está bien. Ha llegado la hora. Victor, ayúdame a quitar la tapa del sarcófago.

Victor se adelantó, se inclinó y colocó las manos en el borde de la tapa de cristal y piedra. Clement hizo lo propio. Entre los dos desplazaron la tapa del sarcófago, y la inclinaron de manera que quedó apoyada a los pies de este.

La intensa fragancia de los productos químicos se hizo más fuerte de pronto. Beatrice hizo una mueca y retrocedió. El cuerpo que flotaba en el líquido parecía irreal, como una bonita muñeca de cera hecha a imitación de una mujer dormida.

Clement se calzó un par de guantes de cuero y recogió el extremo del alambre dorado. Sumergió el extremo en el líquido conservante.

—Toque los ojos de la estatua y libere el poder —ordenó.

Beatrice estudió la figura de Anubis.

—¿Qué es exactamente lo que quiere que haga?

—Se lo acabo de decir: tóquele los ojos. Cuando establezca contacto físico con las piedras de obsidiana sentirá la energía que está encerrada en su interior. Incluso yo puedo sentirla. Pero mis sentidos paranormales no son lo bastante fuertes para liberarla. Esperemos que los suyos sí lo sean, porque de otro modo no habrá motivo para mantenerla viva.

—¡Ya basta, Clement! —protestó Victor, indignado—. No hay por qué amenazar a la señorita Lockwood.

Beatrice se acercó a la figura de Anubis. Levantó un brazo y con prudencia tocó un ojo de obsidiana con la punta del dedo. La traspasó una corriente de energía helada. Se estremeció y apartó el dedo.

—No me parece buena idea —dijo.

—¡Hágalo! —ordenó Clement.

Estaba volviendo a perder el control, pensó ella. Con mucho cuidado apoyó dos yemas en uno de los ojos y aguzó sus sentidos. De la piedra surgía energía, y esta se expandía por el ambiente. Por intuición quiso encontrar una manera de canalizarla. Descubrió que había algo extrañamente atractivo en el control de las corrientes. Aguzó todavía más sus sentidos.

Estaba tan concentrada en la estatua y sus fluidos de energía que no se dio cuenta de que estuviera ocurriendo algo en el líquido conservante hasta que oyó a Victor hablar en un susurro:

—¡Mirad! ¡El agua!

—¡Funciona! —exclamó Clement. En su voz se percibía una orgullosa satisfacción—. ¡Funciona, funciona!

Beatrice mantuvo los extremos de los dedos en el ojo. Volvió la cabeza para mirar el sarcófago. El fluido se estaba convirtiendo en una tonalidad violeta y empezaba a burbujear. En ese momento podía sentir las corrientes de energía paranormal que provenían de él.

Clement le dirigió una mirada de impaciencia.

—¿A qué espera? ¡Toque el otro ojo! El dedo de Emma se ha movido. Se está despertando.

—¡Emma! —susurró Victor—. ¡Oh, Dios, Emma! ¡Despierta, hija mía!

Beatrice miró la mano de la muerta. Los dedos realmente se movían un poco, pero no con la fuerza de la vida. Los pequeños desplazamientos se debían al burbujeo del agua. Clement y Victor se engañaban, insistían en engañarse. Pero en la figura del dios se estaba acumulando algún tipo de energía, y ella estaba segura de que era peligrosa. No podía saber qué ocurriría si la acentuaba, pero podía constituir la distracción que necesitaba para escapar. Se concentró en la energía creciente en las piedras.

Clement profirió un grito de dolor y sorpresa.

Beatrice sacó los dedos de la estatua y se volvió para ver lo que había sucedido. Clement había dejado caer el alambre en el agua y se estaba quitando los guantes de cuero.

—¿Qué ha pasado? —preguntó Victor con irritación.

—Es demasiado fuerte —susurró Clement, mirándose los dedos—. Demasiado fuerte. No me atrevo a sostener el alambre. Los guantes no son suficiente protección. Voy a dejarlo sumergido en el agua y permaneceré a un lado mientras se genera la energía. —Retrocedió—. Inténtelo otra vez, señorita Lockwood.

Ella se dijo que aquello no iba a acabar bien. Pero no tenía nada que perder.

Concentró todo el poder de sus capacidades en activar la energía que la obsidiana contenía. El agua egipcia se agitaba y se arremolinaba y borboteaba. El cuerpo sumergido en el tanque se agitaba espasmódicamente, pero Beatrice sabía que no eran indicios de vida. El cadáver se movía por las turbulencias del fluido.

La energía de la figura de Anubis se incrementaba cada vez más. No estaba del todo segura de que pudiera controlarla.

La explosión no tuvo su origen en el dios, tal como Beatrice había previsto, sino de arriba. Un gran panel de vidrio de la bóveda se resquebrajó y cayó. Se produjo una lluvia de cristales.

Durante unos segundos, Clement y Victor parecieron confusos. Cuando comprendieron que todos aquellos cristales rotos procedían del techo, ya era demasiado tarde.

Un ángel vengador vestido de negro y con una espada de acero y ébano en forma de bastón descendía volando a la antecámara del infierno.

Joshua.

48

Joshua había considerado la situación antes de asaltar el laboratorio. Llegó a la conclusión de que Victor era la primera amenaza, la inmediata.

Aterrizó con contundencia junto a uno de los bancos de trabajo, tal como había planeado. Apoyó la mayor parte del peso en la pierna buena y se afirmó agarrando con fuerza el borde del banco.

Soltó el extremo de la escalera de cuerda que Nelson había desplegado desde el tejado. Solo disponía de una fracción de segundo para recuperar el equilibrio. En ese instante vio que Victor se había quedado inmóvil por la sorpresa. Joshua sabía que esa iba a ser su única oportunidad.

Victor se recuperó en un instante. Introdujo la mano en el interior del abrigo. Joshua le propinó un fuerte bastonazo en el antebrazo. El hueso se rompió. El arma que Victor acababa de sacar salió despedida de su mano. Cayó de rodillas.

Nelson gritó desde lo alto del tejado:

—¡Josh, la tiene él!

Joshua se volvió, utilizando el banco de trabajo para mantener el equilibrio. Comprobó que Clement se había hecho con Beatrice y que la sujetaba con un brazo alrededor del cuello. En la otra mano sostenía un escalpelo cuyo filo se hallaba peligrosamente creca de la piel de la joven.

—Ya veo que no has perdido facultades, a pesar de tu retiro en el campo —dijo Clement—. Pero te aconsejo que le digas a tu compañero que permanezca ahí arriba. De otro modo, le rebanaré el cuello a la señorita Lockwood.

Joshua miró a Beatrice. Parecía tranquila, aunque de manera casi antinatural. Nadie habría podido mantener hasta tal punto la compostura si un loco le hubiera acercado un escalpelo a la garganta. Beatrice era realmente muy buena actriz.

—¿Estás bien? —le preguntó.

—Sí —respondió ella, con una voz que transmitía seguridad.

Hizo un pequeño movimiento con la mano. Los dedos aparecieron por entre los pliegues del vestido y él pudo percibir el brillo de otro escalpelo metálico. De este modo le hacía saber que ella también estaba armada.

Todo lo que necesitaban era distraerlo por un instante, pensó Joshua.

Miró al sarcófago. El fluido seguía agitado. Vio que Emma parecía casi viva. El pelo danzaba, ingrávido, alrededor de su cara. Los brazos hacían un movimiento ondulante y suave.

—Nunca lo hubiera creído —dijo—. Pero veo que habéis tenido éxito. Tiene los ojos abiertos. Será mejor que la saquéis del agua antes de que quiera tomar aire y se ahogue.

—¡Emma! —suspiró Clement. Empezó a arrastrar a Beatrice hacia el ataúd, con la atención puesta en la mujer muerta—. ¡Maldita sea! Sácala del agua, Gage.

—Lo haré si tú sueltas a Beatrice.

—La mataré si no sacas a Emma del agua. Te juro que lo haré.

—Por lo visto, cada uno de nosotros tiene un rehén —dijo Joshua—. Sugiero que los intercambiemos.

—Pero si suelto a la señorita Lockwood, me matarás.

—No —repuso Joshua—, esta noche no te mataré. Si respetas tu parte del trato, yo respetaré la mía. Beatrice y yo nos marcharemos por donde he venido. Tú puedes quedarte aquí con tu amada. Sabes muy bien que siempre he sido un hombre de palabra.

Victor no decía nada. Seguía arrodillado y se sujetaba el brazo roto. Miraba con expresión desesperada el cuerpo de su hija. Joshua supo que por fin había reconocido la verdad. Emma estaba muerta.

El rostro de Clement expresaba la angustia y la duda en un grado máximo. Finalmente, le dio un empujón tan fuerte a Beatrice que esta se alejó de él dando traspiés. Acto seguido, Clement corrió al sarcófago y metió los brazos en el líquido burbujeante para agarrar el cuerpo.

Joshua sujetó a Beatrice.

—Tú subirás primero por la escalera de cuerda.

Ella soltó el escalpelo, se recogió las faldas y empezó a subir.

Él la siguió agarrándose con las manos enguantadas. No le resultó fácil, pues la pierna mala le dolía.

Cuando llegaron al tejado, Nelson ayudó a Beatrice a que se colocara en lugar seguro.

—¿Está usted bien, señorita Lockwood? —preguntó.

—Ahora sí estoy bien, gracias a usted y al señor Gage —contestó ella—. Supongo que tendremos que utilizar la misma escalera de cuerda para bajar de este tejado, ¿no es cierto?

—Por suerte, eso no será necesario —respondió Nelson, enrollando la escalera—. Tío Joshua encontró una vieja escalera en una de las torres.

—Por lo que decía Clement Lancing, la escalera y el pasillo que llevaban al laboratorio estaban llenos de trampas.

—Pensaba que podía ser así. Por esa razón vinimos por el tejado. Nadie se espera que un oponente te alcance desde arriba.

—¿Es esa otra máxima del doctor Smith? —dijo Beatrice.

—Pues sí, la verdad —repuso Joshua—. Ha olvidado una de sus propias reglas. Pero es que todo el mundo tiene sus limitaciones. Venga, vámonos de aquí. El inspector Morgan estará esperando para poder hacer sus arrestos.

—Pero ¿y los gases? —dijo Beatrice—. ¿Cómo hará la policía para entrar en el laboratorio?

—Del mismo modo que lo hemos hecho nosotros, si es necesario. Pero no creo que lleguen a ese extremo. Victor los dejará entrar. Sabe que esto se ha acabado.

Un grito los asustó. El rugido de rabia y locura de Clement Lancing resonó en los ecos de la noche. Un único disparo lo interrumpió.

Joshua miró hacia abajo. Victor estaba en pie junto al cuerpo de Lancing, pistola en mano. Miró hacia arriba, a Joshua.

—Siempre has sido mi mejor agente —dijo.

49

—Pero ahora en serio, Josh, ¿cómo os las habéis arreglado Nelson y tú para encontrarme? —preguntó Beatrice—. Y, por favor, no me digas eso de que hay que mirar en el lugar indicado. Quiero detalles.

Ella y Joshua estaban reunidos alrededor de la mesa del comedor con Sara y Abigail en la agradable estancia de Lantern Street. Afortunadamente, Sara y Abigail habían salido ilesas de su contacto con el incienso narcótico. En cuanto a Joshua, parecía conservar su flema habitual, pero siempre que miraba desde el otro lado de la mesa a Beatrice, a esta le parecía percibir un calor revelador en sus ojos. Nelson, por su parte, seguía explicando a Sara y a Abigail con mil detalles, excitadísimo, todos los pasos del rescate.

La señora Beale también se había recuperado de la niebla alucinógena. Había servido un desayuno consistente a base de huevos, patatas y tostadas. Todos bebían grandes cantidades de un café muy fuerte, puesto que no habían pegado ojo. Beatrice dudaba de que ninguno de ellos, excepto Joshua —quien evidentemente podía ponerse en trance cuando le viniera en gana—, fuera capaz de dormir. Todos se encontraban todavía inmersos en el nerviosismo que seguía a la violencia.

—Era una simple cuestión de lógica —dijo Joshua. Cogió

otra tostada y extendió una buena cantidad de mermelada en ella—. Una vez que me di cuenta de que Victor estaba involucrado en el asunto, todas las piezas encajaron. Sabía que si había establecido un laboratorio convenientemente equipado para Lancing, tenía que haberlo hecho en un lugar que Victor considerara seguro y que estuviera bajo su control absoluto. También tenía que estar cerca de Londres, porque Victor querría frecuentar las visitas, para asegurarse de que se hacían progresos y de que su hija seguía aparentemente cerca de recuperar la vida.

—Por otra parte —señaló Sara, con expresión pensativa—, también tenía que ser un emplazamiento conveniente para la señora Grimshaw, la boticaria de Teaberry Lane.

—Exactamente —admitió Joshua—. Por esa razón llegué a la conclusión de que el lugar más obvio era el castillo de Exford, que ha pertenecido durante generaciones a la familia de Victor.

Beatrice alzó los ojos al cielo, como pidiéndole paciencia.

—Claro, era el lugar más obvio.

—Victor sabe cómo pienso —continuó Josh con tranquilidad—. Por eso siempre iba un paso por delante. Pero yo también lo conozco a él. Una vez que comprendí que era él quien diseñaba la estrategia, me vi en condiciones de adivinar sus pensamientos.

—Y ¿qué demonios pasaba con esa estatua de Anubis? —preguntó Abigail, con expresión de extrañeza—. ¿Realmente tenía poderes paranormales?

—No —respondió Joshua, terminante.

—Sí —respondió Beatrice al mismo tiempo.

Todos se volvieron para mirarla. Ella dejó la taza sobre la mesa y pensó en lo que había ocurrido en el laboratorio de Clement Lancing.

—Esa figura de Anubis es como una máquina —dijo lentamente—, una máquina eléctrica, creo. Requiere cierta habilidad sensitiva para activar las fuerzas que encierra, pero la energía que libera no es más que eso: pura energía.

—Como la que proporciona un motor de vapor, o un generador —apuntó Nelson—. Podría aprovecharse para hacer girar una rueda, o para encender una lámpara, pero eso es todo.

—Exactamente —intervino Beatrice—. La energía de Anubis no es de naturaleza mágica. No tiene propiedades especiales. Las corrientes que se conducían hacia el líquido conservante agitaban el agua egipcia, pero eso era todo lo que hacían.

—Me encantaría revisar esa figura —declaró Sara con entusiasmo.

—Es suya —dijo Joshua—. Considérela un regalo de agradecimiento por todo lo que ha hecho por mí.

—Oh. —Sara abrió los ojos como platos—. Eso es un detalle muy generoso por su parte.

—Créame —dijo con expresión socarrona—. No tenía ningunas ganas de instalar esa antigüedad en mi casa.

—Lo entiendo, lo entiendo —contestó ella, y suspiró—. A pesar de todo, siento pena por Victor Hazelton. Durante todos estos meses ha vivido con la falsa esperanza que le había vendido un loco. Al final su propio duelo también volvió loco a Hazelton.

—Eso es muy cierto —admitió Abigail—. Y muy triste. Dudo mucho de que vaya a la cárcel. Probablemente lo declararán loco y pasará el resto de su vida en un manicomio.

—No —dijo Joshua, con una certidumbre tranquila en su voz—. Victor no podría soportar un lugar como ese. Y ahora que sabe que Emma ha estado muerta todo este tiempo, ya no tiene nada por lo que seguir viviendo, de modo que no creo que vaya a sobrevivir por demasiado tiempo.

Nelson levantó la vista de su plato, en el que se había servido unos huevos, sorprendido.

—¿Crees que la tristeza acabará con él?

—Por decirlo de algún modo, sí —contestó Joshua.

Beatrice lo entendió. Supo por su silencio que Sara y Abigail también lo habían entendido. A Nelson le llevó algo más de tiempo captar el significado de las palabras de Joshua.

—Ya entiendo —dijo, como si de pronto hubiera tenido una revelación—. Crees que se va a quitar la vida. Pero no puedes saberlo a ciencia cierta...

—Lo conozco —dijo Joshua—. Sé cómo piensa.

«Porque sabes que Victor piensa en buena medida como tú», se dijo Beatrice. Pero no lo expresó. En ese momento su mirada coincidió con la de Joshua, al otro lado de la mesa, y ella supo que era consciente de sus pensamientos.

—¿Sabes una cosa? Te equivocas —dijo Beatrice, en cambio—. Los dos sois hombres muy diferentes, a pesar de vuestra formación filosófica y de vuestras habilidades. Tú nunca te habrías permitido creer en lo que sabes a ciencia cierta que es imposible: que los muertos vuelvan a la vida mediante la magia. Y no habrías asesinado nunca a personas que no te habían hecho ningún daño con el único fin de llegar a tu objetivo. Habrías encontrado otras maneras.

Las cejas de Joshua se levantaron.

—Porque soy un hombre lógico y racional, ¿no es eso?

—No —respondió ella, sonriendo—, porque eres un hombre bueno y decente.

—Vaya —dijo Sara, conteniendo la risa—. Lo que intenta decirle es que es usted un héroe, señor Gage, y yo creo sinceramente que tiene razón.

—Los héroes no existen —repuso Joshua—. Simplemente están aquellos que escogen hacer lo correcto.

Nelson hizo una mueca.

—¿Otra regla de Hazelton?

Joshua los sorprendió a todos con una sonrisa.

—No, en realidad esa frase es mía.

Beatrice lo miró.

—¿Qué vas a hacer ahora?

La sonrisa de Joshua se desvaneció.

—Voy a hacer la única cosa que puedo hacer por Victor.

—Entiendo. ¿Puedo ir contigo?

—¿Estás segura de que quieres acompañarme?

—Sí —respondió ella—. Quiero estar contigo cuando te despidas de los dos.

50

Después del desayuno, Joshua acompañó a Beatrice hasta su casa en un coche y luego continuó viaje para reunirse con uno de sus misteriosos conocidos de Scotland Yard. Nelson lo acompañaba.

La casa estaba vacía, y todo resonaba. Clarissa seguía con su asignación en el campo. La señora Rambley había dejado una nota diciendo que había salido a visitar a su hermana, viuda desde hacía poco tiempo.

Beatrice se estaba bañando cuando finalmente se sintió agotada. Salió de la bañera bostezando, se puso el albornoz y se metió en la habitación para echar una siesta.

La despertó el ruido de la lluvia en las ventanas y unos golpes en la puerta de la casa. Se levantó de la cama y fue hasta la ventana para mirar quién podía ser.

Joshua esperaba en el umbral. Llevaba un abrigo largo y negro y se cubría la cabeza con un sombrero para resguardarse de la lluvia. El coche en el que había llegado desaparecía entre la bruma gris.

Ella se ciñó el cinturón del albornoz y corrió escalera abajo, ansiosa por escuchar el resumen de la conversación con la policía. Cuando abrió la puerta supo, tanto por el halo energético que se formaba alrededor de Joshua como por la fuerza con que sujetaba el bastón, que si se mantenía en pie era solamente por su voluntad de hierro.

—Joshua —dijo. Retrocedió—. Entra.

—Lo siento si te he despertado.

—No pasa nada. Estaba echando una siesta. —Se sonrojó. El albornoz era de lo más recatado, pero de pronto se había dado cuenta de que no llevaba nada debajo—. A ti sí que te iría bien dormir un poco.

—Iré a casa y descansaré un rato después de acabar aquí.

Eso de «después de acabar aquí» no parecía un buen presagio. La incertidumbre se abrió paso en sus sentidos y puso en marcha los mecanismos intuitivos. Fuera cual fuese el motivo de la visita, era de una gran seriedad para Joshua.

Joshua entró y se quitó el abrigo húmedo. Beatrice lo colgó en un gancho de la pared y dejó el sombrero secándose sobre la consola.

Resultaba extraño pensar que aquella era tan solo la segunda vez que él cruzaba el umbral de su casa. Sabían tan poco uno del otro... Y, sin embargo, ¡sabían tantas cosas de una naturaleza infinitamente más íntima! Pero eso era lo que ocurría con los que se permitían amores ilícitos, se recordó a sí misma. La única cosa que no podían compartir esas parejas era precisamente un hogar.

Un suspiro de melancolía pugnaba por escapar de sus labios.

—¿En qué estás pensando? —le preguntó él con tranquilidad.

Ella, sorprendida, convocó sus dotes interpretativas y probó con una pequeña sonrisa:

—Pensaba que de algún modo seguimos siendo unos extraños. Se diría que hemos pasado la mayor parte de nuestra relación tratando con chantajistas, asesinos y uno o dos locos.

Él la miró con firme intensidad.

—He estado esperando toda mi vida para conocerte, Beatrice.

Ella contuvo el aliento. Por unos segundos se quedó inmóvil. Por instinto se hubiera lanzado a sus brazos. Pero la lógica le decía que aquel apasionamiento que veía en él podía explicarse por la intensidad de las recientes emociones que habían experimentado juntos.

Para ocultar su confusión lo condujo hacia el pequeño salón.

—¿Quieres un té? El ama de llaves no está, pero soy muy capaz de calentar el agua, si quieres.

—No, gracias.

—Parece que la pierna te molesta, ¿no es así? No me extraña, después de todo lo que ocurrió ayer. Arriba, en mi habitación, tengo una botella del tónico de la señora Marsh. Puedo ir en un momento y te lo traigo.

Empezó a caminar hacia la escalera.

—No. —Hizo una pausa. Luego dijo—: Gracias.

Beatrice consideró todas las pruebas por las que Joshua había pasado en las últimas veinticuatro horas.

La siguió a la sala, pero no tomó asiento. En lugar de eso, se apoyó con ambas manos en la empuñadura de su bastón y la observó en silencio.

—Me he parado aquí antes de ir a casa porque hay algo muy importante que tengo que decirte —dijo—. Y quiero decirlo antes de dormir.

Ella sintió pánico. En el pequeño salón pareció oscurecer. Intentó estar preparada para lo que iba a venir, fuera lo que fuese. Tal vez escogería ese momento para decirle lo mucho que representaba para él, pero que el matrimonio quedaba descartado... ¿Y ella? ¿Estaba dispuesta a seguir con la aventura? ¡Oh, sí! Pero algo así solamente podía durar mientras él no contrajera matrimonio. No, de ninguna manera quería ser la amante de un hombre casado.

Sin embargo, Joshua nunca iba a pedirle algo así, pensó. Él no iba a engañar a una mujer. Él era, por encima de todo, un hombre de palabra.

—Ahora entiendo por qué los dos hicieron lo que hicieron —dijo.

Concentrada en sus especulaciones sobre su futuro en común o sobre la falta de tal futuro, al principio no entendió lo que Joshua quería decir.

—¿Qué? —preguntó, como bajando de una nube.

—Entiendo por qué Victor y Clement hicieron todas esas cosas.

Ella hizo un esfuerzo por ordenar sus confusos pensamientos. En ese momento se trataba de cerrar el caso, no de sus asuntos personales. Pero ¿en qué había estado pensando? Era natural que Joshua quisiera atar todos los cabos sueltos antes de permitirse considerar el aspecto personal.

—Sí, claro —dijo ella—. El duelo de un padre y el complejo de culpabilidad de un amante son motivos muy poderosos.

—No creo que entiendas lo que estoy intentando decirte, Beatrice. Sé por qué llegaron a ese extremo, por qué permitieron que se les engañara, por qué perdieron la razón. Por qué estaban dispuestos a matar con tal de revivir a Emma. Entiendo estas cosas completamente, por entero, porque no soy diferente.

—¿Qué? —Beatrice volvía a sentir un ángulo muerto en ella.

—Yo haría todo lo que fuera por salvarte —dijo él.

Beatrice tomó aire y se permitió relajarse.

—Sí, ya lo sé. Tú naciste para proteger a los demás. Pero encontrarás otra manera de hacerlo.

—Tal vez —admitió él—. Si hubiera otra manera. Pero al final, lo que sea necesario. Te quiero, Beatrice.

Estaba tan confusa que se limitó a mirarlo en silencio durante un buen rato. Luego dijo las primeras palabras que le vinieron a la cabeza.

—¿Estás intentando decirme que realmente crees en el amor? —consiguió articular—. ¿En esa forma de energía que no puedes ver, ni medir, ni probar?

—Lo que seguro que no creo es que el amor sea una forma de energía paranormal —repuso, muy serio—. Y lo que admitiré es que hasta que te conocí nunca había experimentado emociones de la clase que siento por ti. Pero no dudo de este sentido de la certeza. Sería como dudar de la verdad de un amanecer, o de una marea. Que algunas fuerzas poderosas no puedan probarse o medirse no significa que uno tenga que recurrir a explicaciones ocultistas.

De pronto, Beatrice se sentía sin aliento. Un rugido peculiar le invadió los oídos. El mundo de fuera de la sala dejó de existir. Frenéticamente, intentaba seguir conectada a la realidad.

—Bueno, en realidad hay otras explicaciones para las pasiones fuertes —dijo con cuidado—. La atracción física e intelectual. Los efectos estimulantes de un peligro compartido. La admiración mutua. Ese año tan largo que pasaste en el campo...

—¿Me quieres? —preguntó él—. ¿Puedes quererme?

Con eso ella tuvo que dejar a un lado los restos del sentido común. La risa luchaba con las lágrimas. Se echó en sus brazos. Él se tambaleó un poco, pero de algún modo consiguió apartar el bastón a un lado, agarrarla y mantener el equilibrio, todo al mismo tiempo. Ella le rodeó el cuello con los brazos.

—Oh, Joshua, sí, sí —contestó, sintiendo la alegría desbordar sus sentidos—. Claro que te quiero. Pero estoy segura de que eso es algo que ya sabes muy bien.

Joshua aspiró profundamente y exhaló despacio.

—He aprendido que hay cosas que requieren palabras.

—¿Significa eso —preguntó ella, sonriendo— que no todo puede deducirse a través de la lógica y de la observación?

—¿Tendré que oír durante el resto de mi vida cómo te burlas de mí por ese motivo?

—Eso depende. ¿Seguiremos hablando de ello durante el resto de tu vida?

Él frunció el ceño.

—Acabas de decir que me quieres. Y yo también te quiero. Eso quiere decir que vamos a casarnos.

—No me lo has pedido. Hay cosas que requieren palabras.

Él utilizó su sonrisa lenta y sensual, esa que agitaba todos los sentidos de Beatrice.

—¿Te casarás conmigo, y así tendrás oportunidad de burlarte de mí sin cesar por mi manera de llegar a las conclusiones?

—Y ¿cómo podría rechazar una oferta tan tentadora? —Le puso las palmas de las manos sobre el pecho y añadió—: Sí, Joshua, me casaré contigo.

Vio en la oscuridad de sus ojos un brillo que, pensó, quizá se debiera a la alegría.

—Voy a cuidar de ti como oro en paño —prometió él.

—Lo mismo que yo cuidaré de ti.

Aseguró el apoyo del bastón con una mano y la envolvió con el otro brazo. La besó. Fue un beso vinculante, un beso prometedor del futuro.

Fue el beso, pensó Beatrice, que había estado esperando toda su vida.

51

Al día siguiente, Joshua permanecía de pie junto a Victor bajo la insistente lluvia. Juntos contemplaban el descenso a la tumba del ataúd que contenía el cadáver de Emma. Un clérigo murmuró las palabras rituales.

—Polvo eres, y en polvo te convertirás...

Las piernas de Victor estaban unidas por grilletes. Llevaba el brazo derecho en cabestrillo. Tres agentes permanecían a una respetuosa distancia. Un coche negro de la policía esperaba junto a las puertas de hierro del cementerio. Pero, a pesar de todo, Victor permaneció orgulloso e intacto: su presencia seguía imponiendo, seguía siendo el brillante y misterioso señor Smith.

Beatrice y Nelson esperaban a una distancia prudencial. Un sombrío empleado de la funeraria mantenía un paraguas abierto sobre la cabeza de Beatrice.

Cuando la solemne ceremonia concluyó, Victor se inclinó y con la mano izquierda recogió un puñado de tierra húmeda. Tras esparcirlo sobre el ataúd, se incorporó, cerró los ojos en una plegaria silenciosa y luego miró a Joshua.

—Gracias —dijo—. Tendría que haberme despedido de ella hace ya mucho tiempo. Ahora ya está hecho, de modo que soy libre de buscar mi propia paz esta noche.

Joshua permaneció en silencio. No había nada que decir.

Victor miró a Beatrice. Una sonrisa melancólica revoloteó en la comisura de sus labios.

—Te felicito por encontrar a una mujer que siempre conocerá tu corazón. Eres un hombre afortunado.

—Sí, soy consciente de eso —repuso Joshua.

—¿No te parece una ironía pensar que nunca la habrías encontrado si no hubiera sido por mí?

—Sí —contestó Joshua—. Sí que lo es.

—Tu sobrino me recuerda a ti a esa edad. Listo, rápido, con sus capacidades por modelar. Te está buscando para que lo guíes ahora que está llegando a la madurez. Tienes una tarea por delante. Sé que no vas a fallarle.

—Todo lo que aprendí sobre ser un hombre lo aprendí de ti —dijo Joshua.

—No. —Victor negó con la cabeza—. Te convertiste en lo que tenías que ser. Lo único que hice fue ayudar a descubrir la fuerza en tu interior y enseñarte la disciplina y el control que necesitabas para hacerlo. Una fuerza de espíritu como esa tiene que existir en ti, o de otro modo nada ni nadie podría infundirte esas cualidades.

—Te voy a echar en falta, Victor.

—Eres el hijo de mi corazón —dijo este—. Estoy muy orgulloso de ti.

—Tú entraste en mi vida cuando te necesitaba. Me salvaste de mí mismo. Nunca te olvidaré.

La satisfacción de Victor al oír aquellas palabras era evidente.

—Es bueno saberlo. Adiós, hijo mío.

—Adiós, señor.

Los agentes se llevaron a Victor al coche y lo metieron en la jaula de hierro. Joshua contempló el coche en su trayecto hasta que desapareció entre la lluvia.

Al cabo de un instante se dio cuenta de que Beatrice estaba a su lado.

—Nos hemos despedido —explicó Joshua—. Me ha dicho que esta noche encontrará su propia paz. Mañana ya no estará entre nosotros.

—¿Con los grilletes que lleva?

—Encontrará la manera de hacerlo —repuso Joshua—. Es el señor Smith.

Tomó a Beatrice por el brazo. Juntos caminaron bajo la lluvia hasta el lugar en el que Nelson los esperaba.

52

—Nelson me ha dicho que quiere que lo instruyas en meditación y artes marciales —anunció Hannah.

Parecía resignada, pensó Joshua, como si realmente se esforzara en aceptarlo. Él estaba apoyado en el borde de su despacho, con el bastón al alcance. Hannah, junto a la ventana, miraba hacia el pequeño jardín. No hacía mucho que había llegado. Le había bastado con mirarla a la cara un momento para saber que Nelson le había hablado de sus planes.

—Le dejé muy claro que lo primero que tenía que hacer como hijo tuyo era informarte de su decisión. Solo después podríamos empezar con las lecciones —dijo Joshua—. Pero realmente esto es lo que ha decidido, Hannah.

—Sí, lo sé. Siempre lo he sabido. Yo solamente quería protegerlo.

—Y yo lo entiendo. Pero se ha convertido en un hombre. Ya no puedes protegerlo más.

—Está claro que tienes razón. —Hannah se volvió para mirarlo cara a cara—. Beatrice y yo hemos hablado. Me ha dicho que el mejor regalo que puedo hacerle a Nelson es descargarlo de las cadenas de culpabilidad que le he puesto encima. Eso es precisamente lo que he intentado hacer cuando me ha comunicado su decisión. Le he dicho que lo entendía y que tenía mis bendiciones.

—Estoy seguro de que lo ha agradecido.

Hannah esbozó una sonrisa.

—También le he dicho que yo, personalmente, no podía imaginar que pudiera existir un mentor y un maestro mejores que tú.

Joshua vaciló.

—Me sorprende oírte decir eso.

—Beatrice ha destacado lo que para mí resultaba más obvio. Asegura que Nelson ha heredado claramente las aptitudes de los Gage, y que poseyendo ese don lo más prudente es aprender a controlarlas y canalizarlas de un modo responsable.

—Pero lo que Nelson ha heredado no es el talento de los Gage, sino el temperamento de los Gage.

Hannah volvió a sonreír.

—Puedes llamarlo como quieras. Desde luego, lo que no deseo es que Nelson siga por ese camino que había emprendido hace unos meses y que consistía sobre todo en jugar y en beber en exceso.

—Y ya sabías algo sobre el asunto, ¿verdad?

—Pues claro. Es mi hijo. A ese ritmo seguro que habría acabado mal, como papá.

—Nelson no es como nuestro padre, Hannah. Es un hombre hecho y derecho, con su propia personalidad. Necesita descubrir para qué ha nacido.

—¿Y qué va a descubrir?

—No lo sé —respondió Joshua—. Pero con el tiempo encontrará su propio camino.

Hannah se apartó de la ventana.

—¿Encontrarás tú el tuyo ahora que Victor Hazelton ya no está entre nosotros?

Joshua juntó los dedos, considerando lo mucho que tenía que decirle. Pensó que merecía saber la verdad.

—Las personas para las que había trabajado Victor se han puesto en contacto conmigo —dijo—. Son cargos de los niveles más altos del gobierno.

—¿Y quieren que lo sustituyas? —preguntó Hannah, con gran curiosidad.

—Sí.

Hannah cerró los ojos.

—Ya entiendo.

—Lo he hablado con Beatrice, y he decidido rechazar la oferta. No quiero volver a una vida en las sombras. Quiero caminar a la luz del día, a pleno sol, con Beatrice... Y si puede ser, si tenemos esa suerte, con nuestros hijos.

—Está bien, pero... —Hannah torció el gesto—. Es que se me hace difícil verte volviendo la espalda a lo que sabes hacer mejor: encontrar lo que se ha perdido.

—Beatrice dice exactamente lo mismo —respondió Joshua, al tiempo que se inclinaba hacia delante—. Y las dos tenéis razón, claro está. Mi intención es convertirme en un investigador privado y especializarme en encontrar a personas y cosas que hayan desaparecido. Pero voy a escoger a mis clientes con grandísimo cuidado. No todos los que se han perdido quieren que los encuentren.

53

La recepción de la boda tuvo lugar en los terrenos de Crystal Gardens. En el espacio de unos pocos meses, era la segunda vez que invitaban a Abigail y a Sara a la boda de quien había sido una empleada suya. Evangeline Ames, ahora esposa de Lucas Sebastian, el dueño de los jardines, había sido la primera novia en casarse allí. En tanto que amiga de Beatrice, había insistido en preparar la recepción de la boda para Beatrice y Joshua. Clarissa Slate, que acababa de concluir con éxito su caso más reciente, era la dama de honor.

El día era soleado y cálido. Además de Evangeline, Lucas y Clarissa, entre los invitados estaban Hannah Trafford y su hijo, Nelson.

Los jardines de la misteriosa propiedad parecían mucho menos amenazadores que la última vez que todos se habían reunido allí, pensó Sara. El nivel de energía paranormal se había reducido drásticamente, aunque Lucas había explicado que debido a las propiedades del antiguo manantial subterráneo del centro de los jardines nada volvería a ser normal en la vida de las plantas que allí prosperaban.

Uno no podía olvidar las décadas de extraños experimentos paranormales que el tío de Lucas había llevado a cabo en el jardín. Tenía que prever que iba a encontrarse con resultados muy peligrosos, pensó Sara. En el mundo botánico había una tremenda cantidad de energía oculta.

Permanecía con Abigail junto a la mesa del bufé y contemplaba a Beatrice y a Joshua hablar con Lucas y Evangeline junto a una fuente. Resultaba evidente que Joshua y Lucas se habían hecho amigos. Tal vez fuera por lo parecidos que eran en carácter y espíritu, pensó Sara. Ambos estaban dispuestos a lo que fuera con tal de proteger a quienes amaban. Y también compartían algo más. Joshua seguía resistiéndose a darle ninguna credibilidad a lo paranormal, pero según Sara no había duda de que aquel hombre tenía cierta capacidad sensitiva.

—Nuestra Beatrice está completamente radiante, ¿no te parece, Abby? —Sara se secó una lágrima con un pañuelo—. Y mira a Joshua, cómo permanece de pie junto a ella, tan cerca. Resulta evidente lo unidos que están. Si es que él estaría dispuesto a cabalgar hacia el infierno con tal de protegerla...

—¡Qué romántica eres! —exclamó Abigail, que en aquellos momentos daba cuenta de un canapé de gamba—. Pero tienes razón. Las lesiones de Joshua le hicieron retirarse durante un tiempo, pero con eso no se quebró su espíritu. Ese hombre tiene acero. Es bueno comprobar que las sombras que parecían envolverlo han desaparecido.

—Y todo gracias a la energía curativa del amor.

—Yo me alegro por los dos, claro está —dijo Abigail rápidamente, al tiempo que se hacía con otro canapé—. Pero me sorprende la velocidad con la que estamos perdiendo a nuestras agentes: a este paso, por culpa del matrimonio, Flint y Marsh no tardará en estar en quiebra.

—Ya encontraremos otras agentes —le aseguró Sara, sin perturbarse en lo más mínimo—. Por otra parte, tampoco es que nos hayamos quedado sin su colaboración. Los cuatro han insistido en que están a nuestra disposición para casos futuros.

—Bah, es igual. Tal vez lo que tendríamos que hacer es cerrar las puertas de Flint y Marsh y establecernos en otro tipo de negocio.

—¿Como por ejemplo?

—Nos podemos dedicar a hacer de casamenteras.

Sara se echó a reír.

—¡Tienes razón! Se diría que somos bastante buenas en eso, ¿verdad?

—Evidentemente. Lo que pasa es que el negocio de las investigaciones es más provechoso.

—Eso es cierto. —Sara miró a Nelson, que estaba conversando animadamente con el hermano de Lucas, Tony, y con su hermana, Beth—. Pero me parece que, en lugar de reinventarnos como casamenteras, tal vez deberíamos considerar la expansión de los servicios de investigación de Flint y Marsh.

—¿A qué te refieres?

Sara golpeó con un dedo en la mesa del bufé.

—Por lo visto el joven Nelson ha heredado aptitudes que son muy similares a las de su tío. Por lo que nos ha pasado últimamente, nos habría resultado de mucha ayuda disponer de un guardaespaldas para proteger a una de nuestras agentes del peligro en uno de los casos. Me pregunto si Nelson estaría interesado en esa clase de trabajo.

Abigail entornó los ojos.

—¿Y por qué no lo preguntamos?

Beatrice miraba a las que hasta entonces habían sido sus patronas y vio que se acercaban a Nelson, Beth y Tony.

—Vaya, vaya...

Evangeline, Joshua y Lucas volvieron la cabeza para ver qué podía llamarle la atención.

—En tu opinión —dijo Evangeline—, ¿qué están tramando la señora Flint y la señora Marsh? Parece como si estuvieran en una misión.

—Sí —respondió Lucas—. Esas dos tienen algo entre ceja y ceja.

—Si hay algo que sé sobre la señora Flint y la señora Marsh es que son unas excelentes mujeres de negocios —observó Joshua.

Resultaba imposible oír la conversación que tenía lugar al otro lado de los arriates de rosas, pero sacar conclusiones sobre lo que sucedía era fácil. Nelson prestaba atención a lo que decían la señora Flint y la señora Marsh. Cuanto más hablaban, más entusiasmado parecía.

—Algo me dice que Nelson no tardará en tener un puesto de trabajo en Flint y Marsh —comentó Beatrice.

—Pues yo creo que está a punto de encontrar la senda de su carrera —apuntó Joshua—. Hannah estará contenta.

—Lo dudo —repuso Beatrice, haciendo una mueca.

—Ella lo entenderá —dijo Joshua—. Yo me parecía mucho a él cuando tenía su edad.

54

Pasaron la noche de bodas en el *cottage* de Fern Gate. La casita, de ambiente agradable, pertenecía a Lucas Sebastian, y estaba situada en la parte inferior de Crystal Gardens.

Beatrice se puso el bonito camisón que Sara y Abigail le habían regalado. Esperaba en la cama mientras Joshua hacía la ronda por la casa, comprobando que puertas y ventanas estuvieran cerradas. Sonreía. Cuando él llegó, se detuvo en el vano de la puerta de la habitación y le dirigió una mirada interrogativa.

—¿Qué te divierte tanto? —preguntó.

—Estaba pensando en lo cuidadoso que eres con los detalles.

Joshua apoyó el bastón contra la mesilla de noche y empezó a desabotonarse la camisa.

—Los detalles son como pequeños agujeritos en el fondo de un barco. Si los tapas, el barco permanece a flote.

—¡Ya estamos! —dijo ella enarcando las cejas—. ¿Es otra de tus citas?

—Me temo que sí —repuso él, sonriendo.

—Son palabras con las que seguir viviendo, estoy segura. —Ahuecó los cojines que tenía detrás y contempló complacida a Joshua mientras este se quitaba la camisa—. Pero no puedes preverlo todo en la vida.

—De eso soy muy consciente. —Joshua terminó de desvestirse, apagó la lámpara y se metió en la cama. La tomó entre sus brazos—. Por ejemplo, nunca preví que tú pudieras aparecer, mi amor. He roto la mayor parte de mis reglas por ti.

—¿Solamente la mayor parte? —dijo ella, saboreando el calor de sus ojos—. ¿No todas?

Él la besó en los labios y con mano poderosa le rodeó la cadera.

Ella sentía que la energía de la alegría, el amor y la pasión surgía en su interior, pero retrocedió un centímetro para ponerle los dedos en la boca y así impedir que profundizara el beso.

—Espera. Tengo que averiguar qué regla es la que no has roto.

Él le sonrió a la luz de la luna, con el amor brillando en su mirada.

—La regla según la cual si algo no puede explicarse, no significa que no exista.

—¡Oh, cielos! ¿Me estás diciendo que finalmente acabarás creyendo en la existencia de lo paranormal?

—Yo no iría tan lejos —respondió él—. Pero sí te prometo que creo en el amor. Y también te prometo que voy a quererte ahora y siempre.

Recordó lo que Abigail y Sara habían dicho sobre él la noche en que les habló de su encuentro con el misterioso Mensajero del señor Smith: «Todos los que tenían tratos con él sabían que si prometía algo, iba a cumplirlo.»

Tocó el lado marcado de la cara de Joshua con las yemas de los dedos.

—Con eso bastará por ahora.

Joshua volvió a besarla. La promesa estaba ahí, en ese beso abrasador. Ahora y siempre.

Tal vez Joshua no estuviera convencido de que el amor fuera una forma de energía paranormal, pero sí era capaz de amar, y la amaba tanto como ella a él. Eso era más que suficiente para esa noche.

Eso era más que suficiente para toda una vida.